AF695719

Kontaktadresse nach EU-Produktsicherheitsverordnung:
produktsicherheit@fischerverlage.de

*Über das Buch* Rausch verändert das Leben der Menschen nicht weniger als Langeweile – das Leben mit seiner Vielfältigkeit, seinen Abenteuern und seinen Gefahren. ›Im Spiel der Sommerlüfte‹ wird »ein Stück ›Sommernacht‹ lebendig« – das Unbedenkliche gewinnt die Dimension des Verantwortungsfreien; Treue wird zur Fiktion. Nach Abschluß dieses Stücks hat Schnitzler 1930 zu einem weiteren, ›Landsknecht‹, lediglich einen skizzenartigen Entwurf mit einigen Dialogpassagen gemacht, doch er gibt damit einen deutlichen Blick frei in seine Werkstatt. Das letzte, was er für das Theater schrieb, ist ein Drama in neun Bildern, ›Zug der Schatten‹; es ist unvollendet geblieben, d. h., Schnitzler hat es einer letzten Bearbeitung zur Bühnenreife nicht mehr unterziehen können. Der Titel wirkt wie ein Nocheinmal der alten Szene Wien und der alten Gestalten, und tatsächlich finden sich viele Gedanken und Charakterzüge hier aus seinen früheren Werken zitathaft wieder. Es herrscht auch hier ganz bewußt jene peinliche Atmosphäre des Indiskreten, denn »von der Ehrlichkeit zur Indiskretion ist eben auch nur ein Schritt«. »Gefährliches Spiel oder lächerlicher Ernst – in der Liebe gibt es keine andern.«

*Der Autor* Arthur Schnitzler wurde am 15. Mai 1862 in Wien geboren. Noch bevor er auf das Akademische Gymnasium kam, als Neunjähriger, versuchte er, seine ersten Dramen zu schreiben. Nach dem Abitur studierte er Medizin, wurde 1885 Aspirant und Sekundararzt; 1888 bis 1893 war er Assistent seines Vaters in der Allgemeinen Poliklinik in Wien; nach dessen Tod eröffnete er eine Privatpraxis. 1886 die ersten Veröffentlichungen in Zeitschriften. 1888 das erste Bühnenmanuskript, 1893 die erste Uraufführung, 1895 das erste Buch, die Erzählung ›Sterben‹ bei S. Fischer in Berlin. Beginn lebenslanger Freundschaften mit Hugo von Hofmannsthal, Felix Salten, Richard Beer-Hofmann und Hermann Bahr. Das dramatische und das erzählerische Werk entstehen parallel. Stets bildet der einzelne Mensch, die individuelle Gestalt »in ihrem Egoismus oder ihrer Hingabe, ihrer Bindungslosigkeit oder Opferbereitschaft, in ihrer Wahrhaftigkeit oder Verlogenheit« (Reinhard Urbach), den Mittelpunkt seiner durchweg im Wien der Jahrhundertwende angesiedelten Stoffe. Arthur Schnitzler hat, von Reisen abgesehen, seine Geburtsstadt nie verlassen; am 21. Oktober 1931 ist er dort gestorben.

# Arthur Schnitzler
# Das dramatische Werk

In chronologischer Ordnung

1
Anatol

2
Freiwild

3
Das Vermächtnis

4
Der Schleier der Beatrice

5
Lebendige Stunden

6
Zwischenspiel

7
Der junge Medardus

8
Das weite Land

9
Komödie der Worte

10
Die Schwestern oder Casanova in Spa

11
Das Wort

12
Im Spiel der Sommerlüfte

# Arthur Schnitzler
# Im Spiel der Sommerlüfte

Dramen 1928–1930

Fischer
Taschenbuch
Verlag

Die Nutzung unserer Werke für Text- und Data-Mining im Sinne von
§ 44b UrhG behalten wir uns explizit vor.

2. Auflage

Ungekürzte, nach den ersten Buchausgaben durchgesehene Ausgabe
© 2024 S. Fischer Verlag GmbH,
Hedderichstr. 114, 60596 Frankfurt am Main

Lizenzausgabe mit freundlicher Genehmigung
der S. Fischer Verlags GmbH, Frankfurt am Main
Für *Im Spiel der Sommerlüfte*
© S. Fischer Verlag GmbH, Frankfurt am Main 1961
Für *Landsknecht*
© S. Fischer Verlag GmbH, Frankfurt am Main 1977
Für *Zug der Schatten*
© S. Fischer Verlag GmbH, Frankfurt am Main 1970
Printed in Germany
ISBN 3-596-11512-4

Inhalt

# Im Spiel der Sommerlüfte

*in drei Aufzügen*

## Personen

PROFESSOR VINCENZ FRIEDLEIN, *Bildhauer*
JOSEFA, *seine Frau*
EDUARD, *beider Sohn, 17 Jahre*
GUSTI PFLEGNER, *Nichte der Josefa*
DR. FELIX FABER, *Arzt*
FERDINAND HOLL, *Kaplan*
LEUTNANT ROBERT HOLL, *sein Bruder*
KATHI, *Dienstmagd bei Friedleins*
DAS ÄLTERE UND DAS JÜNGERE RAINER-MÄDEL
DER LANDBRIEFTRÄGER

*Kirchau, ein niederösterreichisches Dorf. Spätsommer, von einem Morgen zum nächsten. Ende des vorigen Jahrhunderts.*

# Erster Aufzug

*Ein bescheidenes Parterrehäuschen (links) mit Garten, ein hölzerner grüner Zaun umgrenzt den Besitz gegen die freie Landschaft. Breite Veranda mit Tisch und Sesseln, von der eine offene Türe in das Innere des Hauses und einige Stufen hinab in den Garten führen. Mansarde mit praktikabelm Balkon. Im Garten mehr rechts Tisch, Bank, Sesseln; Schaukelstuhl. Weiter rückwärts rechts zwischen zwei Bäumen ausgespannt eine Hängematte. Längs des Zaunes ein Fußpfad; Felder, Wiesen, allmählich ansteigend bis zu bewaldeten Hügeln. Schöner Morgen im Spätsommer. Am Gartentisch beim Frühstück Professor Vincenz Friedlein und seine Frau Josefa.*

VINCENZ *einfach, stattlich, ungefähr 50, volles, angegrautes Haupthaar, ebensolcher Knebelbart; er sieht ein wenig wie ein Künstler und noch mehr wie ein wohlhabender Meister aus. Beides drückt sich auch in seiner Redeweise und seinem Gehaben aus.*
*Seine Frau* JOSEFA, *etwa 36, sehr jugendlich, in einem bequemen, aber netten hellen Morgenkleid, spricht und bewegt sich etwas müde, doch häufig und immer häufiger bricht durch ihr Wesen die Lebhaftigkeit ihres Temperaments.*
*Außerhalb des Gartens ziehen rückwärts Landleute, zum Teil mit ihrem Arbeitsgerät, vorbei, was auch im weiteren Verlauf des Aktes zeitweise der Fall ist. Zuweilen auch Sommergäste auf dem Fußpfad längs des Zauns und weiter im Hintergrunde.*

KATHI, *die etwas bäuerische Magd, trägt eben eine Tasse, auf der sie das Frühstück serviert hat, über die Veranda ins Haus.*

VINCENZ *nach einem Schluck Kaffee* Das kann heut schön heiß werden in der Stadt!

JOSEFA So bleib doch heraußen. Auf den einen Tag wird's nicht ankommen – jetzt, wo das Modell beinahe fertig ist.

VINCENZ Eben. Ich hab' nach Kassel geschrieben, daß es zur Besichtigung bereit steht.

JOSEFA Sie werden dich doch vorher verständigen.

VINCENZ Natürlich. Vielleicht finde ich schon heute eine Nachricht vom Intendanten in Wien vor.

LANDBRIEFTRÄGER *von rechts am Zaun vorbei* Guten Morgen. *Will weiter.*

VINCENZ Nichts für mich?

BRIEFTRÄGER Nichts ist da, Herr Professor.

JOSEFA Und für meine Nichte auch nichts?

BRIEFTRÄGER Nichts ist da fürs Fräulein Pflegner. Guten Morgen. *Ab rechts.*

VINCENZ *sieht auf die Uhr* Viertel neun schon.

JOSEFA Kannst ja mit dem Omnibus fahren.

VINCENZ Mit dem Rumpelkasten, Gott behüt'! *Steht auf.* Ich geh lieber zu Fuß, ist auch gesünder. –

DIE RAINER-MÄDELN, *zwei junge Mädchen, beinahe noch Kinder von 14 und 13, nett gekleidet, von links vorbei am Zaun.*

DIE ÄLTERE Guten Morgen.

DIE JÜNGERE Küß die Hand!

VINCENZ *winkt mit der Hand einen Gruß zu* Grüß Gott, Kinder. *Über die Veranda ins Haus.*

JOSEFA *bleibt sitzen* Wie geht's der Mutter?

DIE ÄLTERE Dank' schön, sie hat noch geschlafen, wie wir weggegangen sind.

JOSEFA Wart ihr schon weit?

DIE JÜNGERE Bis zur Aussicht.

DIE ÄLTERE Man muß die Zeit ausnützen, der Sommer ist eh' so kurz.

DIE JÜNGERE Heut acht Tag' müssen wir schon in die Stadt hinein.

JOSEFA Wir auch – wegen der Schul'.

DIE ÄLTERE Richtig, der Herr Eduard geht ja auch noch in die Schul'.

VINCENZ *kommt wieder, Überzieher über den Arm, Hut in der Hand.*

DIE JÜNGERE Einen schönen Gruß an den Herrn Eduard.
VINCENZ *lacht* An den »Herrn« Eduard!
DIE ÄLTERE Küß die Hand!
DIE JÜNGERE Adieu, Herr Professor.
JOSEFA *ihnen nachrufend* Grüßt mir die Mutter.

*Die Rainer-Mädeln sind nach rechts verschwunden.*

JOSEFA *zu Vincenz* Den Überzieher bei der Temperatur!
VINCENZ Ich trau' dem Wetter nicht. Und wenn ich abends drin in der Stadt bleib' –
JOSEFA Was willst du denn heute abend in der Stadt machen?
VINCENZ Wenn die Exzellenz aus Kassel vielleicht schon da ist – es wär' ja möglich. – Wo steckt denn eigentlich der Eduard?
JOSEFA Der ist längst auf und davon.
VINCENZ Ich hab' überhaupt nichts von dem Buben da heraußen. Zum Frühstück könnt' er einem doch wenigstens die Ehre erweisen. – Und das Fräulein Nichte schlaft wieder einmal bis in den hellichten Tag hinein.
JOSEFA Aber die ist auch schon um halb sechs ausgeflogen mit dem Doktor.
VINCENZ Der muß doch in die Stadt hinein – spätestens mit dem Neunuhrzug.
JOSEFA Nein, was du für Sorgen hast! Er wird schon zurechtkommen. Und die Gusti auch. *Pause.*
VINCENZ Was sagt denn eigentlich deine Schwester zu der Geschichte mit dem Doktor?
JOSEFA Die hat nie viel zu sagen gehabt. Und gar jetzt, wo die Gusti ins Engagement geht.
VINCENZ Hat sie denn eins?
JOSEFA Freilich. Am Innsbrucker Stadttheater. Aber bitt' dich, verplausch dich nicht. Der Doktor weiß noch nichts davon.
VINCENZ Der weiß wohl manches nicht.
JOSEFA Es gibt nicht gar so viel zu wissen.
VINCENZ Na, mir kann's egal sein.
JOSEFA Das denk' ich mir auch.
VINCENZ *lächelnd* Ich hab' sie ja nicht eingeladen, die Gusti. Das war ja deine Idee.

JOSEFA Meiner Schwester zulieb'. Du glaubst ja gar nicht, wie dankbar sie uns ist, daß wir dem Mädel, eh' sie ins Engagement geht, den Sommeraufenthalt da heraußen spendieren.

VINCENZ Sie hat sich auch wirklich gut erholt in den paar Wochen, das muß man sagen.

EDUARD *kommt gelaufen, 17jähriger hübscher Junge.*

EDUARD *durch die Gartentür* Guten Morgen, Vater, guten Morgen, Mutter. *Küßt die Mutter.*

VINCENZ *küßt ihn flüchtig auf die Stirn* Wie schaust du denn aus! – Zum Auswinden!

EDUARD Ich komm' vom Katzenstein, in fünfviertel Stunden hin und zurück. Vor acht Tagen hab' ich noch fünfundzwanzig Minuten nur bis zur Fallenböckhütte gebraucht, nur hinauf.

VINCENZ Fallenböckhütte? –

JOSEFA Sie haben die Hütte so getauft, nach dem alten Hofrat. Er hat sich doch so verdient gemacht um den Ort.

VINCENZ Und ich hab' sie noch immer nicht gesehen, diese berühmte neue Hütte. Ich komm' überhaupt nicht mehr dazu, Bewegung zu machen.

JOSEFA Ja, wenn du immer so spät am Abend herauskommst, *Leiser* auch ohne daß grad' eine Exzellenz zu erwarten ist.

VINCENZ *streicht ihr beschwichtigend, lächelnd über die Haare.*

EDUARD Es ist eine großartige Aussicht, Vater. Wenn der Himmel ganz rein ist, bis zum Hochschwab. Was, Mutter?

JOSEFA *nickt.*

VINCENZ Warst du denn schon oben?

JOSEFA Freilich. Schon zweimal.

EDUARD Vorgestern waren wir alle oben, auch die Gusti und der Herr Kaplan waren mit.

VINCENZ Was, Seine Hochwürden auch?

EDUARD Und nächstens wollen wir bis gegen das Gaisental, wo jetzt so schöne Orchideen blühen, wie außerdem nur in den Dolomiten. Du könntest mir übrigens einen großen Gefallen tun, Vater. *Schmeichelnd* Ich brauch' so dringend einen botanischen Atlas.

VINCENZ Jetzt, wo der Sommer schon bald zu End' geht –?

EDUARD Aber, Vater; der Atlas hält sich ja auch bis zum nächsten Jahr. Das ist ja nicht wie in der Geographie, die kann beim nächsten Krieg ungültig werden. Der Herr Kaplan hat zwar einen Atlas, aber der ist nicht koloriert.

VINCENZ Ich hab' gar nicht gewußt, daß Seine Hochwürden auch Botanik versteht.

EDUARD Aber ein Gelehrter, sag' ich dir! Er hätt' überhaupt eigentlich Botaniker oder Geolog oder Weltreisender werden sollen.

VINCENZ Wenn er dir lieber im Griechischen helfen tät', damit du bei der Nachprüfung nicht durchfallst.

EDUARD Tut er ja auch, was, Mutter? *Zum Vater* Die Mutter hat neulich zugehört, wie er mich ausgefragt hat.

VINCENZ Hast wenigstens was können?

KATHI *kommt mit einer Tasse, darauf Kaffee, Butter usw., strahlt Eduard an* Da ist das Frühstück für den jungen Herrn.

EDUARD Ich hab' noch keins ang'schafft, und Kaffee trink' ich überhaupt keinen, und außerdem geh' ich jetzt g'schwind noch baden.

VINCENZ Was, eine Badeanstalt habt ihr auch?

EDUARD Aber du weißt doch, Vater, mein Platzerl im Wald, am Bach, private Badeanstalt für mich allein. Grüß dich Gott, Vater. *Eilt davon.*

VINCENZ, JOSEFA

VINCENZ *lächelnd* Also Madame interessieren sich auch für Botanik? oder für Griechisch? oder für Religion? Das wäre ja das Allerneueste! oder für verhinderte Weltreisende?

JOSEFA *nach einer kurzen Pause* Du hast's nötig, Vincenz!

VINCENZ *sieht sie an.*

JOSEFA *rasch* Übrigens den Atlas – es wär' mir ganz recht, wenn du dem Buben einen mitbringen möchtest – es ist doch eine Ablenkung.

VINCENZ *scherzend* Für den Herrn Kaplan – oder für dich?

JOSEFA Solche Späße hab' ich nicht gern, Vincenz.

VINCENZ Also für den Eduard, meinst du? Wozu braucht denn der eine Ablenkung, der Bub?

JOSEFA Der ist kein Bub mehr. Das ist ein väterlicher Wahn. Ein junger Herr ist er, ein Jüngling. »Ein schlanker Jüngeling« hat gestern der Doktor gesagt. Hast du denn noch gar nicht bemerkt, wie die Weiber ihn anschau'n?

VINCENZ Die Gusti?

JOSEFA An die hab ich gar nicht gedacht. Eher noch an die Rainer-Mädeln.

VINCENZ Auch schon Weiber?

JOSEFA – Oder an die Kathi. An die Gusti denkst du nur gleich wieder.

VINCENZ *stehend, eigentlich immer zum Fortgehen bereit* Oh, Madame sind am End' eifersüchtig?

JOSEFA Erstens bitt' ich dich, sag nicht immer Madame zu mir. Und wenn ich eifersüchtig sein wollte – –

VINCENZ *ehrlich verwunderter Blick* Was hast du denn heut?

JOSEFA – Für deinen Dionysoszug, da hast du wahrscheinlich manches Modell gehabt, das noch schöner war – als sogar die Gusti – sein dürfte.

VINCENZ Also das kann ich beschwören, Josefa, ein schöneres Modell hab' ich nie wieder gefunden, als –

JOSEFA *fortsetzend* – als ich einmal gewesen bin.

VINCENZ Also, Josefa, auf die ältere Dame brauchst du dich wirklich noch nicht hinauszuspielen.

JOSEFA Fällt mir auch gar nicht ein.

KAPLAN *erscheint draußen am Zaun, von rechts oben kommend, grüßt.*

KAPLAN Guten Morgen.

VINCENZ Guten Morgen, Hochwürden.

JOSEFA *saß so, daß sie den Kaplan nicht kommen sehen konnte, wendet den Kopf* Guten Morgen.

KAPLAN *im Weitergehen* Das wird heut wieder ein wundervoller Tag.

VINCENZ Schon ein biss'l gar zu wundervoll.

KAPLAN Und Sie müssen auch heute in die glühheiße Stadt hinein, Herr Professor?

VINCENZ Das geht schon nicht anders. Aber wollen Sie nicht einen Moment hereinspazieren, Hochwürden?

KAPLAN Wenn's erlaubt ist. *In den Garten, reicht beiden die Hand.*

JOSEFA Wo kommen Hochwürden denn heute schon her?

KAPLAN Ich war oben beim Hofrat Fallenböck in der Villa.

VINCENZ Geht's ihm wieder schlechter, dem alten Herrn?

KAPLAN Immer im gleichen. Aber er verlangt in der letzten Zeit öfters nach mir.

JOSEFA Ist er vielleicht fromm geworden auf seine alten Tage?

KAPLAN Meine Besuche sind, wenn ich so sagen darf, vorläufig mehr freundschaftlicher als amtlicher Natur. *Zu Josefa* Fromm kann man den Hofrat eigentlich nicht nennen, eher – in einem gewissen höheren Sinn – neugierig.

JOSEFA Daß Hochwürden nur nichts ausplauschen am End'. So was spricht sich dann herum.

VINCENZ *mahnend* Josefa!

JOSEFA Berufsgeheimnisse gibt's überall. Auch bei Bildhauern. – *Zu Vincenz* Was?

KAPLAN Was macht denn die Arbeit, Herr Professor, wenn man fragen darf?

VINCENZ Ich danke, es geht.

KAPLAN Die Frau Professor hat mir erzählt, Sie machen jetzt eine große Skulptur für ein Theater in Deutschland?

VINCENZ Ja, einen Fries für das neue Schauspielhaus in Kassel. Zwölfeinhalb Meter lang.

KAPLAN Und was stellt er denn vor, Herr Professor?

VINCENZ Einen Dionysoszug.

KAPLAN In antiker Art?

VINCENZ In ziemlich freier Auffassung. Wollen Sie ihn einmal anschauen, Hochwürden?

KAPLAN Würde mich sehr interessieren – nur leider meine Zeit –

VINCENZ Müßte bald sein. In der nächsten Woche kommt das Modell in die Gießerei.

JOSEFA Und ich darf's nicht früher sehen?

VINCENZ Ich kann dir doch nicht zumuten, daß du deswegen bei der Hitze in die Stadt hineinfahrst, wo du das Modell erst vor drei Wochen mit der Gusti besichtigt hast.

KAPLAN Und zur Enthüllung fahren Sie wohl nach Kassel, Herr Professor?

VINCENZ Ich denk' schon. *Zu Josefa, einfach* Und du fahrst mit – diesmal! – – Wenn's dir Spaß macht.

JOSEFA *etwas befremdet, schaut ihn nur an.*

KAPLAN Sie kommen wohl viel in der Welt herum, Herr Professor?! –

VINCENZ Berufsreisen – Geschäftsreisen sozusagen. Eine wirkliche Reise, so zu meinem Vergnügen, hab' ich schon lang nicht gemacht. In Italien zum Beispiel bin ich seit meiner Jugendzeit nicht gewesen.

KAPLAN Ich überhaupt noch nie.

JOSEFA *ziemlich leise* Ich auch nicht.

VINCENZ Wird auch noch einmal kommen ...

JOSEFA *zuckt die Achseln, Geste: Ich glaub's nicht mehr.*

EDUARD *kommt von rückwärts oben gelaufen, über die Wiese, wie er den Kaplan sieht, verlangsamt er seine Schritte, tritt dann in den Garten, will dem Kaplan die Hand küssen.*

KAPLAN *herzlich* Guten Morgen, Eduard.

EDUARD *zum Kaplan* Darf ich fragen, Hochwürden, bleibt's heut bei dem Ausflug gegen das Gaisental?

KAPLAN Das ist viel zu weit für einen Abendspaziergang. Übrigens heute nachmittag bin ich leider jedenfalls verhindert. *Mehr zu Josefa* Ich erwarte nämlich meinen Bruder.

JOSEFA Den Herrn Leutnant?

VINCENZ *etwas verwundert über Josefas Informiertheit* Hochwürden haben einen Bruder, der Offizier ist?

JOSEFA Der Herr Kaplan hat doch erst neulich von ihm gesprochen.

KAPLAN *zu Vincenz* Er ist in Garnison in Innsbruck und hat jetzt dienstlich in Wien zu tun. Da benutzt er die Gelegenheit zu einem Abstecher nach der Kirchau. Schon wieder ein

Jahr her, daß wir uns nicht gesehen haben! *Zu Eduard* Also da wird heute leider nichts aus unserer botanischen Exkursion.

VINCENZ Ich hab' gar nicht gewußt, Hochwürden – der Eduard hat mir erst erzählt, daß Hochwürden auch in diesem Fach –

KAPLAN Eine Liebhaberei von Kindheit auf.

JOSEFA *zu Vincenz* Jetzt hab' ich aber schon wirklich Angst, daß du den Zug versäumst, Vincenz.

DR. FELIX FABER *und* GUSTI PFLEGNER *von oben treten durch die Gartentür.*

GUSTI *über 18, dunkelbraunes, flüchtig frisiertes Haar, weißrotgetupftes Batistkleid, Strohhut mit rotem Band in der Hand. Schwarze, lustige, zugleich unruhige Augen. Fahrige Art zu reden, die oft ins Humoristisch-Unwirsche umschlägt.*

DR. FELIX FABER *27, schlank, hager, feines, ernstes Gesicht, seitlich gescheiteltes Haar, weicher grauer Filzhut, Spazierstock, sorgfältig, fast pedantisch, aber nicht elegant gekleidet. Leicht befangenes Wesen.*

VINCENZ, JOSEFA, EDUARD, KAPLAN

*Allgemeine Begrüßung, ungezwungen und rasch.*

GUSTI *nach allen Seiten* Guten Morgen, guten Morgen, guten Morgen, Meister! *Etwas betont.*

VINCENZ Wie oft hab' ich dir schon gesagt, Gusti, du sollst mich nicht Meister nennen.

GUSTI Wenn du aber einer bist. *Zu Felix* Kennen Sie überhaupt seine Sachen, Doktor?

FELIX Na hören Sie, Fräulein Gusti! Die beiden Zentauren im Volksgarten, die sind doch von Ihnen, Herr Professor? Die lieb' ich ganz besonders.

GUSTI Die kennt jeder. Den Fries müßten Sie sehen, den er fürs Kasseler Theater macht, der Herr Professor. Ist dir jetzt leichter, wenn ich Professor sag' statt Meister?

VINCENZ Der war ja überhaupt noch nicht fertig, wie du neulich mit der Josefa drin warst.

JOSEFA *rasch unterbrechend zu Gusti* Hast du schon deine Milch getrunken, Gusti?

GUSTI *wie ertappt* Uijeh!

JOSEFA Also schau, du hast deiner Mutter versprochen: eineinhalb Liter täglich. *Ruft hinein* Kathi!

GUSTI *zu Felix* Sehen Sie, Doktor, die gibt Obacht auf mich. Ob Ihnen das je einfallen möcht', daß ich meine Milch noch nicht eingenommen hab'! Und Sie sind doch ein Doktor.

VINCENZ *zitiert* Eingenommen! Wie von einer Medizin redest du.

FELIX Sie haben mir doch gesagt, Gusti, daß Sie schon vor dem Weggehen um halb sechs Uhr früh Ihre Milch getrunken haben.

GUSTI Das hab' ich Ihnen doch sagen müssen. *Zum Kaplan* Sonst hätt' er mich auf dem ganzen Weg sekkiert.

VINCENZ Sekkieren, das ist auch eine Art von Obachtgeben.

FELIX Es ist direkt unlogisch von Ihnen, Fräulein Gusti, wenn Sie einerseits –

GUSTI *sich wie ermattet niedersetzend* Also wenn Sie so anfangen, Doktor, mit einerseits und andererseits, dann bin ich überhaupt schon erschlagen.

VINCENZ Ob's nun die Milch ist oder die gute Luft oder sonst was, du bist förmlich aufgeblüht in den vier Wochen.

KAPLAN Ja, das muß ich bestätigen.

GUSTI *mit gespielter Devotion* Hochwürden haben auch die Gnade, so was zu bemerken –?

KATHI *aus dem Haus, ein Glas Milch in der Hand.*

JOSEFA Sie hätten's doch wirklich auf einer Tassen bringen können! Hundertmal kann man ihr das sagen!

GUSTI Aber wir sind doch auf dem Land, der Doktor wird sich's schon denken, daß es in Wien viel feiner bei dir zugeht, Tant' Josefa. *Zu Felix* Da serviert ein vierspänniger Bedienter, und eine elektrische Glocken haben Sie auch.

JOSEFA Du redest viel Unsinn, wenn der Tag lang ist.

GUSTI *trinkt und setzt wieder ab.*

FELIX Austrinken!

GUSTI Ich kann aber nicht mehr. Da steht einer, der ist durstiger wie ich. Gefällig, junger Herr? *Reicht Eduard das Glas.*

EDUARD *hat sie die ganze Zeit fast ununterbrochen angestarrt, leert das Glas.*

FELIX *steht mit gerunzelter Stirne da.*

GUSTI Hat's geschmeckt?

EDUARD Großartig! –

VINCENZ *auf die Uhr sehend* Jetzt ist aber wirklich höchste Eisenbahn. Kommen Sie mit, Doktor?

FELIX *auf die Uhr sehend* Donnerwetter, wenn man noch zu Fuß hinunter will zur Station –

GUSTI Aber das will man doch gar nicht. Das will nur der Meister, ah pardon, der Herr Professor, also kurz und gut der Onkel, wegen dem Dickwerden. Sie werden mit dem Omnibus fahren wie gewöhnlich, Doktor. Und bis dahin schenken Sie mir noch das Vergnügen Ihrer Gesellschaft.

VINCENZ Also auf Wiedersehen bei der Bahn, Herr Doktor. Kommst ein Stückel mit, Josefa?

JOSEFA Ich habe sowieso im Markt drin zu tun. *Über die Veranda ins Haus.*

VINCENZ *zu Eduard* Kannst auch mitkommen.

GUSTI Aber pünktlich um zehn hat er wieder da zu sein.

VINCENZ *etwas erstaunt.*

FELIX *hat schmale Lippen.*

GUSTI *zu Vincenz* Er muß mir nämlich meine Rolle überhören.

VINCENZ *scherzhaft, wie überzeugt* Na also, dann.

JOSEFA *ist wieder erschienen mit einem Sonnenschirm. Verabschiedung.*

VINCENZ, JOSEFA *durch die Gartentüre ab.*

EDUARD *über die Veranda ins Haus.*

GUSTI Auf Wiedersehen, Hochwürden, heut nachmittag, nicht wahr?

KAPLAN Kaum. Ich erwarte nämlich heute Besuch – meinen Bruder.

GUSTI Den Herrn Leutnant?

KAPLAN Ich hab' nur den einen.

GUSTI Wird er längere Zeit dableiben, Hochwürden?

KAPLAN Leider nein. Er hat nur dienstlich in Wien zu tun.

GUSTI Wegen Avancement wahrscheinlich?

KAPLAN Davon ist, glaube ich, noch nicht die Rede. Das Regiment, bei dem er dient, wird nämlich nach Galizien versetzt, und er möchte gern in Innsbruck bleiben. Also auf Wiedersehen, Fräulein. Adieu, Herr Doktor. *Ab durch die Gartentüre nach rechts.*

FELIX, GUSTI

*Kleine Pause.*

FELIX *verstimmt* Es war jedenfalls sehr dringend, sich zu erkundigen, wie lange der Herr Leutnant sich hier aufhalten wird.

GUSTI Also jetzt ist er auf einen Leutnant eifersüchtig, den ich überhaupt noch nie gesehen hab'.

FELIX Wenn der Herr Kaplan erzählt hätte, daß eine alte Tant' heut zu Besuch kommt, hättest du sicher nicht gefragt, wie lange sie dableiben wird.

GUSTI Ja, ich bin offenbar eine ganz verworfene Person.

FELIX Das hab' ich nicht gesagt. Aber weil wir grad' davon reden –

GUSTI Von der Verworfenheit –

FELIX Du wirst mir zugeben, daß es nicht richtig ist, wenn eine junge Dame einen jungen Mann aus ihrem Glas trinken läßt.

GUSTI Aber ich bitt' dich – Milch!

FELIX *lacht unwillkürlich, wendet sich aber verdrossen ab.*

GUSTI Du solltest dich wirklich schämen, Felix. Jetzt bist du gar auf den Buben eifersüchtig.

FELIX Das hat mit Eifersucht gar nichts zu tun. Das ist einfach eine Taktfrage. Im übrigen ist der Eduard kein Bub. Stell dich nicht so, das weißt du sehr gut. Und ich finde es höchst überflüssig, daß du mit ihm deine Rollen studierst.

GUSTI Aber ich studier' doch nicht mit ihm. Er überhört mich einfach. Er bringt mir halt die Stichwörter, so wie du es manchmal in Wien getan hast.

FELIX »so wie ich« – weißt du, daran hättest du mich grad' nicht erinnern sollen. Das ist nicht besonders beruhigend.

GUSTI Aber es ist auch etwas anderes. *Sie küßt ihn rasch.*

FELIX *weicht zurück.*

GUSTI Es hat's niemand g'seh'n.

FELIX Es war nicht deswegen. *Wie lauschend* Ich glaub' –

GUSTI Das kann noch nicht der Omnibus sein. *Läuft nach rückwärts, sieht nach der Seite* Das ist der Wagen vom Doktor.

FELIX *auf die Uhr sehend* Aber in fünf Minuten ist er da.

GUSTI Leider.

FELIX Und nichts hat man voneinander gehabt.

GUSTI Nichts –? *Etwas frivol* Du bist undankbar.

FELIX *zärtlich* Und acht Tage soll man nun wieder von der Erinnerung zehren.

GUSTI So bleib doch da. Es wird auch ohne dich gehen im Spital ein oder zwei Tag' lang.

FELIX Unmöglich, besonders jetzt, wo mein Kollege auf Urlaub ist. – Wie lang bleibst du denn eigentlich noch heraußen?

GUSTI *etwas unsicher* Ich glaub', zwei bis drei Wochen werden wir noch alle dableiben.

FELIX *zögernd* Und du könntest dich nicht entschließen, Gusti, etwas früher in die Stadt zu übersiedeln –?

GUSTI *unsicher* Weißt du –

FELIX *rasch* Nein, nein, antwort mit lieber nicht. Du darfst gar nicht früher hineinfahren, unter keiner Bedingung. Du sollst heraußen bleiben, so lang du kannst. Um jeden Tag wär's schad'. Es ist ganz richtig, was der Meister Friedlein früher gesagt hat: daß du förmlich aufblühst hier am Land. Es wäre ein rechter Egoismus von mir, wenn ich von dir verlangte – wenn ich ein solches Opfer – *In etwas bitterem Tone* Bleib nur da und blüh weiter!

GUSTI *gekränkt* Du bist nicht lieb zu mir, Felix.

FELIX Du hast wahrscheinlich recht – ich bin nicht lieb. Ich sollte dich überhaupt nicht mit meiner Gegenwart inkommodieren. Am gescheitesten wär's, ich käm' gar nicht mehr heraus. Hat ja auch keinen Sinn. Im Grunde ist es nur eine Quälerei.

GUSTI Na –

FELIX In einem muffigen Wirtshauszimmer liegen, zweihundert Schritt weit von dir, und nicht zu dir können –!

GUSTI Glaubst du, ich hab' mich nicht nach dir gesehnt in der Nacht?

FELIX Aber sicher famos geschlafen.

GUSTI Ja, schlafen tu ich immer gut. Denk' nur: im Freien den ganzen Tag, und dann sind wir gestern noch alle zusammen gesessen beim »Straußen« bis elf –. Wenn die Kathi nicht um fünf bei meinem Bett gestanden wär' – ich weiß nicht –

FELIX Mich hat keiner wecken müssen. Wie du ans Fenster geklopft hast, war ich schon eine Stund' lang fix und fertig.

GUSTI Du bist überhaupt ein Engerl. *Nimmt seine Hand und küßt sie.*

FELIX Ach Gott, Gusti, diese Morgenstunden mit dir im Wald – das ist doch schließlich der einzige positive Gewinn dieser Ausflüge nach Kirchau. Ich hab' früher nie geahnt, daß Morgenstunden so schön sein können. *Sie sind nahe nebeneinander. Pause. Zögernd* Sag mir übrigens, Gusti – keine Briefe bekommen in der letzten Zeit?

GUSTI Was denn für Briefe?

FELIX Hat dir deine Mutter keine nachgeschickt? Liegen keine neuen Engagementsanträge vor? Deutschland, Amerika, Australien –?

GUSTI Wie sich die Theater schon reißen.

FELIX *unbeherrscht* Du darfst nicht fort! Absolut nicht. Du wirst schon in Wien ein Engagement bekommen. Es müßt' doch mit dem Teufel zugehen, wenn das nicht zu erreichen wär'. Und wenn nicht heuer – im nächsten Jahr. Und du bleibst den nächsten Winter noch in Wien und studierst weiter. Kannst dann im nächsten Jahr um so mehr Gage verlangen.

GUSTI Du hast leicht reden, Felix. Ich kann der Mutter nicht noch ein Jahr in der Tasche liegen. Die alte Frau hat genug

Sorgen und Kummer gehabt im Leben. Mein Bruder verdient noch keinen Groschen, ist heuer noch Volontär bei der Post. Jetzt ist ihr ganzes Sinnen und Trachten meine Karriere.

FELIX Und deins vielleicht nicht? Man sieht's doch. Du wärst wirklich imstand', irgendwo draußen in der Welt Komödie zu spielen und mich hier allein zu lassen.

GUSTI So komm halt mit mir!

FELIX Wenn ich könnt', Gusti, wenn ich mein eigener Herr wäre! Vorläufig bin ich Sekundararzt im Krankenhaus, Privatpatienten überhaupt noch keine – und was ich von Haus krieg' –

GUSTI Aber Felix, du brauchst dich doch nicht zu entschuldigen.

FELIX Mir ist's manchmal, als wär's dir doch nicht ganz klar – als hieltest du's für einen Mangel an Energie oder –. Mit einem Monatsgehalt von sechzig Gulden kann man leider unmöglich – eine Familie gründen –

GUSTI *rasch* Davon war überhaupt nie die Rede. Und soll nicht die Rede sein. *Leiser* Darauf hab' ich kein Recht – und keine Lust.

FELIX Aber – die Friedleins – die denken wohl, daß wir verlobt sind?

GUSTI Was kümmert denn das mich? Ich bin ihnen doch keine Rechenschaft schuldig –

FELIX *bitter* – daß du wieder einmal verlobt bist.

GUSTI *etwas traurig* Fangst du schon wieder an?

FELIX *eigensinnig* Und – die Beziehung zwischen dir und mir – die werden sie wahrscheinlich nicht anders auffassen als die Geschichte im vorigen Jahr mit –

GUSTI Was sollen sie denn auffassen – die machen sich doch überhaupt keine Gedanken. Wenn die Tant' eine Ahnung hätte, wie es zwischen dir und mir steht, sie wär' imstand' und spedierte mich direkt zur Mutter hinein.

FELIX Die keine Ahnung –! Aber ich bitt' dich!

GUSTI Eine so harmlose, einfache Person.

FELIX Harmlos? Die? Ich – wette –

GUSTI Was denn?

FELIX Daß sie mit dem Kaplan was hat.

GUSTI Aber du bist ja verrückt.

FELIX Paß nur einmal auf, wie sie ihn anschaut. Du bist übrigens auch verliebt in ihn.

GUSTI Aber natürlich.

FELIX *lauscht wieder hinaus* Jetzt ist er wirklich da. Adieu.

GUSTI Dauert noch mindestens drei Minuten. Zuerst halt er noch bei der Villa Fallenböck, wo früher immer der Herr von Fallenböck eingestiegen ist, bevor er krank worden ist. –

EDUARD *kommt durch die Gartentür.*

GUSTI, FELIX, EDUARD

EDUARD Na, bin ich pünktlich?

GUSTI Wie eine Uhr, die vorgeht.

FELIX Ich muß mich jetzt leider verabschieden, Fräulein Gusti.

GUSTI *scherzhaft* Danke nochmals für den geschätzten Besuch, Herr Doktor, hoffe, sehr bald wieder das Vergnügen zu haben.

FELIX *ungeschickt auf den Ton eingehend* O bitte, das Vergnügen war ganz meinerseits. Adieu, schlanker Jüngeling.

GUSTI *zum Zaun, schaut nach links, gibt Felix ein Zeichen, daß der Omnibus noch nicht da ist.*

FELIX *zu Eduard* Also jetzt wird Theater gespielt?

EDUARD Überhören tu ich halt die Gusti.

FELIX Na, wer weiß, vielleicht werden Sie auch noch einmal Schauspieler.

EDUARD Ich möcht' schon, aber die Gusti sagt, ich hab' kein Talent.

FELIX So, sagt sie das –

GUSTI *war außerhalb des Gartens, hat dem nicht sichtbaren Omnibuskutscher ein Zeichen gegeben, ruft gegen links* Halten S' da, es steigt noch wer ein. G'schwind, Doktor! Da durch.

FELIX *auf die Veranda.*

GUSTI Ich bring' mir gleich das Büchel mit. *Auch auf die Veranda.*

FELIX Was denn für ein Büchel?

GUSTI *ist durch die Veranda ins Haus gegangen.*

FELIX *auf der Veranda stehen bleibend.*

EDUARD *absichtslos, aber betont* »Romeo und Julia«.

FELIX Ah! *Zitiert* »Es ist die Nachtigall und nicht die Lerche –«

EDUARD *harmlos* So weit sind wir noch nicht.

FELIX *durchs Haus ab.*

EDUARD *allein, verläßt den Garten, sieht nach links, gespannt, offenbar um den Abschied zwischen Felix und Gusti zu beobachten. Man hört den Wagen rollen. Eduard zurück in den Garten, setzt sich auf den Tisch.*

KATHI *kommt aus dem Haus, nimmt das Glas, aus dem früher Gusti und Eduard getrunken haben, stellt es auf die Untertasse, die sie mitgebracht hat, strahlt Eduard wieder an.*

EDUARD *ungerührt, zündet sich eine Zigarette an.*

KATHI *ab, trifft auf der Veranda mit Gusti zusammen, sieht ihr eine Weile nach und verschwindet.*

GUSTI, EDUARD

GUSTI *ein zerlesenes Universalbüchel in der Hand* Ich werd's der Tant' sagen, daß du schon wieder rauchst.

EDUARD Ich darf ja.

GUSTI Aber nicht vor dem Essen. Und als Romeo kannst du überhaupt nicht mit der Zigaretten dasitzen. *Nimmt ihm die Zigarette aus dem Mund und wirft sie fort.*

EDUARD Ich weiß schon, dein Romeo raucht Virginiazigarren.

GUSTI Red keinen Unsinn. Da. *Gibt ihm das Universalbuch* Dritter Akt, fünfte Szene.

EDUARD *blätternd* Dritter Akt, fünfte Szene. – Wird das deine erste Rolle sein in Innsbruck?

GUSTI Wer red't denn von Innsbruck?

EDUARD Ich weiß ja. Ich hab' doch gehört, wie du mit der Mutter davon gesprochen hast.

GUSTI Das ist noch gar nicht entschieden mit Innsbruck.

EDUARD Und was sagt denn dein Doktor dazu, daß du nach Innsbruck gehst?

GUSTI Was geht denn dich der Doktor an? Schau lieber, daß du bei der Nachprüfung in Griechisch nicht durchfliegst.

EDUARD Also mir g'fallt er gar nicht, dein Doktor.

GUSTI Ich habe die Ehre. *Wendet sich entschieden zum Gehen.*

EDUARD *vom Tisch herunter, erwischt sie gerade noch beim Ärmel* Dageblieben! *Beginnt zu lesen* Die Lerche –

GUSTI Ruhe! Ich fang' an. *Zuerst noch mechanisch mit ihrer gewohnten leichten Dialektfärbung, allmählich reiner, freier und mit wirklicher Begabung*

»Willst du schon gehen, der Tag ist ja noch fern.
Es war die Nachtigall und nicht die Lerche,
die eben jetzt dein banges Ohr durchdrang.«

EDUARD *liest mit übertriebener Geste*

»Die Lerche war's, die Tagverkünderin – «

GUSTI *ihn unterbrechend* Schon gut. Nur die letzten zwei Verse.

EDUARD *liest etwas mechanisch*

»Die Nacht hat ihre Kerzen ausgebrannt,
Der muntre Tag erklingt in dunst'gen Höhen;
Nur Eile rettet mich, Verzug ist Tod.«

*Die letzten Worte mit Pathos.*

GUSTI

»Trau mir, das Licht ist nicht des Tages Licht,
Die Sonne hauchte dieses Luftbild aus,
Dein Fackelträger diese Nacht zu sein,
Dir auf dem Weg nach Mantua zu leuchten;
Drum bleibe noch: zu gehn ist noch nicht not.«

EDUARD *allmählich mit Ausdruck*

»Nein, jenes Grau ist nicht des Morgens Auge.
Ich bleibe gern, zum Gehn bin ich verdrossen. –
Willkommen Tod! Hat Julia dich beschlossen. –
Nun Herz? Noch tagt es nicht, noch plaudern wir.

GUSTI *spricht nicht gleich, sieht Eduard gewissermaßen mit einem neuen Blick an* Am Ende wirst du doch noch Schauspieler. *Plötzlich einsetzend*

»Es tagt, es tagt! Auf! Eile! Fort von hier!
Es ist die Lerche, die so heiser singt,
Man sagt, der Lerche Harmonie sei süß;
Nicht diese: sie zerreißt die unsre ja.
Stets hell und heller wird's, wir müssen scheiden.«

EDUARD »Hell? Dunkler stets und dunkler unsre Leiden.« Und jetzt kommt die Amme. *Mit karikiert weiblicher Stimme* »Fräulein!«

GUSTI *als Julia* »Amme?« Lach nicht so dumm.

EDUARD *wieder ernst, liest*
»Die gnäd'ge Gräfin kommt in Eure Kammer,
Seid auf der Hut, schon regt man sich im Haus.«
*Spricht* Ab. *Wendet sich um.*

GUSTI *mit Geste, als wenn sie ein Fenster öffnete*
»Tag, schein herein! Und Leben, flieh hinaus!«

EDUARD Jetzt bin ich wieder der Romeo!
»Ich steig' hinab, laß dich noch einmal küssen!«
*Will sie umarmen.*

GUSTI *stößt ihn fort.*

EDUARD Was willst denn? Das gehört doch zur Rolle.

GUSTI Auf den Proben wird nur markiert.

EDUARD Und von irgendeinem ganz fremden Menschen in Innsbruck wirst du dich doch abbusseln lassen.

GUSTI Ja, das kommt immer noch früh genug. Also weiter. *In der Rolle*
»Freund! Gatte! Trauter! Bist du mir entrissen?
Gib Nachricht jeden Tag mir in der Stunde;
Schon die Minut' enthält der Tage viel.
Ach, so zu rechnen bin ich hoch in Jahren,
Eh' meinen Romeo ich wiederseh'.«

EDUARD *sich ein paar Schritte entfernend*
»Leb wohl! Kein Mittel laß ich aus den Händen,
Um dir, du Liebe, meinen Gruß zu senden.«
*Läuft zum Zaun, schwingt sich darüber.*

GUSTI *ruft ihm nach* Eduard! Jetzt mußt du ja noch die Gräfin Capulet machen, meine Mutter.

EDUARD *ist verschwunden.*

GUSTI So ein verrückter Bub. *Sie deklamiert weiter*

»O Glück, ein jeder nennt dich unbeständig;
Wenn du es bist, was tust du mit dem Treuen?
Sei unbeständig, Glück! Dann hältst du ihn
Nicht lange, hoff' ich, sendest ihn zurück.«

*Sie wiederholt die beiden letzten Verse mit mehr Ausdruck. Indessen, schon kurz nach dem Verschwinden Eduards, ist am Zaun vorübergehend ein junger Offizier von rechts her erschienen, stehen geblieben und ruft jetzt.*

OFFIZIER Bravo! Bravo!

GUSTI *wendet sich um, erblickt ihn, schaut ihn nur an.*

OFFIZIER Bravo!

GUSTI Wie bitte?

OFFIZIER Bitte tausendmal um Entschuldigung, gnädiges Fräulein; da mich ein glücklicher Zufall gewissermaßen zum Publikum gemacht hat, fühle ich mich berechtigt, beziehungsweise verpflichtet, mich auch in diesem Sinne zu benehmen. Darf ich fragen, welcher Komödie ich beizuwohnen das Glück hatte?

GUSTI *ihn messend* Und darf ich vielleicht fragen –?

OFFIZIER *sich vorstellend* Leutnant im k. und k. österreichischen Infanterieregiment Herzog von Braganza. – *Auf ihren Blick in anderem Ton* Das Regiment heißt nämlich so, mein Name ist Robert Holl.

GUSTI Holl? Da sind Sie ja wahrscheinlich der Bruder von unserm Herrn Kaplan.

OFFIZIER Jawohl, gnädiges Fräulein, der bin ich. Und ich habe wohl die Ehre mit der Tochter des Hauses – –

GUSTI Nein, das bin ich nicht. Hier wohnt der berühmte Bildhauer Professor Vincenz Friedlein. Ich bin nur die Nichte, ein Logierbesuch – Gusti Pflegner ist mein Name. *Sie ist näher an den Zaun getreten.*

OFFIZIER Sehr erfreut. Fräulein sind jedenfalls Schauspielerin.

GUSTI Herr Leutnant sind außerordentlich scharfsinnig.

OFFIZIER Fräulein sind an einer Wiener Bühne tätig oder draußen im Reich?

GUSTI Nein, ich bin noch gar nicht tätig. Erst in diesem Herbst trete ich ein Engagement an einer österreichischen – *Unterbricht sich, etwas unwirsch* Aber ich bin Ihnen doch eigentlich keine Rechenschaft schuldig.

OFFIZIER Gewiß nicht, aber es wird wohl auf die Dauer kein Geheimnis bleiben, an welcher österreichischen Bühne Fräulein das Publikum entzücken werden.

GUSTI Nein, besonders Ihnen nicht, Herr Leutnant, da Sie in Innsbruck stationiert sind.

OFFIZIER Fräulein wissen?

GUSTI Es ist noch keine halbe Stunde her, daß der Herr Kaplan von Ihnen erzählt hat. Ich kann Ihnen sagen, Herr Leutnant, daß er sich riesig auf Ihren Besuch freut.

OFFIZIER Wir haben uns über ein Jahr lang' nicht gesehen. Aber wie soll ich das verstehen, Fräulein, daß Sie früher sagten – –

GUSTI Ich bin nämlich nach Innsbruck engagiert. Also, wenn Sie nicht mit Ihrem Regiment nach Galizien gehen müssen –

OFFIZIER Das wissen Fräulein auch?

GUSTI Jedenfalls aber, Herr Leutnant, bitte ich Sie sehr, sich nicht zu verplauschen, daß ich – engagiert bin, auch Ihrem Herrn Bruder gegenüber nicht.

OFFIZIER Fräulein gehen wahrscheinlich gegen den Willen der Herren Eltern zum Theater?

GUSTI Es ist nicht das, Herr Leutnant – es sind halt Umstände – Aber das gehört nicht her ...

OFFIZIER Hoffentlich wird mein Gesuch bewilligt, ich bleib' in Innsbruck und werde nicht ermangeln, Ihrem Debut beizuwohnen, Fräulein. *Anderer Ton* Wenn ich nicht – dienstlich verhindert sein sollte.

GUSTI Das täte mir leid, Herr Leutnant, Sie applaudieren sehr talentvoll.

OFFIZIER *salutiert dankend* Jedenfalls will ich diese Begegnung als gute Vorbedeutung nehmen, *Auf ihren Blick* – daß ich in Innsbruck bleibe. Es besteht eine Chance, daß ich mit einem Kameraden tauschen kann. Das geht manchmal. Ich hab' nämlich nicht die geringste Lust, nach Galizien zu übersiedeln, besonders unter den gegenwärtigen Umständen. Ich liebe die Tiroler Berge – überhaupt die Natur. Und ganz besonders liebe ich Innsbruck, seit ich weiß, daß ich die Hoffnung hätte, dort einem Wesen zu begegnen wie Sie, Fräulein – wie ist der werte Name gewesen?

GUSTI Gusti Pflegner.

OFFIZIER Gusti – ein wunderschöner Name. Also, ich werde jetzt alles dransetzen, ich werde beim Generalkommando – jawohl, mein Fräulein, es gibt nämlich Vorbedeutungen, glauben Sie mir! Und daß ich Sie heute, in dieser Stunde –

KAPLAN *kommt von rechts sehr rasch auf ihn zu, erfreut* Robert!

OFFIZIER Ferdinand! *Schütteln sich die Hände, dann umarmen sie sich* Sie entschuldigen, Fräulein.

KAPLAN *verwunderter Blick auf Gusti.*

GUSTI Wir haben unterdessen Bekanntschaft gemacht, der Herr Leutnant und ich.

KAPLAN Ich sehe. *Zum Offizier* Ich habe dich so früh gar nicht erwartet.

OFFIZIER Da ich dich zu Hause nicht angetroffen, hab' ich indessen einen kleinen Spaziergang gemacht.

KAPLAN *lächelnd* Und bereust es nicht. *Rasch* Also wie steht nun die Sache mit deiner Transferierung?

OFFIZIER Nicht schlecht. *Blick auf Gusti* Ich werd' dir das schon alles genau erzählen. *Zu Gusti* Mein verehrtes Fräulein, ich danke Ihnen sehr für diese wunderschöne Viertelstunde und den Kunstgenuß. *Zum Kaplan* Das Fräulein hat nämlich grad' prachtvoll deklamiert, wie ich vorbeigegangen bin. *Zu Gusti* Hoffentlich hab' ich das Vergnügen – das Glück, Sie wiederzusehen.

GUSTI Ganz meinerseits, Herr Leutnant.

OFFIZIER *küßt ihr die Hand.*

GUSTI Auf Wiedersehen, Hochwürden.

KAPLAN Adieu, Fräulein! *Ab mit seinem Bruder nach rechts.*

GUSTI *bleibt allein zurück, sieht den beiden eine Weile nach, macht ein paar Schritte durch den Garten, dann setzt sie sich in den Schaukelstuhl, nimmt das Universalbüchel, sieht hinein, läßt es sinken und de-*

*klamiert, ganz einfach* »O Glück, ein jeder nennt dich unbeständig, Wenn du es bist –« *Sie hält inne, dann sagt sie vor sich hin, mit Überzeugung* Der hat mir aber besonders gut gefallen!

*Vorhang*

## Zweiter Aufzug

*Gleiche Dekoration. Nachmittag gegen fünf.*

GUSTI *schläft in der Hängematte, kaum sichtbar.*
*Am Gartentisch* EDUARD, *schreibt Aufgaben.*
*Aus dem Haus über die Veranda* KATHI *mit Kaffeetuch usw. tritt hinter Eduard, zögert.*

EDUARD Was wollen S' denn schon wieder?

KATHI Ich möcht' halt gern aufdecken zur Jausen.

EDUARD *unwillig, macht Anstalten sich zu entfernen mit Büchern und Heften.*

KATHI Der Herr Eduard ist alleweil so fleißig.

JOSEFA *aus dem Haus mit Handarbeit, zu Kathi* Decken S' lieber drin in der Veranda auf, es kommt ein Wetter.

KATHI Vor der Nacht kommt keins, gnä' Frau. *Deckt in der Veranda.*

EDUARD *arbeitet weiter.*

JOSEFA *setzt sich in den Schaukelstuhl, stickt.*

EDUARD *schreibend* Schad', Mutter, daß heut nichts wird aus der botanischen Exkursion.

JOSEFA Ich ging keineswegs mit. *Auf den Himmel deutend* Das Wetter ist auch zu unsicher. Ich werde vielleicht auf die Bahn gehen, den Vater abholen. Kannst mitkommen.

EDUARD Der Weg durch den Markt ist mir zu fad, Mutter. Ich geh' lieber zur Fallenböckhütte. Vielleicht, daß wenigstens die Gusti mitkommt. Du, Gusti!

JOSEFA Pst, sie schlaft noch.

EDUARD Na ja – wenn man schon um fünf Uhr früh parat sein muß zur Morgenpromenade. *Klappt ein Heft zu, nimmt ein anderes* Sag, Mutter – *Nach kleiner Pause*, was ist er denn eigentlich zur Gusti, der Doktor? Bräutigam?

JOSEFA Aber was fallt dir denn ein? Ein guter Bekannter.

EDUARD Aha, so wie der vom vorigen Jahr. Der war übrigens viel fescher.

JOSEFA *immer mit der Handarbeit beschäftigt* Kümmer dich nicht um Sachen, die dich nichts angehen. Schau lieber, daß du bei der Nachprüfung nicht durchfallst.

EDUARD *achselzuckend* Die überflüssige Plackerei – ich werd' ja doch nicht auf die Universität gehen.

JOSEFA Sag so was nur nicht vor dem Vater.

EDUARD Der Vater hat auch keine Matura gemacht und ist ein berühmter Mann geworden und Professor dazu.

JOSEFA Dein Vater ist ein Bildhauer, ein Künstler, dazu braucht man kein Griechisch können.

EDUARD Ich kann ja auch ein Künstler werden.

JOSEFA Geh! Was denn für einer?

EDUARD Schauspieler.

JOSEFA Dummer Bub.

GUSTI *erwacht, sitzt aufrecht in der Hängematte* Habe die Ehre, die Herrschaften.

JOSEFA *leichthin scherzend* Guten Morgen.

GUSTI Nein, was ich zusammengeträumt hab'!

EDUARD *mehr für sich* Alleweil träumt s'.

JOSEFA *zerstreut* Was hat dir denn geträumt?

GUSTI Von einem Luftballon. Von einem riesigen roten Ballon. Und die Welt hat von oben ausgesehen wie eine Landkarte.

EDUARD Warst du in einer Gondel?

GUSTI Nein, ich hab' mich angehalten.

EDUARD Wie kann man sich denn an einem Ballon anhalten?

GUSTI An einem Seil natürlich. Ich bin immer hin und her gebaumelt in der Luft.

EDUARD Und hast gar keine Angst gehabt –?

GUSTI Dummer Bub.

JOSEFA Ja, sag's ihm nur, mir glaubt er's nicht.

GUSTI *ist indes von der Hängematte herunter, in weißrotgetupftem Leinenkleid, um den Hals einen weißen Seidenschal* Schwül ist es wieder. Es wär' schon gut, wenn einmal ein Regen käm'. *Steht hinter Eduard, guckt in sein Heft* Was sind das für komische Buchstaben?

EDUARD Chinesische natürlich. Ich hab' doch Nachprüfung in Chinesisch. *Klappt sein Heft zu* So, für heute wär's genug. Was ich dich hab' fragen wollen, Gusti. Möchtest du vielleicht später mit mir spazierengehen?

GUSTI *zu Eduard* Bei der Temperatur!

EDUARD Später, hab' ich g'sagt.

KATHI *bringt den Kaffee in die Veranda.*

GUSTI Holt dich denn nicht der Herr Kaplan ab zum Botanisieren?

EDUARD Ist doch heut sein Bruder da – der Herr Leutnant.

KATHI Grad' sind sie im Wagerl vorbeigefahren, Seine Hochwürden und der Herr Leutnant. Gegen die Bahn zu. *Ab.*

EDUARD Da werde ich mich jedenfalls fertig machen für den Fall, daß Hochwürden doch noch kommen sollte. Geh, laß mir den Kaffee stehen, Mutter. *Ab ins Haus.*

GUSTI Möchtest du nicht so gut sein, Tante Josefa, und mir den Kragen richten?

JOSEFA *ist ihr behilflich, streicht ihr den Kragen zurecht.*

GUSTI Kann dir leid tun, daß du ihn nicht gesehen hast.

JOSEFA Wen?

GUSTI Den Leutnant. Ein bildhübscher Mensch. Seh'n sich übrigens sehr ähnlich, die Brüder.

EDUARD *erscheint auf dem Balkon der Mansarde, trocknet sich mit einem Handtuch Gesicht und Hände, guckt hinunter, noch während Josefa der Gusti das Kleid richtet, und verschwindet wieder.*

JOSEFA *zu Gusti* Na, was hat denn der Doktor gesagt?

GUSTI *Blick des Nichtverstehens.*

JOSEFA Zu deinem Engagement, mein' ich?

GUSTI Er weiß ja noch nichts davon.

JOSEFA Noch immer nicht? Na geh!

GUSTI Es ist halt so schwer. Das Beste wär', glaub' ich, ich saget ihm gar nichts und wär' plötzlich auf und davon.

JOSEFA Das wär' vielleicht wirklich das Gescheiteste. *Sie trinken Kaffee.*

GUSTI Hab' ich dir schon g'sagt, Tant' Josefa, die Mutter hat das große Zimmer weitervermietet an einen Sektionsrat vom Ministerium. Fünfundzwanzig Gulden monatlich. Das gelbe Kabinett haben wir uns reserviert für den Fall, daß sie mich wieder nach Haus schicken.

JOSEFA Sie werden dich schon nicht nach Haus schicken. Mit dem G'sichtl und mit der Figur!

GUSTI *halb scherzhaft* Und von meinem Talent redest du gar nicht?

JOSEFA Das ist nicht immer die Hauptsache beim Theater.

GUSTI Bei mir schon. Übrigens ist es auch in der Zeitung gestanden nach der Schlußvorstellung vom Konservatorium: »Verheißungsvolle Begabung, anmutige Erscheinung.« *Nimmt einen kleinen Zeitungsausschnitt aus dem Portemonnaie, liest* »Fräulein Edith Neumann verriet immerhin die Anfängerin« ... Und die Anfängerin haben sie nach Hamburg engagiert und mich nach Innsbruck. Na, wenigstens ist es nicht so weit von Wien.

JOSEFA Das könnt' dir doch egal sein.

GUSTI Aber für den Doktor ist es nicht egal. Der wird mich doch regelmäßig besuchen; mindestens alle Monat einmal.

JOSEFA Ich möcht' mir so was nicht einrichten an deiner Stelle. Es tut kein gut. In solchen Fällen gibt's nur ein Entweder-Oder. Sei froh, daß du hinaus in die Welt kommst mit deinen neunzehn Jahren, in die Freiheit und ins Leben ...

GUSTI *beinahe grob* Ich pfeif' auf die ganze Freiheit. Und auf meine neunzehn Jahr' am allermeisten. Ich wollt', ich wär' lieber neunzig, und alles wär' vorbei.

JOSEFA Du redest einen schönen Unsinn. Vorbei! *Unterdrückt, leidenschaftlich* Du weißt nicht, was das heißt – vorbei.

GUSTI Aber du!

JOSEFA Dazu muß man nicht neunzig werden.

GUSTI Wirklich, Josefa, wenn man dir so zuhört! Da hat sie einen feschen Mann und einen Buben von achtzehn –

JOSEFA *einfach* Siebzehn –

KAPLAN *kommt am Zaun vorüber von links* Guten Abend, Frau Professor.

GUSTI Oh, Seine Hochwürden. Und ich schau' aus ... *Zieht den Schal fester um ihre Schultern.*

EDUARD *erscheint auf dem Balkon der Mansarde* Küß die Hand, Hochwürden, ich bin gleich fertig.

KAPLAN Sie müssen sich nicht beeilen, Eduard.

JOSEFA Sagen Hochwürden ihm doch nicht immer »Sie«.

KAPLAN Mit unserm Spaziergang ist's heut doch nichts mehr. Aber morgen bin ich auch zu einem längeren bereit.

EDUARD Auf den Katzenstein –?

KAPLAN Auch noch weiter, wenn Sie, *Sich verbessernd*, wenn du Lust hast – gegen das Gaisental zum Beispiel.

EDUARD Wo jetzt diese Orchideenart blüht –?

KAPLAN *nickt* Die sonst nur in den Dolomiten vorkommt.

EDUARD Aber wunderbar. Um sechs Uhr in der Früh', Hochwürden, nicht wahr?

KAPLAN Ein bißchen später wird's schon werden.

GUSTI *altklug* Seine Hochwürden muß doch zuerst die Mess' lesen.

EDUARD Wann's Hochwürden gefällig ist. *Ins Zimmer zurück.*

JOSEFA *rasch* Also der Herr Leutnant ist schon wieder abgereist, Hochwürden?

KAPLAN Leider. Und jetzt dauert's wieder, weiß Gott, wie lang, bis ich ihn wiederseh'.

JOSEFA Wer ist denn der Ältere von Ihnen beiden, Hochwürden, wenn man fragen darf.

KAPLAN Wir sind Zwillingsbrüder.

GUSTI Ich hab's grad' früher zur Tant' gesagt, daß Sie einander so ähnlich sehen. Nur schöner sind Hochwürden.

JOSEFA *mahnend* Gusti!

EDUARD *kommt jetzt aus dem Haus auf die Veranda, trinkt Kaffee.*

JOSEFA Und hat sich das schon sehr früh entschieden, daß Hochwürden geistlich werden und Ihr Herr Bruder zu Militär geht?

KAPLAN Ja, mit dreizehn, wie unsere Mutter gestorben ist, der Vater war schon lang tot, da ist es festgestanden, daß ich ins Konvikt eintrete und er in die Kadettenschule. Aber früher – *Immer lebhafter* – wie wir noch Buben gewesen sind – Kinder –

da war es keineswegs ausgemacht. Ja, manchmal hat's ganz darnach ausgeschaut, als wenn ich – *Hält inne.*

GUSTI *wie um ihm behilflich zu sein* Als kleiner Bub möcht' man natürlich immer lieber Soldat werden.

KAPLAN *rasch* Wir sind beide in unserem Beruf glücklich geworden. Wenn man nur ein bißchen öfter beisammen sein könnte. Aber auch in dieser Hinsicht darf ich nicht klagen – im vorigen Sommer haben wir sogar eine achttägige Fußwanderung miteinander gemacht – mein Bruder und ich.

EDUARD Acht Tage lang?

KAPLAN Ja, da sind wir in Kärnten gewesen, auf dem Großglockner.

EDUARD Herrgott noch einmal!

JOSEFA Na vielleicht nach der Matura, daß dir's der Vater erlaubt.

EDUARD Verzeihen, Hochwürden – kann man denn klettern in so einer Tracht?

KAPLAN Mit der Kletterei ist es dort nicht so arg, lauter schöne, gebahnte Wege. Und was die Tracht anbelangt – ich hab' die Erlaubnis gehabt, während des Urlaubs in gewöhnlichem Anzug herumzugehen. Ja, wir waren in Zivil sozusagen – beide. Dem Robert hätt' man nicht den Offizier angesehen und mir nicht den geistlichen Herrn.

GUSTI Und hätt' vielleicht sogar verkehrt geraten.

KAPLAN Schon möglich. *In der Empfindung, sich doch etwas vergeben zu haben* Ich muß mich leider jetzt verabschieden.

JOSEFA Zum Herrn Hofrat?

KAPLAN *nickt.*

JOSEFA Ich lasse ihm von Herzen baldige Besserung wünschen.

KAPLAN Ich werd's bestellen, Frau Josefa. *Reicht sowohl Josefa wie Gusti die Hand, Handküsse wehrt er ab, dann zu Eduard, der von der Veranda in den Garten gekommen ist.*

EDUARD *begleitet den Kaplan zur Gartentüre, und sie gehen beide zusammen fort.*

KATHI *räumt den Tisch in der Veranda ab, dann geht sie wieder. Schweigen.*

GUSTI In Zivil möcht' er bestimmt besser aussehen als in dem – *Geste, die den hochgeschlossenen Rock bezeichnet* Und gar in Uniform! –

*Wieder Pause.*

JOSEFA Ich werd' mich jetzt auf den Weg machen – den Vincenz abzuholen.

GUSTI Mit so einem frühen Zug wird er doch nicht ankommen.

JOSEFA Wenn die Exzellenz noch nicht da sein sollte – warum nicht? Willst du mich vielleicht zur Bahn begleiten?

GUSTI *kopfschüttelnd* Ich muß noch einen Brief an den Doktor schreiben.

JOSEFA Morgen ist doch Sonntag. Kommt er nicht heraus?

GUSTI Das ist nicht sicher. Höchstens gegen Abend. Ich schreibe expreß, da hat er den Brief schon in aller Früh'.

JOSEFA Was das für Geschichten sind!

GUSTI *unwirsch* Das sind keine »Geschichten«. Wir haben uns halt gern. Und wenn ich Glück hab' – vielleicht hab' ich schon im nächsten Herbst ein Engagement in Wien.

JOSEFA Aber ich bitt' dich, mach dir doch nichts vor. Du bist ja ganz froh, daß du von Wien wegkommst und daß diese aussichtslose Sache mit dem Doktor ganz von selber aus wird.

GUSTI Also, Tant' Josefa, sei nicht bös' – ich möcht' mir das ausbitten, ein für allemal. Wer macht sich was vor? Machst du dir vielleicht auch was vor? Achtzehn Jahr' lang seid ihr verheiratet, und jetzt laufst du zur Bahn hinunter, ihn abholen – und wenn er einmal abtelegraphiert, wie zum Beispiel vor vierzehn Tagen, kannst du überhaupt nicht schlafen vor Eifersucht.

JOSEFA *etwas unnatürlich lachend* Eifersucht! Wenn man schon einen großen Buben hat. Das glaubst du ja selber nicht. *Sie ruft* Kathi! Bringen S' mir den Schirm heraus und den Regenmantel.

GUSTI Und was machst du denn unten bei der Bahn, wenn er wirklich nicht kommt?

JOSEFA Man sitzt ganz angenehm vis-à-vis beim »Grünen Baum«. Und dann fahr' ich halt mit dem Omnibus zurück.

KATHI *kommt mit Schirm und Regenmantel.*

JOSEFA Adieu, Gusti. *Ab durch die Gartentüre.*

GUSTI *bleibt eine Weile stehen, dann ins Haus.*

KATHI *macht im Garten und auf der Veranda Ordnung. Leichter Wind erhebt sich.*

GUSTI *kommt wieder aus dem Haus mit Briefpapierschachtel, Tintenfläschchen, kleiner Mappe, setzt sich an den Gartentisch, bereitet alles zum Schreiben vor, nimmt den Federstiel in den Mund wie ein Schulmädel, ein Wind hat sich erhoben, Briefpapier will wegfliegen, Gusti beschwert es mit einem Buch, das hier liegengeblieben ist; sie holt sich dann ein Cape aus der Hängematte. Dann setzt sie sich wieder hin und beginnt zu schreiben.*

EDUARD *kommt zurück, geht rückwärts vorbei an Gusti, die sich flüchtig nach ihm umwendet und weiterschreibt. Er geht ins Haus, von der Veranda aus wendet er sich zu Gusti.*

EDUARD Die Mutter schon fort?

GUSTI *nickt nur, schreibt weiter.*

EDUARD Wo ist sie denn hingegangen? Auf die Bahn?

GUSTI Du weißt's ja eh', was fragst denn?

EDUARD *übertrieben höflich* O bitte um Entschuldigung, ich hab' nicht stören wollen. *Ins Haus, erscheint bald oben auf dem Balkon der Mansarde, pfeift vor sich hin.*

GUSTI *sieht ärgerlich hinauf.*

EDUARD Zu dumm, daß aus der botanischen Exkursion nichts geworden ist – –

GUSTI Geh, halt deinen Monolog wo anders. *Schreibt weiter.*

EDUARD *verschwindet von dem Balkon, erscheint nach wenigen Sekunden schon, man hört ihn die Treppe herunterkommen, auf der Veranda unten, sagt mit einem plötzlichen Entschluß etwas verlegen und dadurch beinahe frech zu Gusti* Wirst du nicht bald fertig sein mit der blöden Briefschreiberei?

GUSTI *zornig* Was geht denn das dich an! *Sie stellt sich zorniger, als sie ist, nimmt ihren angefangenen Brief auf, erhebt sich halb, als wollte sie fortgehen.*

EDUARD *zu ihr hin* Sei nicht gleich so bös', Gusti.

GUSTI Es ist überhaupt zu windig heraußen.

EDUARD Weißt du was, Gusti – wenn du vielleicht später doch noch ein biss'l spazierengehen möchtest – bis zur Fallenböckhütte – ich könnt' auf dich warten.

GUSTI Ich bedauere.

EDUARD Nämlich – ich hätte etwas mit dir zu reden, Gusti.

GUSTI *etwas befremdet* Wird schon nicht so Wichtiges sein.

EDUARD Wie man's nimmt. Es hätt' natürlich auch bis Abend Zeit.

GUSTI *schreibt wieder, dann plötzlich* Jetzt hast du mich ganz aus dem Konzept gebracht. *Sie schreibt noch rasch ein paar Zeilen, kuvertiert den Brief, schlägt ziemlich umständlich mit der Faust auf den Brief, so daß der Tisch wackelt.*

EDUARD *ist wieder bis zum Zaun gegangen, tritt sogar aus der Türe, geht ein paar Schritte außen am Zaun vorbei, bleibt stehen* Soll ich ihn vielleicht ins Kastel werfen?

GUSTI *hat geglaubt, daß Eduard schon fort ist, wendet sich brüsk um* Danke. Ich bring' ihn selber auf die Post.

EDUARD Kannst ihn mir ruhig geben, ich weiß eh', an wen er ist.

GUSTI Ist ja auch kein Geheimnis.

EDUARD *mit gespielter Unbefangenheit, ist längs des Zauns wieder zurück und in den Garten* Wie man Tag für Tag einem Menschen schreiben kann – noch dazu an einen so faden Kerl –

GUSTI Jetzt wird's mir aber zu dumm. Noch ein Wort über den Doktor, und wir sind geschiedene Leute, verstanden?

EDUARD *verbissen* Natürlich versteh' ich's. Ich versteh' überhaupt mehr, als gewisse Leute meinen. *Näher bei ihr, scheinbar unvermittelt aus seiner bisher künstlich unterdrückten Aufregung heraus, beinahe trocken* Ich kann ihn nicht ausstehen, den faden Kerl. Am liebsten möcht' ich ihn totschießen.

GUSTI *beinahe starr* Was sagst du?

EDUARD *kindisch, zwischen den Zähnen* Totschießen.

GUSTI *mit entsprechender Geste* Abfahren, augenblicklich.

EDUARD *bleibt stehen.*

GUSTI Also geh' ich.

EDUARD Gusti!

GUSTI Merk dir's, wir sind geschiedene Leut'. *Sie wendet sich, als wolle sie ins Haus.*

EDUARD *ganz nah bei ihr* Gusti! – Verzeih mir, Gusti.

GUSTI *antwortet nicht, will gehen.*

EDUARD *faßt ihr Kleid, wirft sich plötzlich zu Boden* Verzeih mir, Gusti!

GUSTI Ja, sag mir, bist du denn ganz verrückt? So steh doch auf. *Milder* Wenn da Leut' vorüberkommen.

EDUARD *sich halb erhebend, faßt nach ihren Händen.*

GUSTI Laß meine Händ' aus, was fallt dir denn ein? *Schlag auf seine Hände. Da er sie nicht losläßt, wiederholt sie den Schlag.*

EDUARD *fällt der Länge nach hin, das Gesicht auf dem Boden, fängt zu schluchzen an.*

GUSTI Da hört sich aber doch wirklich alles auf. So ein großer Bub und weint. Schämst du dich denn gar nicht? Wenn du nicht augenblicklich aufstehst und zu weinen aufhörst –

EDUARD *rasch aufspringend* Wer sagt dir denn, daß ich wein'? Ganz im Gegenteil, lachen tu ich – haha!

GUSTI Also Komödienspielen auch noch? Das hab' ich besonders gern. Wahrscheinlich ist dir der Romeo zu Kopf gestiegen. Aber damit ist es aus, endgültig, das sag' ich dir.

EDUARD *steht da wie ein trotziger Schulbub* Der Herr Doktor verbietet's wahrscheinlich.

GUSTI *sich auf dem Absatz umdrehend, will ab.*

EDUARD Also, was den Doktor anbelangt – *Gezwungen* in Hinsicht nämlich, was ich früher gesagt hab' – brauchst keine Angst zu haben, ich tu ihm nichts.

GUSTI Aber geh. *Sich wieder umwendend, künstlich lachend* Welche Großmut. Er tut ihm nichts. *Etwas näher zu ihm* Was bildest du dir überhaupt ein?! Man möcht's ja nicht glauben. Statt daß du dich geschmeichelt fühlst, daß ein erwachsener Mensch überhaupt mit dir red't und so einen Buben behandelt wie seinesgleichen –

EDUARD Ich bin kein Bub, Gusti.

GUSTI Und noch was für einer! Das ist ja auch die einzige Entschuldigung für dein Benehmen. Und ich sag's dir, wenn so was noch einmal vorkommt –

EDUARD Na also, was ist dann?

GUSTI Fahr' ich stante pede hinein nach Wien zu meiner Mutter.

EDUARD *höhnisch* Zur Mutter! Ja, wer's glaubt.

GUSTI Und zu wem ich sonst fahren will.

LANDBRIEFTRÄGER *kommt vorbei* Guten Abend.

GUSTI *rasch zu ihm, etwas erregt* Haben S' was für mich?

BRIEFTRÄGER Jawohl. Auch für den Herrn Professor ist was da. Und da, ein rekommandiertes Schreiben für das Fräulein Pflegner.

GUSTI *nimmt den Brief, will ihn gleich öffnen.*

BRIEFTRÄGER Bitt' schön, unterschreiben. *Reicht ihr den Bleistift.*

GUSTI *unterschreibt.*

EDUARD *hat immer den Blick auf sie geheftet.*

BRIEFTRÄGER Heut kriegen wir noch ein ordentliches Wetter. *Zu Gusti* So, dank' schön. *Nimmt das Rezepisse.*

EDUARD *nimmt den anderen Brief* Der ist aus Kassel. *Legt ihn auf den Tisch der Veranda.*

BRIEFTRÄGER Guten Abend.

EDUARD Grüß' Gott.

*Briefträger ab.*

GUSTI *noch am Zaun, hat den Brief geöffnet, der ein Dokument enthält; sie liest es, steckt es wieder ins Kuvert, zu Eduard* Jetzt ist einer neugierig.

EDUARD *zuckt die Achseln.*

GUSTI Mein Vertrag.

EDUARD So. Mit Innsbruck?

GUSTI *ganz erfüllt, nimmt den Vertrag wieder aus dem Kuvert* Ja, jetzt bin ich engagiert. – Fest engagiert. Auf ein Jahr. Das heißt, eigentlich nur bis Ostern. Dann sperren sie zu. Aber für den Sommer krieg' ich sicher ein Engagement in irgendeinem Badeort. Wahrscheinlich in Deutschland. Und in der nächsten Saison – ja, wer weiß, wo ich im nächsten Jahr bin.

EDUARD *künstlich unbefangen* Möchtest mich nicht mitnehmen nach Innsbruck?

GUSTI *lustig* Aber selbstverständlich.

EDUARD *kindisch-ernsthaft* Ich mein' das nicht im Spaß. Ich hab' dir ja früher gesagt, daß ich etwas mit dir zu reden hätte. Du meinst vielleicht, das war nur so eine Ausred'. Drum hab' ich dich ja gefragt, ob du mit mir spazierengehen willst. Ich habe nämlich gleichfalls die Absicht, zum Theater zu gehen. *Zündet sich mit gespielter Unbefangenheit eine Zigarette an.*

GUSTI *ziemlich unbeteiligt, liest wieder ihren Vertrag durch.*

EDUARD *immer mit gespielter Unbefangenheit* Das Studieren freut mich nämlich nicht. Ich hab's auch schon der Mutter gesagt. Wozu brauch' ich Matura zu machen? Ich werd' Schauspieler.

GUSTI *als wenn sie der Rauch seiner Zigarette genierte, hustet übertrieben* Aber du bist ja vollkommen blöd'. Sei froh, daß du's nicht nötig hast! *Hält ihm den Kontrakt hin* Siebzig Gulden Gage. Das wär' so was für einen verwöhnten jungen Herrn –

EDUARD *obstinat* Du hast selber gesagt, ich hab' Talent.

GUSTI Wann hab' ich das gesagt? Nie ist mir das eingefallen. Grad' das Gegenteil hab' ich gesagt, ich weiß noch sehr gut.

EDUARD Neulich, ja. Aber heut früh beim Romeo hast du gesagt: Vielleicht wirst du doch noch ein Schauspieler.

GUSTI Es gibt ja auch Schauspieler ohne Talent.

EDUARD Im Anfang ist man halt ein verkanntes Genie. Ich weiß ja, daß ich noch viel zu lernen hab', aber das lernt man am besten in der Praxis. Empfiehl mich ganz einfach dem Direktor vom Innsbrucker Stadttheater.

GUSTI Als Kulissenschieber vielleicht.

EDUARD Meinetwegen, wenn's nicht anders geht, für den Anfang als Kulissenschieber. Nachfahren tu ich dir in jedem Fall. Ich hab' mehr in der Sparkasse, als das Billett kostet.

GUSTI *allmählich ernsthaft erschrocken* Ich werd' mit deiner Mutter reden.

EDUARD Das wirst du nicht tun.

GUSTI Werden wir sehen, ob du mir's verbieten wirst.

EDUARD Verbieten kann ich dir's freilich nicht. Aber das schwör' ich dir, wenn du der Mutter was sagst oder wem immer – paß gut auf, Gusti –, wenn du was sagst – bring' ich mich um. So, jetzt hab' ich's geschworen.

GUSTI Du versündigst dich, Eduard. Man red't nicht immer gleich –

EDUARD Das ist mir ganz egal, ob das eine Sünde ist oder nicht. Überhaupt, an solche Sachen glaub' ich nicht – daß du's weißt, damit kann man mich nicht schrecken. Und es schafft's dir ja niemand, daß du der Mutter was sagst. Hängt ja alles bloß von dir ab. Die achte Klass' kann ich schließlich auch in Innsbruck machen, und das Geld verdien' ich mir schlimmstenfalls mit Lektionen, – wenn du mich nicht gleich im Theater unterbringst.

GUSTI Nein, wenn man dich so hört! Und an mich – an mich denkst du überhaupt nicht? An meine Stellung? Was fallt dir denn nur ein? Am nächsten Tag müßt' ich ja auf und davon. Eine junge Schauspielerin, die sich aus Wien einen Schulbuben mitbringt! Jawohl, einen Schulbuben. Wenn man's nicht wüßt' – könnt' sich ein erwachsener Mensch überhaupt so benehmen? Ein erwachsener Mensch weiß, daß er eine junge Dame nicht kompromittieren darf. Ein erwachsener Mensch wird sich vor allem ritterlich benehmen.

EDUARD Aber der Doktor, der darf dich kompromittieren –?

GUSTI Du, Eduard, ich sag' dir's zum letztenmal – noch ein Wort über den Doktor, und wir sind überhaupt fertig miteinander. *Wieder ein wenig einlenkend* Der Doktor wird so wenig nach Innsbruck kommen wie du oder irgendwer anderer. Ich hab' was Gescheiteres und was Wichtigeres zu tun in Innsbruck, als Besuche von Herrn zu empfangen oder Schulbuben. Ich hab' zu arbeiten. Ich muß schau'n, daß ich vorwärts komm'. Ich muß Geld verdienen für mich und für die Mutter. *Altklug* Seine Pflicht hat man zu tun vor allem. Du hast auch deine Pflicht zu tun, geradeso wie ich. Du hast deine Nachprüfung zu machen und vernünftig zu sein. Das übrige wird sich finden. *Immer sicherer* Wenn man vernünftig ist, *Etwas schmeichelnd* Eduard, kann man manches von mir haben. Und wenn du vernünftig bist, rede ich auch mit der Tant' und mit dem Onkel wegen deiner Schauspielerei.

EDUARD *mißtrauisch* Wann denn?

GUSTI Sobald du vernünftig geworden bist – zu Weihnachten vielleicht, wenn ich auf Urlaub nach Wien komm'.

EDUARD *lacht auf* Ha!

GUSTI Da gibt's gar nichts zu lachen. Indessen kannst du ein oder zwei Rollen auswendig lernen. Davon brauchen sie bei dir zu Haus' gar nichts zu wissen. Und wenn ich zu Weihnachten komm', überhör' ich dich und werde sehen, was du für Fortschritte gemacht hast. Und wenn du – *Unterbricht sich* Schau, da kommt ja deine Mutter schon wieder zurück.

EDUARD Du hast was sagen wollen. »Wenn du –«

GUSTI Später. Geh jetzt. Es sieht doch dumm aus vor deiner Mutter, daß du immer so an mir pickst.

EDUARD Gut, ich geh', aber, *Hastig* ich muß noch heut mit dir reden. Ich geh' den Weg gegen die Fallenböckhütte, und beim Muttergottesbild erwart' ich dich.

GUSTI Es kommt ein Wetter.

EDUARD Kommt keins. Ich nehm' mir sogar die Botanisierbüchse mit. Und im schlimmsten Fall – es ist ja die Hütten da.

GUSTI Möchtest du nicht endlich verschwinden?

EDUARD Ich wart' beim Muttergottesbild. Und wenn du nicht kommst, Gusti –

GUSTI Ich weiß schon.

EDUARD Na, manchmal tut man's und hat überhaupt nichts g'sagt. *Rasch auf die Veranda.*

GUSTI *halb für sich* So ein – *Rasch ins Haus. Bühne eine kurze Weile leer. Kathi kommt, räumt das Kaffeegeschirr usw. ab, ebenso das Tuch auf dem Tisch draußen. Josefa kommt langsam, etwas gedrückt, durch die Gartentür.*

KATHI Küß die Hand, gnä' Frau. *Geht ab.*

JOSEFA *will auch über die Veranda ins Haus.*

GUSTI *kommt wieder, hat ein Cape übergeworfen und den kuvertierten Brief in der Hand, zu Josefa* Was, du bist schon wieder da? Ich hab' gemeint, du gehst auf die Bahn, deinen Mann abholen.

JOSEFA Ich bin auf dem Weg dem Telegraphenboten begegnet.

*Sie nimmt die Depesche und sieht sie flüchtig noch einmal an* Die Exzellenz ist richtig angekommen, und der Vincenz bleibt in der Stadt. – Sonst wüßt' ja so eine Exzellenz absolut nicht, was sie am Abend in Wien anfangen soll.

GUSTI Da ist übrigens ein Brief für den Onkel gekommen, aus Kassel, glaub' ich. *Reicht ihn ihr.*

JOSEFA *liest auf dem Kuvert* »Die Intendanz des Königlichen Hoftheaters« – na ja.

GUSTI Es ist ja nicht das erste Mal, daß der Onkel drin übernachtet.

JOSEFA Nein. Es kommt sogar ziemlich oft vor. *In einem andern Ton* Aber manchmal muß man's im Gefühl haben ...

GUSTI Was denn?

JOSEFA Ob man einen allein lassen darf oder nicht.

GUSTI Wird dir schon nichts geschehen – und ihm auch nicht.

*Pause.*

JOSEFA Wo ist denn der Bub?

GUSTI Fortgegangen. Natürlich mit der Botanisierbüchse. Schon vor einer halben Stund'. Gegen die Fallenböckhütte zu, glaube ich.

JOSEFA *zum Himmel blickend* Na, hoffentlich halt sich's noch eine Weile.

GUSTI Ich denk' schon. Ich geh' noch den Brief aufgeben. Ein biss'l lang ist er geworden. Jedenfalls werd' ich mir den Schirm mitnehmen. *Ins Haus.*

JOSEFA *eine Weile allein.*

KATHI *aus dem Haus, zur Hängematte, holt von dort ein Buch und einen Plaid, trägt die Dinge ins Haus. Wind verstärkt sich. Eilige Spaziergänger im Hintergrund vorbei.*

DIE BEIDEN RAINER-MÄDELN *von rechts.*

GUSTI *die vorn aus der für den Zuschauer unsichtbaren Türe das Haus verlassen hat, begrüßt sie kurz.*

DIE JÜNGERE Wir müssen uns tummeln, daß uns der Regen nicht erwischt.

GUSTI Ja, tummelt's euch nur! *Rechts ab.*

JOSEFA *durch die Veranda ins Haus.*

*Bühne eine Weile leer. Wetterleuchten. Spaziergänger und Landleute rasch vorbei. Stärkeres Wetterleuchten. Kathi auf die Veranda, nimmt das Tischtuch ins Haus. – Heimeilende Spaziergänger über die Felder. Leises Donnergrollen.*

*Auf dem Balkon der Mansarde erscheint* JOSEFA, *die die Türe schließen will, vorher aber tritt sie noch weiter hinaus, sieht nach dem Wetter.* DER KAPLAN *von rechts, will am Zaun vorbei, schaut in den Garten, zögert, wie unwillkürlich.*

JOSEFA *bemerkt ihn. In dem Augenblick, da der Kaplan seinen Weg fortsetzen will, grüßt sie* Guten Abend, Hochwürden.

KAPLAN *aufsehend* Guten Abend, Frau Professor. *Windstoß.*

JOSEFA Denken Sie sich, Hochwürden, der Bub ist fort. Spazierengegangen bei dem Wetter! – Er wird schön naß werden.

KAPLAN Es war nicht meine Absicht, Eduard abzuholen – ich kam nur zufällig oder – fast zufällig vorbei.

JOSEFA Hochwürden wollen in den Markt hinein? *Windstoß* Es wird aber gleich was da sein. Vielleicht treten Hochwürden so lange ein, – es kann sich ja wieder verziehen.

KAPLAN Wenn Sie gestatten, Frau Professor.

JOSEFA *immer mehr befremdet* Ich komm' gleich hinunter, Hochwürden. *Schließt die Balkontüre, verschwindet für eine Weile.*

KAPLAN *tritt in den Garten.*

JOSEFA *erscheint auf der Veranda, dem Kaplan entgegen* Bitte sehr, Hochwürden.

KAPLAN Ich war nämlich tatsächlich auf dem Weg in den Markt – vielmehr zur Bahn.

JOSEFA *fast erschrocken* Zur Bahn –? Hochwürden haben doch grad' früher den Herrn Bruder –

KAPLAN Die Sache ist nämlich die. Eben wie ich das Haus verlassen will – zum Hofrat – und auf dem Schreibtisch Ordnung mache, fällt mir ein Brief von meinem Bruder in die Hände.

JOSEFA Vom Herrn Leutnant? Den Hochwürden eben auf die Bahn begleitet haben?

KAPLAN Ich hätte ihn offenbar erst morgen nach der Messe finden sollen – der Robert hat das ein bißchen ungeschickt angestellt. – Aber es ist wohl eine Fügung, daß ich den Brief schon jetzt gefunden habe.

JOSEFA *vorsichtig* Es ist doch nichts passiert?

KAPLAN *rasch* Nein. Noch nicht – – *Schweigt, sieht vor sich hin.*

JOSEFA *ängstlich fragend* Hochwürden!

KAPLAN *wie zu sich kommend* Frau Professor, Sie sind ja eine so kluge und gute ... vielleicht ... daß Sie – *Nimmt den Brief aus der Tasche* Wenn Sie erlauben, Frau Josefa, möchte ich Ihnen den Brief vorlesen.

JOSEFA *ruft hinein* Kathi! Kathi! Bringen S' die Lampe heraus.

KAPLAN O danke. Da ist ja Licht genug. *Er steht außerhalb der Veranda.*

JOSEFA *auf der Veranda, die Balustrade zwischen ihnen.*

KAPLAN *beginnt zu lesen* »Mein geliebter Bruder –«

KATHI *kommt von drin mit der Lampe, geht wieder ab. Wenn es ohne Schwierigkeiten möglich, sollte von hier aus durch Drehung der Bühne die Szene in das Innere des Hauses verlegt werden und erst gegen Schluß des Aktes die anfängliche Dekoration, gleichfalls durch Drehung, wiederhergestellt werden.*

KAPLAN *liest* »Mein geliebter Bruder, diese Zeilen schreibe ich Dir vor meiner Abreise nach Wien.« *Erklärend zu Josefa* Gestern! *Liest weiter* »Du sollst sie aber erst lesen, nachdem ich Dich gesehen und gesprochen habe. Die paar Stunden, die uns vergönnt sein werden, wollen wir in Ruhe miteinander verbringen. Du sollst auch nicht unruhig werden, wenn Du diesen Brief liest. Denn während ich ihn schreibe, von Zeile zu Zeile bin ich fester davon überzeugt, daß alles gut ausgehen wird. *Hält einen Augenblick inne, Blick zwischen ihm und Josefa, dann liest er weiter* Und nun habe ich die folgende Bitte an Dich. Wenn Du bis übermorgen mittag« *Zu Josefa* – morgen also – »zwölf Uhr keine Nachricht von mir haben solltest oder ich nicht selbst wieder bei Dir sein sollte, so begib Dich nach Wien, wo Dich auf dem Bahnhof, wenn nicht ich selbst, einer meiner Kameraden erwarten wird, von dem Du dann alles Nähere erfahren wirst. Wenn Du diesen Brief in Händen hältst« *Zu Josefa* – er dachte: erst morgen – »ist jedenfalls alles – und ich hoffe zu Gott –« *Bitter* – zu Gott! – »glücklich vorüber.« *Zu Josefa* Jetzt kann natürlich noch nichts vorüber sein. *Liest weiter* »Aber falls es anders bestimmt sein sollte, will ich nicht aus der Welt gehen, ohne Dir noch einmal gesagt zu haben, mein lieber Ferdinand, wie sehr ich Dich liebe, wie dankbar ich Dir für alles bin, was Du zeitlebens für mich getan hast.« *Zu Josefa* Nichts, nichts! *Liest weiter* »Und was immer Du morgen auf dem Lande zu mir sprechen wirst – merke wohl – jedes Deiner Worte, Dein Händedruck, Deine Umarmung wird mir Absolution bedeuten. *Blick zu Josefa* Und Deiner Liebe werde ich es zu danken haben, Deiner Fürbitte, wenn ich frei von Sünden vor den höchsten Richter trete. Und so wage ich in unerschütterlichem Gottvertrauen, diesen Brief mit dem Wort zu enden: Auf Wiedersehen! Dein Robert.« *Er läßt den Brief sinken, sieht Josefa wie fragend an.*

JOSEFA *nach einer Pause, leise* Ein Duell also ... ?

KAPLAN *nickt* Nicht sein erstes. Von zwei anderen vor drei und vor vier Jahren hat er mir erst später erzählt, wie schon alles glücklich vorbei war. Die waren nicht ernst, sozusagen Spielereien, wenn auch freilich lästerliche Spielereien, wie sie in diesem Beruf offenbar nicht zu vermeiden sind. Aber diesmal – diesmal! – Das ist ein Abschiedsbrief.

*Eine Tür schlägt zu.*

JOSEFA *erschrickt unwillkürlich, steht auf, dann ins Zimmer rufend* Ist der Eduard nach Haus gekommen?

KATHI *drin* Nein, gnä' Frau. Der Wind hat die Haustür draußen zugeschlagen. Das Fräulein Gusti ist auch noch nicht zu Haus.

JOSEFA Sie wird sich in der Post untergestellt haben.

KATHI Die Post ist schon lang zu, gnä' Frau. *Ab.*

JOSEFA *zuerst in Gedanken, dann* Es wird sicher gut ausgehen, Hochwürden, ich hab' es im Gefühl.

KAPLAN *mit hilfloser Gebärde* Und nicht das Geringste war ihm anzumerken. Über alles Mögliche haben wir gesprochen, über seine Transferierungsangelegenheit vor allem. Ich hab' ihn überhaupt noch nie so gut aufgelegt gesehen. Wie sich ein Mensch nur so verstellen kann.

JOSEFA Das braucht doch keine Verstellung gewesen zu sein. Er wird's eben auch im Gefühl haben, daß nichts geschehen wird.

KAPLAN *auf den Brief weisend, den er noch in der Hand hält* Auf Tod und Leben geht's. Sonst schreibt man keinen solchen Brief.

*Pause.*

JOSEFA *teilnahmsvoll, aber neugierig* Und Hochwürden haben keine Vermutung – mit wem und warum?

KAPLAN Von – gewissen Dingen hat er nie zu mir gesprochen, höchstens in Andeutungen.

JOSEFA *vorsichtig* Wahrscheinlich – eine Liebesgeschichte?

KAPLAN Was man so Liebesgeschichten nennt. *Pause.*

JOSEFA Mit einer verheirateten Frau.

KAPLAN *ablehnend* Ich weiß nicht. Es wird wohl – *Plötzlich* Also, auf Wiedersehen, Frau Josefa.

JOSEFA *nicht zu absichtlich* Es ist jetzt doch zu arg, das Wetter.

KAPLAN Um acht Uhr zwanzig geht ein Zug.

JOSEFA Was wollen Hochwürden denn in der Stadt drin machen? Verhindern läßt sich ja jetzt doch nichts mehr.

KAPLAN Das ist allerdings richtig. Und ich weiß ja nicht einmal, wo er in Wien abgestiegen ist. Und doch – mir ist, als könnte ich durch meine Nähe – ich weiß ja, es ist ein Unsinn – nichts kann man machen – drin in der Stadt ebensowenig wie da. Es heißt eben warten. Warten. Und beten. Gebete können Wunder wirken. Haben schon oft Wunder gewirkt, Frau Josefa. – Nur, leider, Geschehenes ungeschehen machen, das vermag kein Gebet.

JOSEFA Aber es kann doch nichts geschehen sein, Hochwürden.

KAPLAN Nicht so hab' ich es gemeint. Ich meine, daß Gebet eine Schuld nicht aus der Welt tilgen kann.

JOSEFA Wer weiß, ob die Schuld gar so groß war. Ein junger Mensch – es gibt allerhand Versuchungen.

KAPLAN *nicht predigend* Aber es ist unsere Pflicht, anzukämpfen gegen – das, was Sie Versuchung nennen.

JOSEFA Es sind nicht alle Menschen gleich. Mancher ist wohl nicht geschaffen für einen solchen Kampf.

KAPLAN Auch Schwäche ist Schuld, Schwäche ganz besonders.

JOSEFA Aber wer hat höheren Anspruch auf göttliche Milde als einer, der schuldig geworden ist? Was wäre Gnade sonst?

KAPLAN Sie sind gut, Frau Josefa. Ich danke Ihnen.

JOSEFA Wofür denn, Hochwürden? Ich habe nichts als meine herzliche Anteilnahme.

KAPLAN Auch Anteil ist Gebet. Wie tief empfinde ich das, seit ich hier bin. Und es ist nicht dieser Anteil allein, aus der es mir wie eine Hoffnung entgegenströmt. Die Geborgenheit dieses Hauses, der Friede eines reinen Herzens, Frau Josefa –

JOSEFA *abwehrend* Daran wird es kaum liegen, Hochwürden. Wer ist denn überhaupt geborgen, wer in dieser Welt? Wem ist ein friedliches Herz geschenkt?

KAPLAN Damit mögen Sie wohl recht haben. Niemandem bleiben innere Kämpfe ganz erspart. Aber ohne die wäre wohl auch der innere Friede nicht viel wert. Das ist ja erst der rechte, den man sich erkämpft hat. Erst Selbstüberwindung ist Friede, ist Glück.

JOSEFA Immer, Hochwürden? Ich frage mich manchmal, ob nicht die Leute besser dran sind, die sich nicht überwunden, die alles auf sich genommen haben, was ihnen das Leben gebracht oder über sie verhängt hat, Freude und Leid – Gutes und Böses – Schönes – und Häßliches auch.

KAPLAN *sieht sie befremdet an.*

JOSEFA *mit einem Blick vorbei* Freilich – manchmal gehört schon Courage dazu.

KAPLAN Eine Courage, um die wir niemanden beneiden wollen, Frau Josefa. Eine Art von Mut, der dann oft der Sünde verzweifelt ähnlich sieht.

JOSEFA Und ob die Sünde nicht wieder manchmal dem Glück ähnlich sieht, verzweifelt ähnlich?

KAPLAN *bestimmt, aber nicht hart* Wo hinterher die Reue kommt, kann man wohl kaum von Glück sprechen.

JOSEFA Sind Hochwürden denn so sicher, daß Ihr Bruder bereut?

KAPLAN *auf den Brief deutend* Absolution hat er sich von mir geholt. Darum war er da. Da steht es. Absolution. Was er auch gefehlt haben mag – jetzt bereut er. Nicht weil – es etwa schlimm ausgehen könnte, nein, er bereut, weil er gesündigt hat. *Er hält den Brief in der Hand* Ich weiß es, ich fühl' es.

JOSEFA Gewiß. Aber eins ist noch gewisser. *Zuerst zögernd* Hochwürden verzeihen – daß er vorher irgend etwas erlebt hat, das die Reue lohnt.

KAPLAN *leise Bewegung.*

JOSEFA *immer bestimmter* Und wenn's nicht Glück war, so war es doch – Freude; eine schöne Stunde wenigstens – oder viele.

KAPLAN *nach einer kleinen Pause, in einem neuen Ton, fremd beinahe* Ich hätte Sie mit meinen persönlichen Angelegenheiten nicht behelligen dürfen. Ich sehe zu meinem Schmerz, daß der Brief meines beklagenswerten Bruders Sie in Unruhe, wenn nicht gar in Zweifel gestürzt hat. Das war nicht meine Absicht. *Als wollte er gehen, streckt er ihr die Hand entgegen.*

JOSEFA Bitte, machen sich Hochwürden doch keine Vorwürfe. Er hat mich natürlich sehr bewegt, dieser Brief. Aber was die Zweifel anbelangt – es ist Ihnen ja nicht unbekannt, Hochwürden –, dazu hab' ich wohl schon von Natur aus eine gewisse Anlage.

KAPLAN *will abwehren.*

JOSEFA Man weiß ja selber nicht immer davon. Aber es gibt eben Tage – Stunden, da spürt man deutlicher als sonst, wie es in Wirklichkeit in einem ausschaut.

KAPLAN Gerade solche Stunden, Frau Josefa, solche Stunden des Zweifels, sagen wir lieber: der inneren Unruhe, pflegen sehr trügerisch zu sein.

JOSEFA Ich weiß nicht, Hochwürden. Das sind vielleicht gerade die aufrichtigen, die wahrhaftigen Stunden, in denen man ganz versteht, was man erlebt – und zugleich ahnt, was man versäumt hat.

KAPLAN *stark, aber nicht hart* Versündigen Sie sich nicht, Frau Josefa. Sie, die Gott so reich gesegnet hat vor vielen anderen Frauen.

JOSEFA Ja, wenn man das auch wirklich besäße, womit einen Gott gesegnet hat. Aber keine Mutter hat ihren Sohn, und keine Frau hat ihren Mann – so, wie sie ihn haben möchte. Wenn es gerade ruft und lockt von irgendwoher, so laufen sie ins Wetter, in die Nacht und ins Leben hinaus – und man bleibt allein.

KAPLAN *lächelnd, als verstünde er erst jetzt ganz* Nicht für lange. – Sie werden beide recht bald zurückkommen – Eduard und der Herr Professor auch.

JOSEFA Und werden beide nicht da sein.

KAPLAN *nach einer Pause, bewegt, beinahe herzlich* Glauben Sie nicht, Frau Josefa, daß ich nicht fähig wäre, Stimmungen solcher Art durchaus zu verstehen. Das Leben ist ja nicht einfach. Was sieht und hört man nicht alles – auch hier in diesem weltabgeschiedenen Nest. Was vertrauen die Menschen nicht alles dem Priester an – und begreifen ihre Regungen manchmal selber nicht, nehmen sie bald zu leicht und oft zu schwer. Aber es tut ihnen wohl, ja, es befreit sie manchmal, daß sie sich ausgesprochen, daß sie gebeichtet haben. Und wenn es auch nicht gerade Ihre Absicht war, Frau Josefa – ich habe jetzt doch von Ihnen eine Beichte gehört, eine Art von Beichte, sagen wir. Jeder ist fromm auf seine Weise – ob er will oder nicht, hätt' ich bald gesagt. Und glauben Sie mir, liebe Frau Josefa – morgen wird Ihre unruhvolle Stimmung – an der ich leider auch mir einige Schuld zumessen muß –, morgen wird sie wieder vorbei sein.

JOSEFA Ja, das wird sie, gewiß. Und man wird sich wieder belügen, sich und die andern dazu.

KAPLAN *betroffen, will etwas erwidern, besinnt sich dann, wieder in fremdem Ton* Es ist nun Zeit, daß ich gehe, Frau Josefa. Meine Pflicht ruft mich anderswohin. Gute Nacht. *Wendet sich zum Gehen.*

JOSEFA Und wenn ich Hochwürden das alles in einer wirklichen Beichte gesagt hätte – würden Sie auch dann – fliehen?

KAPLAN *ernst* Es ist keine Flucht. – Und Ihre Worte waren keine Beichte und wollten keine sein, Frau Josefa. *Stärker.*

JOSEFA Gewiß nicht, Hochwürden. Zu einem Freund glaubt' ich sprechen zu dürfen.

KAPLAN Ich bin Priester, Frau Josefa.

JOSEFA Doch auch ein Mensch wie andere.

KAPLAN Sie müssen mir das nicht sagen, Frau Josefa. Wir alle sind es. Fehlbare, sündige Menschen. Ich fühle mich keineswegs erhaben über andere in meinem irdischen Wandel. Nicht höhere Tugenden, nicht höhere Rechte habe ich mit den Weihen empfangen, doch höhere Pflichten sind mir auferlegt. – *Mild* Kommen Sie zur Besinnung, Frau Josefa. Versuchen Sie Ihre abirrenden Gedanken wieder auf den richtigen Weg zu leiten.

JOSEFA Wissen das Hochwürden ganz bestimmt, welches der richtige Weg ist? Mein rechter Weg?

KAPLAN Der ist vorgezeichnet, wie nur je einer war, es ist der Weg einer Gattin, einer Mutter.

JOSEFA *einfach* Ich bin auch eine Frau, Hochwürden, und ich bin nicht so sicher, ob ich meinen Weg als Frau so gehe und gegangen bin, wie Gott ihn mir vorgezeichnet hat.

KAPLAN *stark* Lassen Sie Gott aus dem Spiel, Frau Josefa, mit solchen Gedanken hat Gott nichts zu tun.

JOSEFA Von wem kommen sie denn als von ihm? Und woher wissen wir denn so genau, welche Gedanken vom Himmel, welche aus der Hölle und welche aus uns selber kommen? Und wenn wir beten – wissen wir denn jedesmal, wohin wir unsere Gebete richten? Ob der Himmel oder die Hölle sie hören soll?

KAPLAN *wie erschrocken* Was wollen Sie damit sagen, Frau Josefa?

JOSEFA Es ist nicht alles so einfach, Hochwürden. Sie selbst haben es früher bemerkt. Und wenn Sie zum Beispiel jetzt für Ihren Bruder beten, wissen Sie denn, ob Sie mit einem solchen Gebet nicht vielleicht auf das Haupt eines andern – ob Sie nun wollen oder nicht – Unglück, Vernichtung, Tod herabflehen? – Und wahrscheinlich auf das Haupt desjenigen, der minder schuldig ist?

KAPLAN Nicht weiter, Frau Josefa.

JOSEFA Es ist ein Duell auf Tod und Leben. Sie haben es früher selbst gesagt. Und was ist's, was Sie vom Himmel erflehen? – Daß er sich zugunsten dessen entscheide, der wahrscheinlich der Schuldigere, der aber zugleich Ihr Bruder ist.

KAPLAN *sich neu fassend* Ich weiß nicht, wer von beiden der Schuldigere ist. Was Schuld ist, liegt meist weiter zurück, als wir zu begreifen vermögen. Wir urteilen nur mit unserem armen Menschenverstand – und mit diesem armseligen Verstand wählen wir auch die Worte unseres Gebets. ER aber hört und erfüllt sie nach SEINER Weisheit und in SEINEM Sinn, nicht in dem unsern. Es kommt nur auf das eine an, daß unser Gebet aus einem gläubigen Herzen dringe und daß wir uns in allem, was ER uns sendet, im Glück wie im Unglück, gläubig bewähren.

JOSEFA Und warum – wenn ER allweise, allmächtig und allgütig ist, warum gibt ER nicht jedem ein gläubiges Herz?

KAPLAN Es ist genug, Frau Josefa. Jedes Wort, das Sie sprechen, ist Lästerung. Ich will, ich darf Sie nicht länger hören. Es könnte sein, daß Gott Ihre Reden strafen wollte – und nicht an Ihnen allein.

JOSEFA Sie denken doch nicht, Hochwürden, daß der allgerechte Gott meine Zweifel einen andern, einen Unschuldigen, einen, der kein Zweifler ist, könnte entgelten lassen?

KAPLAN Nicht die Ihren, nein. *Pause, dann ausbrechend* Aber die meinen vielleicht.

JOSEFA *erschüttert* Hochwürden!

KAPLAN Leben Sie wohl! *Er will gehen.*

JOSEFA *ergreift seine Hand, die er ihr anfangs zu entziehen sucht* Vergeben Sie mir, Hochwürden. Wenn ich geahnt hätte – *Stärker* Hochwürden, verzeihen Sie mir.

KAPLAN Nennen Sie mich nicht so.

JOSEFA Verdammen Sie mich, aber nicht sich, Hochwürden. Noch einmal, verzeihen Sie mir.

KAPLAN Ich habe Ihnen nichts zu verzeihen; – so wenig mir das Recht zustand, Sie wegen Ihrer Zweifel zurechtzuweisen. *Nicht zu stark* Der Zweifler bin ich.

JOSEFA Ich allein trage Schuld daran, daß – Sie sich für einen halten.

KAPLAN Ich bin es! Von dem Augenblick an, da ich den Brief meines unglückseligen Bruders in Händen hielt, begannen Zweifel sich in mir zu regen. Ich suchte Zuflucht – bei IHM, aber sie wollten nicht schweigen. – Zweifel –? Das Wort ist zu schwach, Auflehnung. Und nicht Auflehnung allein, Schlimmeres noch, – Unzufriedenheit – ja – irgend etwas wie Neid. Und nicht zum ersten Male! Unzufriedenheit mit meinem stillen Dasein; Neid auf das Leben, das ihm beschieden ist, mit seiner Vielfältigkeit, mit seinen Abenteuern, mit seinen Gefahren. Und die Worte, die ich zum Himmel sandte, wurden kein Gebet, sinnlos; im Leeren verwehten sie, denn sie waren ohne Demut und ohne Glauben. Darum jagte es mich auf von den Stufen des Altars, trieb mich davon – hieher – als dürft' ich, könnt' ich mir Trost, trügerischen Trost nur mehr von menschlichen Lippen, – sündigen wie den meinen holen.

JOSEFA Wäre es mir doch beschieden, Ihnen diesen Trost zu geben, Ihre ungerechten Selbstvorwürfe zu zerstreuen.

KAPLAN *schüttelt den Kopf.*

JOSEFA Was Ihnen als sträflicher Zweifel erscheint, das ist doch nichts als die so begreifliche Sorge um einen Menschen, den Sie lieben.

KAPLAN Doch Sorge nur um sein irdisches Wohl, um sein Leben – nicht um sein Seelenheil. Darum wollte der Himmel mich nicht hören, darum verwarf er mein Gebet. *Lebhafter* Noch als ich die Kirche verließ, glaubte ich mich entschlossen, zu dem alten Mann zu eilen, dessen suchende Seele ich zu Gott geleiten wollte. War ich nicht schon auf halbem Wege zu ihm? – Was lenkte meine Schritte ab? Jetzt weiß ich's. Das dunkle Gefühl, daß ich nicht mehr würdig sei, Mittler zu sein zwischen Gott und Mensch.

JOSEFA Der Hofrat – sagten Sie es nicht selbst – hat niemals nach kirchlichem Beistand verlangt. Sie sind doch immer nur als Freund bei ihm gewesen.

KAPLAN Heute morgen – als ich an seinem Bette saß – war in seinen Augen ein neuer, ein himmlischer Glanz, wie ich ihn früher niemals gesehen. – *Lebhafter* Was wissen wir von den Stunden, da ein Mensch sich dem Ende nahe fühlt? – was von dem Augenblick zwischen Leben und Tod? – Sein Händedruck zum Abschied heute morgen war ein anderer als sonst. Eine Bitte, ein Flehen war darin. Ich höre seine Worte noch: »Kommen Sie heute abend wieder.« – Er wartet meiner.

JOSEFA Des Freundes. Gewiß. Gibt es ein heiligeres Amt?

KAPLAN Des Priesters wartet er, Frau Josefa. Er weiß, daß ich es bin. Von einem Mal zum andern hab' ich dringender, hoffnungsvoller in meiner Eigenschaft als Priester zu ihm gesprochen. Von allem, was im Lauf dieser letzten Stunde sich in mir begab, ist ihm nichts bekannt. Als Priester wird er mich empfangen – der ich für ihn bin.

JOSEFA *leise* Vielleicht.

KAPLAN *immer hoffnungsvoller* Gewiß. Und wenn es mir vergönnt wäre, heute das heilige Werk zu vollenden, das ich begonnen –

JOSEFA *fragender Blick.*

KAPLAN Wenn es mir gelänge, ihn zu Gott zu führen, dann – wird es mir vielleicht ein Zeichen sein dürfen, daß mir die himmlische Gnade noch nicht völlig verloren ist.

JOSEFA Gehen Sie hin, Hochwürden.

KAPLAN Leben Sie wohl, Frau Josefa. *Er geht rasch ab.*

JOSEFA *bleibt allein zurück, tritt in den Garten hinaus. Das Wetter hat sich beruhigt, sie atmet tief, blickt zur Mansarde auf, dann geht sie über die Veranda ins Haus.*

*Die Bühne ist leer, der Vorhang fällt.*

## Dritter Aufzug

*Gleiche Dekoration. Früher Morgen. Bühne ist zuerst leer. Dann* EDUARD *und* GUSTI *von rechts, außerhalb des Zauns, mit einiger Vorsicht.*

GUSTI Es schlaft noch alles.

EDUARD *mit ihr durch die Gartentür herein* Daß wir bei dem Wetter nicht herunter können mitten in der Nacht, wird sich die Mutter doch gedacht haben.

GUSTI Geh du lieber vielleicht vorn beim Haus herein, nicht über die Veranda.

EDUARD Warum denn? Wir müssen uns doch nicht verstecken? Jetzt, wo wir fürs Leben zusammengehören. Oder vielleicht nicht?

GUSTI Ja, ja. Aber das muß nicht gleich jeder wissen.

EDUARD Sie sollen's wissen.

GUSTI Sei vernünftig, Eduard! – Das bist du mir schuldig. Das sind wir beide deiner Mutter schuldig.

EDUARD Aber dem Doktor mußt du's sofort sagen. Schreiben. Heut noch. Er darf überhaupt nicht mehr herauskommen in die Kirchau.

GUSTI Das kann ich ihm nicht verbieten.

EDUARD *obstinat* Unbedingt mußt du ihm die ganze Wahrheit schreiben. Rekommandiert. Darauf besteh' ich. Daß er sich nicht vielleicht einbildet –

GUSTI *ihn unterbrechend, bestimmt* Also jetzt – hör einmal zu. Keinen Menschen geht es etwas an, wie es zwischen dir und mir steht, auch den Doktor nicht. Du bist ein junger Mann, Eduard, Diskretion ist die erste Pflicht. Alles übrige wird sich finden. Wenn du dich aber verrätst, – auch nur mit einem Wort – und mich – du, ich sag's dir, dann ist alles aus. Verstanden? *Nimmt plötzlich seinen Kopf zwischen beide Hände, sieht ihn zärtlich an, küßt ihn aber nicht, tritt zurück* So, mein Schatz, und jetzt geh schlafen, und mach keinen Lärm beim Hinaufgehen.

JOSEFA *aus dem Hause, auf die Veranda, bleibt eine Sekunde stehen, in ihrem Blick drückt sich sofort das Verständnis für die Situation aus. Sie spricht, noch ehe die beiden sie bemerkt haben.* Na endlich!

GUSTI *rasch ihr entgegen* Du hast dich doch hoffentlich nicht geängstigt? Wir haben natürlich gewartet mit dem Heruntergehen, bis es hell geworden ist.

JOSEFA Natürlich.

EDUARD *von der Gartentüre her, näher* Das war ein Wetter heut nacht, was, Mutter? Es war noch ein Glück, daß die Gusti ganz nah von der Hütte gewesen ist, wie es so arg geworden ist. Ich bin nämlich schon lang unter Dach gewesen, wie's zu schütten angefangen hat.

GUSTI Aber mich hat's noch ordentlich erwischt. Und hineingeregnet hat's übrigens auch.

EDUARD Und so was heißt sich dann eine Schutzhütte. *Lacht ungeschickt.*

GUSTI *wirft einen Blick auf Eduard.*

JOSEFA *lächelt.*

GUSTI Der Weg ist in einem Zustand – schau dir meine Schuh' an.

JOSEFA *zu Eduard* Und du siehst auch gut aus! Jetzt schau vor allem, daß du ins Bett kommst. *Zu Gusti* Dir wird's auch nicht schaden. Die Kathi soll euch nur geschwind noch einen Kaffee kochen.

EDUARD *rasch* Mutter, weck sie nicht auf. Ich hab' jetzt gar keine Lust auf einen Kaffee.

GUSTI Wenn wir dort oben einen gehabt hätten!

EDUARD *lacht wieder etwas dumm* Ja, das wär' fein gewesen.

JOSEFA Aber es ist halt nur eine Schutzhütte und kein Restaurant.

EDUARD *lacht* Leider. Also, adieu, Mutter, gute Nacht hätt' ich bald gesagt ... *Ungeschickt* Schlaf gut, Gusti. *Über die Veranda ins Haus.*

GUSTI, JOSEFA

GUSTI *rasch* Wirklich, grad' noch im richtigen Moment bin ich in die Hütte gekommen. Sonst – ich glaub', es hätt' mich heruntergeschwemmt. Ich bin bei der Post gewesen, einen Brief aufgeben, und wie ich herauskomm', hat sich's grad' ein bisserl aufgeheitert – na, hab' ich mir gedacht, am End' wird's noch ganz schön und –

JOSEFA *lächelnd abwehrend* Schau, du mußt doch nicht reden.

GUSTI *ein bißchen trotzig* Warum soll ich denn nichts reden?

JOSEFA *lächelnd* Ich glaub', es ist besser, du redest nichts.

GUSTI *resigniert* Na ja. – Ich werd' mir übrigens noch selber geschwind in der Küche einen Kaffee kochen, leg' mich auf eine Stund' hin und dann – pack' ich meine Sachen.

JOSEFA Was ist denn das für ein Unsinn? Du kannst ruhig heraußen bleiben. Es ist wirklich kein Grund –

GUSTI *etwas trotzig* Es ist ja auch nicht deswegen. In ein paar Tagen müßte ich ja doch nach Wien. Es gibt noch so viel zu tun vor der Abreise. Ich kann die Mutter nicht alles allein machen lassen. Und – was den Doktor anbelangt – du hast gestern schon recht gehabt, Tante Josefa, ich werde Schluß machen, noch ehe ich ins Engagement fahre. Wird g'scheiter sein.

JOSEFA *nickt* Glaub' ich auch.

GUSTI *seufzt leicht, dann* Und wenn ich bis halb zehn nicht auf sein sollte, dann bitte, weck mich, Tante.

JOSEFA *nickt, dann faßt sie Gustis Kopf mit beiden Händen und küßt sie auf die Stirn.*

GUSTI *rasch über die Veranda ins Haus.*

JOSEFA *allein, lächelt, wird dann ernst, Blick zur Mansarde, auf deren Balkon kurz vorher Eduard seinen Rock gehängt hat.*

KAPLAN *von rechts, längs des Zauns, eilig.*

JOSEFA *als fühlte sie seine Nähe, wendet sich um* Sie haben schon Nachricht aus der Stadt?

KAPLAN Ich gehe dem Boten entgegen. Jeden Augenblick kann sie da sein.

JOSEFA Eine gute – ich fühl' es.

KAPLAN *schüttelt den Kopf* Heute nacht – zu dem alten Mann kam ich zu spät. In der Sekunde, da ich eintrat, floh seine Seele dahin. Sie entfloh vor mir. – Ist das Zeichen deutlich genug?

JOSEFA Wenn es durchaus ein Zeichen sein soll – ich kann es nicht anders deuten, als daß es den Sterbenden nach einem Priester nicht verlangte.

KAPLAN *achselzuckend, schwer* Wir können uns nicht verstehen, Frau Josefa.

JOSEFA Und waren so nahe daran.

KAPLAN *rasch* Allzu nahe. *Hält inne.*

JOSEFA *schaut ihn an.*

KAPLAN *wendet den Blick ab.*

JOSEFA *versteht.*

KAPLAN Das ist es. Daß mir in diesem Garten, *Er steht außerhalb* daß mir in Ihrer Nähe, Frau Josefa, geborgener, heimatlicher zumute war als auf den Stufen des Altars im Gebet – das – vielleicht nur das – dies erst war meine Sünde.

JOSEFA *kopfschüttelnd* Wie –? Daß es Sie in einer schmerzensvollen Stunde drängte, sich einem mitfühlenden Herzen anzuvertrauen – das sollte eine Sünde sein? Das versteh' ich nicht.

KAPLAN Sie werden es, Frau Josefa, wenn Sie guten Willens sind.

JOSEFA *sehr befremdet, erwidert nichts.*

KAPLAN Heute morgen, nach schlaflosen Stunden, sandte mir der Himmel –

JOSEFA *sieht bei diesem Wort zu ihm auf.*

KAPLAN *wiederholt* Sandte mir der Himmel einen Traum. Es war einer jener Träume, die nicht trügen, die wahrer sind als die wachsten Gedanken. Mir träumte – daß es mir, dem Priester, zur Buße verhängt sei, vor Ihnen, Frau Josefa – eine Beichte abzulegen. Die Worte, die ich sprach, – auch ihren Sinn weiß ich nicht mehr. Doch ich weiß, es waren andere, als ich jemals im Wachen zu irgendeinem Menschen – als ich sie jemals in der Beichte zu einem Priester gesprochen habe oder hätte sprechen können. Mit verhülltem Antlitz, auf den Knien vor Ihnen – flehte ich um Absolution. Sie blieben stumm. Als ich aufsah, war Ihr Antlitz unbewegt, Ihre Lippen verschlossen –

und plötzlich waren Sie verschwunden. Verzweifelt rief ich Ihren Namen in die Luft, es kam keine Antwort, und ich war allein, wie ich es nie gewesen. – Und nichts war in mir als eine wühlende Sehnsucht – ohne Ziel und Sinn. Nichts als diese Sehnsucht war in mir, meine ganze Seele war von ihr aufgezehrt. Und so erwachte ich allmählich. Doch je wacher ich wurde, um so mehr schwand diese Sehnsucht hin oder wandelte sich – wandelte sich in eine Klarheit ohnegleichen, und als ich endlich völlig erwacht war, da war alle irdische Sehnsucht dahin. Doch mit um so helleren Sinnen wurde ich mir meiner Sünde bewußt.

JOSEFA Welcher Sünde? – *Verstehend, doch wie mit Staunen* – daß wir einander – beinahe – verstanden hätten?

KAPLAN Ja, Frau Josefa. Dieser – und dieser allein. *Pause.* Noch weiß ich von der Buße nichts, die der Himmel über mich verhängt, – doch zum Zeichen inbrünstiger Bereitschaft und Reue habe ich mir gelobt: – wenn jemals wieder Zweifel meine Seele versuchen sollten, mich demütig nur meinem Gotte zu vertrauen, doch niemals wieder ein sterbliches Wesen – und wäre es meinem Herzen unter allen das teuerste – in meine irrende Seele schauen zu lassen.

JOSEFA Ein Gelübde gar –? *Sie schüttelt den Kopf* Es war nicht nötig, Hochwürden, zum mindesten, was mich anbelangt. – Für mich steh' ich ein.

KAPLAN *der jetzt erst auch sich selbst ganz versteht* Frau Josefa, Sie sind stärker als ich.

JOSEFA Frommer, Hochwürden ... *Sie stehen einander Auge in Auge gegenüber.*

KAPLAN *öffnet nur die Lippen.*

JOSEFA *mit leicht abwehrender Geste* Es ist vorbei.

KAPLAN *ergreift ihre nahe Hand; nach kurzem Zögern küßt er sie.*

JOSEFA *küßt daraufhin sehr rasch die seine, die er ihr entzieht. Sie wendet sich zurück in den Garten.*

KAPLAN *rasch ab nach links.*

JOSEFA *allein.*

*Weiter rückwärts Sommergäste, Dorfbewohner im Sonntagsstaat. Vor-*

*beiziehende Touristen. Ganz in der Ferne Lachen und Stimmen, die wieder verklingen.*

KATHI *aus dem Haus, deckt im Freien zum Frühstück* Küß die Hand, gnä' Frau.

JOSEFA Guten Morgen.

KATHI Wissen gnä' Frau schon? Der alte Herr Hofrat ist heut nacht gestorben.

JOSEFA *nickt.*

KATHI Ganz ruhig ist er eingeschlafen ... Wie Seine Hochwürden hingekommen sind, war's schon vorbei.

FELIX *von links, in sichtlicher Erregung, noch am Zaun* Guten Morgen, Frau Professor.

KATHI *verschwindet ins Haus.*

JOSEFA *etwas erstaunt* So früh schon, Herr Doktor? *Ihm entgegen.*

FELIX Ja, ich bin mit dem ersten Zug heraus. Fräulein Gusti ist wohl noch nicht auf?

JOSEFA Weiß sie denn –

FELIX Nein. Mein Kommen ist ganz improvisiert. Aber ich muß sie dringend sprechen.

JOSEFA *zögernd* Sie hat mich gebeten, ich möchte sie erst um halb zehn aufwecken.

FELIX Ich nehme die Verantwortung auf mich, Frau Professor. *Sieht auf die Uhr* Ich muß leider sehr bald wieder zurück.

KATHI *bringt den Kaffee.*

GUSTI *tritt im Morgenkleid auf die Veranda* Aber was sehen meine Augen – der Doktor! Das ist ja eine Überraschung.

FELIX Guten Morgen, Fräulein Gusti.

GUSTI *reicht ihm die Hand.*

FELIX Ich bin mit dem ersten Zug herausgefahren.

GUSTI Das war aber einmal eine gute Idee.

KATHI *auf einen Wink Josefas mit dem Kaffee ab.*

JOSEFA *folgt ihr.*

GUSTI Gestern abend hab' ich dir noch einen langen Brief geschrieben. Ich hab' ja keine Ahnung gehabt –

FELIX *nimmt eine Zeitung aus der Brusttasche, reicht sie Gusti hin, weist auf eine Stelle* Ist das wahr?

GUSTI Was denn?

FELIX *liest ihr vor* »... Von den diesjährigen Absolventen des Konservatoriums sind engagiert: die Damen Fräulein Edith Neumann, Hamburger Schauspielhaus; Marie Bechert, Vereinigte Stadttheater Elberfeld-Barmen; Marie Wimmer, Wien, Volkstheater; Auguste Pflegner –«

GUSTI Nach Innsbruck vermutlich?

FELIX Es ist also wahr?

GUSTI Wenn's in der Zeitung steht – –

FELIX Und keine Silbe mir gesagt! Gestern, hier, an dieser Stelle, hab' ich dich gefragt, ob du Briefe bekommen hast, Anträge. Du hast es einfach abgeleugnet. Gestern früh noch hast du mir geschworen, daß du ohne mich nicht leben kannst, und dabei hast du schon gewußt, daß du in vierzehn Tagen in Innsbruck Theater spielen sollst!

GUSTI In acht.

FELIX Warum nicht schon morgen? Nur um Gottes willen fort von hier – fort von mir. Das war ja die Hauptsache. Darauf ist es dir vor allem angekommen. Es wird sich dort schon wer anderer finden – der erste jugendliche Liebhaber oder der Regisseur oder ein Tiroler Lodenfabrikant. Und eine Garnison ist glücklicherweise auch dort.

GUSTI *wendet sich, will gehen.*

FELIX *hält sie am Arm fest* Du bleibst. Wir sind noch nicht fertig miteinander.

GUSTI Ich schon.

FELIX Das wäre einfach. So einfach ist das aber nicht. Du weißt sehr gut, was das bedeutet, wenn du ins Engagement fahrst. Wenn du heute in die Welt hinausgehst ohne mich, dann – darüber können wir uns doch keiner Täuschung hingeben – dann ist es aus! Aus! Weißt du, was das heißt, Gusti? Aus – – *Setzt sich, Kopf in den Händen. Pause.*

GUSTI *tritt hinter ihn, legt vorsichtig ihre Hand auf seinen Scheitel, er zuckt zusammen, will abwehren, sie streichelt seine Haare weiter* So komm doch zur Besinnung. Was hast du dir denn eigentlich vorgestellt, Felix? Du tust, als wenn –. Du hast doch vom ersten Moment an gewußt, daß ich fort muß.

FELIX Aber nicht so! – nicht so von heut auf morgen. Und hinter meinem Rücken sozusagen. Was für eine raffinierte Komödie hast du gespielt! Warum hast du mir's verschwiegen, daß du weggehst –?

GUSTI Du hast's noch immer früh genug erfahren. Zu früh. Eigentlich hab' ich ganz im geheimen auf und davon wollen. Ja. Daß es in der Zeitung stehen wird, daran hab' ich nicht gedacht.

FELIX Ohne Abschied wolltest du fort? *Steht auf* Ohne Abschied fort auf ewig?

GUSTI *nicht ohne Ironie* Ewig? Du hast doch immer gesagt, daß du mich besuchen wirst. Daß du mindestens alle vierzehn Tage oder alle vier Wochen – –

FELIX *rasch* Du weißt sehr gut, daß das unmöglich ist. Ich hab' ja einen Beruf. Und wenn ich es auch ermöglichen könnte – die Zeit dazwischen, die Tage und Wochen ohne dich – die ewige Unruhe, die Angst, die qualvollen Gedanken –

GUSTI An denen bin ich nicht schuld. Das ist nur deine unglückselige Natur. Wenn du mehr Vertrauen hättest –

FELIX Vertrauen! Woher soll ich Vertrauen nehmen? Eine Person, die sich so verstellen kann! Und dort bin ich nicht bei dir! Versuchungen, Verführungen von allen Seiten – eine schöne, junge Künstlerin – nein, Gusti, ich ertrag' es nicht, du darfst nicht fort –

GUSTI *ihn unterbrechend* Anfangen muß man in der Provinz, das weißt du sehr gut.

FELIX *kindisch* Aber wenn ich dir sage, daß ich ohne dich nicht leben kann – daß ich ohne dich –

GUSTI *ihn unterbrechend* Das kommt dir heute nur so vor, daß du ohne mich nicht leben kannst, mir geht's ja grad' so. – Aber es muß halt sein. Wir haben's doch immer gewußt, vom ersten Moment an, Felix. Du genau so gut wie ich, daß es so kommen wird … Deswegen haben wir uns um nichts weniger gern gehabt und sind um nichts weniger glücklich gewesen. Vielleicht sogar mehr – als wenn wir an die Ewigkeit geglaubt hätten. *Pause.*

FELIX Gusti! *Findet keine Worte.*

GUSTI *näher zu ihm* Es war sehr schön, Felix. Wenn du mich auch ein biss'l viel sekkiert hast. Aber es war schön, Felix, und ich hab' dich sehr lieb gehabt.

FELIX Gehabt!!!

GUSTI Ich sag' lieber gleich »gehabt« ... Denn, schau, Felix, wir wollen doch nicht noch einmal ... Es hätt' doch keinen Sinn, noch einmal über das Unabänderliche zu reden – nach dieser Stunde ... Das Herz tut einem ohnehin schon weh genug. Ja, Felix, mir auch. Wahrscheinlich noch mehr als dir. Aber das muß man schon hinnehmen, Felix. *Sie streckt ihm die Hand entgegen wie zum Abschied.*

FELIX Und das – das soll nun wirklich der Abschied sein?

GUSTI Sag nicht Abschied. Durch so ein Wort macht man sich das Schwere, das man ja doch durchmachen muß, nur noch schwerer, als es sowieso schon ist. Warum denn Abschied? Es ist ja gar keiner. Wir gehen ja beide nicht aus der Welt. Wir werden uns ja wiedersehen – vielleicht schon zu Ostern. Du mußt mir natürlich schreiben, ganz regelmäßig. Alles. Was du denkst, was du machst und was dir durch den Kopf geht und wie du deine Abende verbringst und wen du gern hast –

FELIX *Blick.*

GUSTI Kommt auch, kommt auch. Und ich werd' dir natürlich auch schreiben.

FELIX *bitter* Alles?!

GUSTI *ernst* Selbstverständlich. Ganz aufrichtig. Wir wollen ja Freunde sein, Freunde bleiben – Freunde werden.

FELIX Ich glaub' an solche Freundschaften nicht.

GUSTI Ich schon. Wir müssen beide gescheit sein, Felix. Es könnt' ja alles nur weniger schön werden, als es war. Und das soll, das darf nicht sein. Ich dank' dir für alles, Felix, bleib mir gut.

FELIX *fast ausbrechend* Aus?! Ich kann's ja nicht glauben, Gusti.

GUSTI Glauben tu ich's eigentlich auch nicht. Aber ich weiß es.

FELIX Gusti!

GUSTI *auf ihn zu, küßt ihn* Leb wohl, Felix. *Rasch gegen die Veranda zu, dort wendet sie sich noch einmal flüchtig um.*

FELIX *einen Schritt, als wolle er ihr nach.*

GUSTI *wehrt durch eine Geste ab, der sie eine Geste folgen läßt:* Geh! – *Verschwindet im Haus.*

FELIX *bleibt eine kurze Weile stehen, dann rasch zur Gartentür.*

*Im gleichen Augenblick erscheint* PROFESSOR FRIEDLEIN, *Überzieher am Arm, Hut, ein verpacktes Buch in der Hand.*

VINCENZ Oh, der Herr Doktor! In aller Früh' schon heraußen! Die Gusti schlaft wahrscheinlich noch?

FELIX Nein, Herr Professor, ich habe Fräulein Gusti schon gesprochen. Und ich bin eben im Begriff, wieder zurückzufahren.

VINCENZ So. Das ist aber ein kurzer Besuch heute. Na, besser als nichts – haben Sie sich wahrscheinlich gedacht. Dienst im Spital?

FELIX Ja, ich hab' ihn plötzlich übernehmen müssen.

VINCENZ Da laßt sich nichts machen.

FELIX Leider. Also – adieu, Herr Professor. Auf Wiedersehen!

VINCENZ Nächsten Sonntag hoffentlich.

FELIX Ich glaube, ich fürchte – da wird es mir nicht möglich sein.

VINCENZ Das tät' mir aber leid. Selbstverständlich sind Sie uns jederzeit willkommen, Herr Doktor – auch wenn die Gusti nicht mehr unser Logiergast sein sollte. Sie muß ja wahrscheinlich schon dieser Tage – oh, mir scheint, da hab' ich mich verplauscht.

FELIX Wieso denn? Es ist mir bekannt, daß Fräulein Gusti nach Innsbruck engagiert ist. *Mühseliges Lächeln* Für den Anfang ein ganz gutes Engagement. Adieu, Herr Professor.

VINCENZ *Felix' Hand in der seinen behaltend, herzlich* Es geht Ihnen halt nah, Herr Doktor, nicht wahr? Es wär' ja lächerlich, wenn ich so täte, als merkt' ich's nicht. Sie ist ja wirklich ein charmantes Mädel, die Gusti. Es wird uns allen leid tun um sie. Besonders meiner Frau – –

FELIX *plötzlich* Bitte, Herr Professor, empfehlen Sie mich vielmals Ihrer verehrten Gattin und auch dem Herrn Eduard.

VINCENZ Dem »schlanken Jüngeling«.

FELIX Ich werde die Stunden nie vergessen, die ich hier verbringen durfte. Dieses Haus – diesen Garten – diese Landschaft – – *Blick in die Runde, bricht ab.*

VINCENZ *sehr herzlich* Nehmen Sie's nicht zu schwer. *Leichter* Sie werden hoffentlich noch manche andere schöne Landschaft erleben und – was so dazu gehört zur Landschaft und zur Jugend. Auf Wiedersehn! Und nochmals alles Gute!

FELIX *rasch ab.*

VINCENZ *schaut ihm eine Weile nach, dann tiefer in den Garten herein, legt das Buch auf den Tisch.*

JOSEFA *tritt auf die Veranda* Vincenz!

VINCENZ Ja, ich bin schon da. Guten Morgen.

JOSEFA *von der Veranda in den Garten.*

VINCENZ *ihr entgegen, küßt sie auf die Stirn* Du hast doch gestern abend nicht auf mich gewartet? Mein Telegramm ist rechtzeitig angekommen, hoff' ich.

JOSEFA Ja, natürlich. Um sechs war es da. *Rasch* Wo ist denn der Doktor hin?

VINCENZ Fort. Er läßt sich dir schön empfehlen. Es scheint ja aus zu sein zwischen ihm und der Gusti?

JOSEFA Offenbar. *Neuer Ton* Also was war denn mit dem Intendanten?

VINCENZ Er ist sehr einverstanden mit dem Modell. Man könnt' sogar sagen, er ist begeistert.

JOSEFA Wär' noch schöner, wenn er nicht begeistert wär'. Ist er schon wieder zurück nach Kassel?

VINCENZ Keineswegs. Er bleibt noch bis heut abend, und wir essen mit ihm zusammen in der Stadt zu Mittag.

JOSEFA Wir?

VINCENZ Ja, du und ich. Hotel Imperial. Seine Exzellenz möchte dich gern persönlich zur Enthüllungsfeier in Kassel einladen.

JOSEFA Liegt dir denn was dran, daß ich bei so was dabei bin?

VINCENZ Komische Frage. Vor drei Jahren bei der Einweihung des Brunnens in Graz bist du doch auch mitgekommen?

JOSEFA Vor drei Jahren – –

VINCENZ Und vor allem möcht' ich, daß du dir das Modell noch einmal anschaust, ehe es in die Gießerei kommt. Doch besser gleich heut, als extra deswegen noch einmal hineinzufahren. Ich hab' Rendez-vous mit dem Intendanten im Atelier um zwölf Uhr.

JOSEFA Da müßten wir ja spätestens mit dem Elf-Uhr-Zug hinein.

VINCENZ Den erreichen wir noch leicht.

JOSEFA Weißt du, Vincenz – da könnt' ich eigentlich gleich drin bleiben.

VINCENZ Wieso? Wo?

JOSEFA In der Stadtwohnung.

VINCENZ *sehr erstaunt* Was fallt dir denn ein?

GUSTI *aus dem Hause, fix und fertig zur Abreise gekleidet* Guten Morgen, Onkel.

VINCENZ Guten Morgen. Wie schaust du denn aus? So bin ich dich gar nicht mehr gewöhnt! Eine Stadtfräuln!

GUSTI Ich fahr' ja hinein. Hat dir denn die Tante nichts gesagt?

VINCENZ Heut schon?

GUSTI Ich hab' noch eine Masse zu tun, eh' ich nach Innsbruck fahr'.

VINCENZ Und kommst gar nicht mehr heraus – zu uns?

GUSTI Leider – nein. In dem Jahr gewiß nicht mehr. *Wärmer* Es war ja wunderschön. Ich bin euch ja so dankbar. *Blick in die Runde* Ich werd' oft zurückdenken an den Garten, an das liebe Haus, an die Landschaft – *Frischer* und so an allerhand.

VINCENZ Ganz was Ähnliches muß ich heut schon von wem gehört haben.

JOSEFA Wir fahr'n mit dir hinein, Gusti.

GUSTI Wie?

JOSEFA Wir sind nämlich von Seiner Exzellenz zum Essen eingeladen. Und ich bleib' vielleicht auch schon ganz drin, was, Vincenz?

VINCENZ *immer befremdeter* Ist denn das dein Ernst?

JOSEFA Wär' doch das Gescheiteste. Es herbstelt eigentlich schon sehr.

VINCENZ Das kann ich nicht finden.

GUSTI Wir haben gestern ein fürchterliches Gewitter gehabt.

VINCENZ *nickt nur.*

GUSTI Drum ist es auch heut so frisch.

VINCENZ Mir kommt's eher noch ein biss'l schwül vor.

JOSEFA *rasch* Und der Bub könnt' uns morgen gleich nachkommen. Es ist ja vielleicht ganz gut wegen der Nachprüfung. Und ich möcht' auch nicht, daß er mit der Kathi da allein in dem Haus bleibt.

GUSTI Seine Hochwürden wird schon auf ihn Obacht geben – und ihm nebstbei in Griechisch helfen.

VINCENZ *immer befremdeter, ruft* Eduard!

JOSEFA Pst, er schlaft noch. Das Wetter hat ihn nämlich gestern erwischt. Ganz durchnäßt ist er nach Hause gekommen. Ich hab' ihn ins Bett gesteckt und ordentlich schwitzen lassen.

VINCENZ Er ist doch nicht krank am Ende?

JOSEFA Keine Spur. Grad' früher war ich oben. Er schlaft wie ein Murmeltier.

VINCENZ Wie man sieht.

EDUARD *erscheint auf dem Balkon der Mansarde* Guten Morgen, Vater! *Sehr im Negligé, verschwindet gleich wieder.*

VINCENZ *nach einer kleinen Weile, geht über die Veranda ins Haus.*

JOSEFA *rasch zu Gusti* Warum ist denn der Doktor gar so geschwind wieder weg?

GUSTI Er hat's in der Zeitung gelesen von meinem Engagement. Er war so bös', daß ich ihm früher nichts davon gesagt habe. Ich glaube, das hat ihn mehr gekränkt, als daß ich überhaupt fortgeh'.

JOSEFA Sie sind schon eine merkwürdige Einrichtung der Natur, die Männer.

KAPLAN *in sichtlich freudig erregter Stimmung von links, erscheint am Zaun* Guten Morgen, Frau Professor. Guten Morgen, Fräulein. – Ich wollte Ihnen nur im Vorbeigehen mitteilen, Frau

Professor – es ist eine Depesche da. *Gegen seinen Willen sehr laut* Er lebt!

GUSTI *höchst erstaunt, etwas näher hin.*

JOSEFA Also, was hab' ich gesagt, Hochwürden –

KAPLAN *Geste.*

JOSEFA Man muß die Zeichen nur richtig deuten.

KAPLAN *zu Gusti, erklärend* Mein Bruder hat sich nämlich in einer großen Gefahr befunden.

GUSTI Er war doch gestern – *Versteht plötzlich* Ein Duell?!

KAPLAN Sie haben es erraten, Fräulein. Dem Allmächtigen sei Dank, es ist alles gut ausgegangen. *Zu Josefa* Es ist ihm nichts geschehen, und – der andere ist nur leicht verwundet.

EDUARD *wieder auf dem Balkon der Mansarde* Nein, Hochwürden sind so pünktlich. Küß die Hand. Sofort bin ich fertig.

KAPLAN Es eilt nicht so. Nach dem Mittagessen hol' ich dich ab.

JOSEFA Von uns aus kann es auch früher sein. *Zu Eduard* Wir fahren nämlich in die Stadt hinein, der Vater und ich, wir sind vom Intendanten zum Essen eingeladen.

VINCENZ *ist oben bei Eduard erschienen, steht neben ihm auf dem Balkon* Du kannst mit uns hineinkommen und dir bei dieser Gelegenheit das Relief anschauen, ehe es in die Gießerei kommt.

JOSEFA Hochwürden ist so gut und nimmt ihn auf einen kleinen Ausflug mit. Das wird ihm vielleicht lieber sein.

EDUARD *nickt bestätigend* Ja – wenn ich die Wahrheit sagen soll –

VINCENZ *tritt ganz vorn auf den Balkon hin* Guten Morgen, Hochwürden.

KAPLAN Guten Morgen, Herr Professor.

EDUARD Aber Hochwürden, das muß ich noch bemerken, über den Katzenstein ins Gaisental, das ist ein biss'l eine Kletterei, und in dem langen Rock – –

KAPLAN Na, die Schwierigkeit wird sich schon überwinden lassen. Auf Wiedersehen, ich bin sehr bald wieder da.

VINCENZ *ist vom Balkon wieder verschwunden.*

EDUARD *vom Balkon aus zu Gusti* Willst du nicht mithalten, Gusti? Seine Hochwürden wird gewiß nichts dagegen haben. Statt da allein zu Haus zu sitzen –

GUSTI Wieso denn? Ich fahr' ja auch in die Stadt hinein.

EDUARD *erstaunt* Wie?

GUSTI Ja, mit dem Onkel und der Tante.

EDUARD So, du fahrst auch hinein – da muß ich heut schon allerlei verschlafen haben. *Verläßt den Balkon.*

JOSEFA *und* GUSTI *allein auf der Szene.*

GUSTI Um den wär's wirklich schad' gewesen.

JOSEFA *Blick, als wenn sich die Bemerkung Gustis auch auf Eduard beziehen könnte.*

GUSTI Um den Leutnant, mein' ich. Woher hast du denn überhaupt von der Geschichte gewußt? Von dem Duell, mein' ich?

JOSEFA Gestern abend, wie du schon fort warst, ist der Herr Kaplan vorbeigekommen und hat mir alles erzählt. Auch einen Brief von seinem Bruder hat er mir vorgelesen, eine Art von Abschiedsbrief. Es war übrigens nicht das erste Duell, das der Leutnant gehabt hat. Eine Liebesgeschichte wahrscheinlich. Näheres weiß ich nicht. Und der Herr Kaplan hat auch nicht mehr gewußt. Über solche Sachen dürfen ja Männer nicht miteinander reden – nicht einmal ein Bruder mit dem andern. Aber du kannst dir seine Aufregung vorstellen. Er hat sogar die Idee gehabt, noch hineinzufahren in die Stadt. Aber das hätte natürlich gar keinen Sinn gehabt.

GUSTI Schau, Josefa, du mußt ja nichts reden.

JOSEFA Wieso? Warum soll ich nichts reden?

GUSTI *in gleichem Tonfall wie früher Josefa die gleichen Worte zu ihr* Ich glaub' halt, es ist besser, du redest nichts. *Sie sehen einander an, dann lächeln beide. Dann nimmt Gusti Josefas Kopf in ihre Hände und küßt sie.*

VINCENZ *ist wieder auf die Veranda getreten, befremdet* Ja, was habt ihr denn? Warum so gerührt? Wir fahren doch alle zusammen hinein.

GUSTI Ich will mich nur geschwind fertigmachen. *Rasch hinein, an Vincenz vorüber.*

VINCENZ *noch auf der Veranda, zu Josefa* Es geht dem Mädel doch sehr nah.

JOSEFA *unbestimmter Blick.*

VINCENZ *in den Garten* Die Geschichte mit dem Doktor mein' ich.

JOSEFA *nickt mit der Geste: Das ist doch selbstverständlich.*

VINCENZ *näher zu ihr* Auch dir, wie es scheint?

JOSEFA ... So ein Abschied ist immer was Trauriges – auch zum Zuschaun. Sie wird's nicht leicht haben, die Gusti, im Anfang ... Auch jetzt die letzten Tage in der Stadt –

VINCENZ Ist das vielleicht der Grund – daß auch du nicht mehr herauskommen willst?

JOSEFA Nicht gerade das. Aber ich denk' mir, wenn wir ohnedies schon hineinfahren – auf die paar Tage kommt's am Ende nicht an – –

VINCENZ Schade.

JOSEFA *in wachsender Verlegenheit* Wieso schade?

VINCENZ Daß du gerade jetzt auf die Idee kommst, in die Stadt zu ziehen, wo ich mir vorgenommen habe, einmal vierzehn Tage lang in Ruhe da heraußen auf dem Land zu verleben.

JOSEFA Das wolltest du wirklich?

VINCENZ *absichtlich frischer* Ich hab' mir's doch verdient. Oder nicht?

JOSEFA Das wär' ja freilich – das wär' natürlich ganz was anderes. Und du kämst schon heute abend mit mir wieder heraus?

VINCENZ Ja, das war meine Absicht.

JOSEFA Und – bliebst da? –

VINCENZ Ja. Zwei oder drei Wochen lang, je nach dem Wetter. Und später können wir immer noch eine kleine Reise nach Italien unternehmen oder wohin du willst.

JOSEFA Warum – warum hast du denn das nicht gleich gesagt? *Sie hat Tränen in der Stimme.*

VINCENZ *fast erschrocken* Aber Josefa!

JOSEFA Ach Gott, Vincenz! *Näher zu ihm, ohne jede Emphase in seine Arme.*

VINCENZ *sie leicht an sich ziehend* Es muß doch ziemlich arg gewittert haben da heraußen.

JOSEFA *ins Haus rufend, neuer, frischer Ton* Kathi!

EDUARD *kommt über die Veranda in den Garten* Ich hab' der Kathi g'sagt, sie soll uns was zum Essen mitgeben, Hochwürden und mir. Sie streicht jetzt grad' Butterbrote, und eine Salami war auch noch da.

KATHI *kommt auf die Veranda mit einem Päckchen* Ist schon alles fertig.

JOSEFA *ins Haus.*

EDUARD *in den Garten, bemerkt auf dem Tisch den Atlas, den der Vater mitgebracht hat* Ja, was ist denn das?

VINCENZ Wie du gewünscht hast – der Bernatzik. Große illustrierte Ausgabe.

EDUARD Meiner Seel'! Vater – – ich dank' dir ja tausendmal, Vater. *Umarmt ihn* Und der Herr Kaplan wird auch eine Freud' haben.

KAPLAN *kommt von links im Touristenanzug* So, da bin ich.

EDUARD Denken sich Hochwürden – *Weist auf den Atlas hin.*

KAPLAN Ah, der Bernatzik. Das ist ja ein Prachtwerk.

EDUARD Vom Vater.

KAPLAN *Blick zu Vincenz, wie dankend.*

VINCENZ *erwidert den Blick wie mit einer leichten Ironie.*

EDUARD Was, wenn wir den schon vor sechs Wochen gehabt hätten! *Sieht jetzt erst, daß der Kaplan im Touristenanzug ist* Hochwürden sind aber fesch!

VINCENZ *mahnend* Eduard! *Zum Kaplan* Hochwürden müssen schon entschuldigen, ich habe eine so gottlose Familie.

GUSTI *kommt reisefertig mit einer kleinen Handtasche.*

KATHI *mit ihr.*

JOSEFA *aus dem Hause rufend* Eduard!

EDUARD *über die Veranda ins Haus* Ja, Mutter ...?

VINCENZ *zu Kathi, gibt ihr einen Auftrag, so daß Gusti und der Kaplan eine Weile allein stehen.*

GUSTI Darf ich Hochwürden bitten, daß Sie dem Herrn Leutnant einen sehr schönen Gruß von mir bestellen? Ich bin ja so froh, daß ihm nichts passiert ist. Hochwürden müssen eine schöne Angst ausgestanden haben. Und kein Mensch hätt' ihm gestern was angesehen. Ich hab' wirklich geglaubt, er ist nur nach Wien gekommen wegen seiner Transferierungsangelegenheit.

KAPLAN Er hat ja auch tatsächlich darum angesucht. Und denken Sie, Fräulein, in dem gleichen Telegramm, in dem er mir den glücklichen Ausgang des Duells mitteilt – *Er nimmt das Telegramm aus der Tasche* »Alles gut vorüber. Ich gesund. Gegner nur leicht verletzt. Transferierung zu Vierundvierzig so gut wie sicher.«

GUSTI Vierundvierzig?

KAPLAN Das ist das Regiment, das in Innsbruck bleibt.

GUSTI So. Also, das ist wirklich viel Glück auf einmal. Es ist ihm zu gönnen, dem Herrn Leutnant, nach all der – – Angst darf man natürlich bei einem Offizier nicht sagen und bei einem hochwürdigen Herrn doch auch nicht.

KAPLAN Eine schwere Prüfung war es auf jeden Fall.

GUSTI *nickt, dann lächelt sie unwillkürlich* Und der Herrgott hat sie wunderbar bestanden.

KAPLAN *weicht unwillkürlich ein wenig zurück.*

GUSTI Nicht bös' sein, Hochwürden.

JOSEFA *und* VINCENZ *kommen reisefertig.*

KATHI *von draußen kommend, außerhalb des Zauns* Der Omnibus hält schon bei der Villa Fallenböck – wo früher immer der arme Herr von Fallenböck eingestiegen ist. *Nimmt der Josefa eine Handtasche ab.*

KAPLAN *tritt zu Josefa und Vincenz.*

EDUARD *kommt mit seinem Rucksack in der Hand.*

GUSTI *tritt zu ihm* Also, Eduard, ich wünsch' dir schönes Wetter für heute und auch sonst alles Gute, besonders für die Nachprüfung.

EDUARD Was heißt denn das? Du kommst doch heut abend wieder heraus?

VINCENZ *und* JOSEFA *stehen mit dem Kaplan.*

KATHI *hat das Handgepäck genommen und geht damit ab.*

GUSTI *schüttelt den Kopf* Ich komm' heut abend nicht heraus.

EDUARD Erst morgen? Warum denn?

GUSTI *schüttelt wieder den Kopf* Auch morgen nicht, ich bleib' drin.

EDUARD Du bleibst –?

GUSTI Vielmehr ich fahr' übermorgen schon ins Engagement. Am Mittwoch fangen die Proben an. Wir müssen uns also schon heut adieu sagen.

EDUARD *heftig* Das – das lass' ich mir nicht gefallen.

GUSTI *weist ihn mit den Blicken zurecht.*

EDUARD *unbeherrscht* Das ist ein ganz gemeiner Betrug, Gusti. Das –

GUSTI *leise* Sei g'scheit. Zeig, daß du ein Mann bist. *Wieder laut* Also, adieu, Eduard! *Blick zu Josefa und Vincenz* Er ist ja doch noch ein Bub – ich darf doch? *Sie küßt ihn* Also denk manchmal an mich, junger Mann!

VINCENZ Adieu, Hochwürden. *Zu Eduard* Und du sei brav, erweise dich der Ehre würdig.

JOSEFA Grüß' dich Gott, Eduard. *Küßt ihn.*

VINCENZ Um acht spätestens sind wir wieder da.

JOSEFA *zum Kaplan* Adieu, Hochwürden.

KAPLAN Auf Wiedersehen, Frau Josefa.

KATHI *kommt* Das Gepäck ist schon alles im Omnibus drin.

*Josefa, Vincenz, Gusti ab.*

*Eduard und der Kaplan zum Gartenzaun, winken nach links rückwärts, wo der Omnibus davonfährt.*

*Fußwanderer sind rechts rückwärts zu sehen, verschwinden wieder.*

KAPLAN *steht regungslos.*

EDUARD *nach einer Weile* Hochwürden, ich bin bereit.

KAPLAN Also vorwärts!

EDUARD Zu den Orchideen.

KAPLAN Wo hast du denn deine Botanisierbüchse?

EDUARD Richtig! Die ... die ... hab' ich gestern abend liegen lassen in der Fallenböckhütte.

KAPLAN So ... Weißt du übrigens, daß der alte Hofrat heute nacht gestorben ist?

EDUARD *bedauernd* Oh! *Nach einer kleinen Ppause, wie zum Trost* Er war schon ein sehr alter Mann.

KAPLAN *will ihm etwas erwidern, läßt es aber sein.*

EDUARD Und die Botanisierbüchse können wir ja im Vorbeigehen abholen. Hat sie sicher keiner davongetragen.

KATHI *zurück durch die Gartentür.*

EDUARD Seien Sie so gut, Kathi, das Buch da, den Atlas, tragen Sie in mein Zimmer hinauf, daß nichts geschieht.

KATHI Herr Eduard, heut kommt kein Wetter.

KAPLAN Also gehen wir, mein Sohn. Gott schenkt uns einen wundervollen Tag, wir wollen ihn dankbar genießen. *Nimmt den Arm Eduards.*

EDUARD *stolz darüber, richtet sich unwillkürlich höher auf. So wandern sie beide davon gegen rechts oben, noch lange sichtbar.*

KATHI *blickt ihnen nach.*

*Wieder einige Touristen, Jungen und Mädchen, lustig, lachend, vorüber. Der Kaplan und Eduard sind verschwunden.*

*Vorhang*

# Landsknecht

*Marktplatz einer kleinen Stadt. Verfall und Zerstörung. Links kleine Häuser, rechts Ratshaus rückwärts, geschlossenes Tor. Gasthof vorn, ebenso.*

*Leere Szene. Männer und Frauen aus der Seitengasse rechts. Balkontüre Rathaus wird geschlossen.*

1. *Der fliehende Geymann und Brigitte. Mit ihnen zehnjähriger Bub.*

ÖMPSTETTER *mit ihnen, bleibt zurück* Warum fliehen?

MORWALD Warum zu deinem Bruder?

Gestern Schweden weggezogen. Die Kaiserlichen werden erwartet.

GEYMANN Nichts mehr zu holen. Um so schlimmer wird es uns ergehen.

Politisches Gespräch.

MORWALD He, Wirtshaus!

Vergeblich. Wirt unauffindbar. Schweden haben das letzte Faß ausgesoffen.

Sind gewiß noch nicht weit! Erwarten Verstärkung. Kommen auf einmal.

Über die Pest.

2. *Wirt von rechts. Hat nur mehr Brot und Käse. Keinen Tropfen mehr.*

3. *Stiegler und Frau. Man hat sie bestohlen. Das Geld, das sie auf dem Friedhof verborgen, ist geraubt. Er beschimpft seine Frau.*

MORWALD *zum Wirt* Brot nicht zum Beißen. *Wirft es fort. Ein Hungriger hebt es auf.*

ÖMPSTETTER Du gönnst doch den Schweden eher dein Silber als den Katholiken. Und wirst doch wieder dem Franziskaner die Hand küssen. *Bewegung stärker.*

Der Turmwächter behauptet, die Kaiserlichen rücken heran. Unmöglich. Nebel. Und das Feuer, weil irgendwo ein Hof angezündet wurde.

4. *Ein junger Mensch meldet die Ankunft eines Fouriers.*
MORWALD Wird ein falscher Fourier sein, wie voriges Jahr.

5. BÜRGERMEISTER *auf dem Altan des Rathauses* Vorhut von Tilly im Anmarsch. Richtet Häuser, Betten her. Aufgetan Keller und Speisekammern. Sonst, Ihr wißt ja, Folter und Totschlag.

6. *Fourier mit seinem Hut, in dem die Messer stecken. Steckt eines in ein Tor.*
MORWALD *hänselt ihn* Wo stehen deine Arkebusiere? Wo ist deine Beglaubigung?
FOURIER Da ist sie. Von zwölf Rotten, die Messer.
BÜRGERMEISTER Willst du unsere Stadt verderben, Morwald?
MORWALD Ein Fourier hat eine Schärpen usw.
FOURIER Schafft Ordnung, Bürgermeister, ehe meine Leute kommen.
*Vom Turm her ein Blasen.*

7. *Hauptmann Dietrich Friesen sprengt heran.*
FOURIER Herr Hauptmann, sie wollen mich hängen.
DIETRICH Seid Ihr toll, Kerle.
BÜRGERMEISTER Ich bitte um Gnade.
MORWALD Wir haben das Recht, eine Beglaubigung zu fordern.
DIETRICH *Peitsche auf ihn* Da habt Ihr sie.
*Er erkennt betroffen die Stadt.* Wie heißt die Stadt, Herr Bürgermeister?
BÜRGERMEISTER Eisfeld, Herr Hauptmann.
DIETRICH *lacht auf* Vorwärts Fourier, ich begleite dich. Die Waffen alle auf einen Haufen vor der Kirchentür. Wehe dem Haus, wo eine gefunden wird. *Davon mit Fourier etc.*

8. *Erasmus kommt mit dem Schwert in der Hand. Die Mädchen, die ihn verspotten. Bürgermeister will ihm das Schwert nehmen.*

ERASMUS Der schwedische Fähnrich hat mir es vererbt.

9. *Der Vater des Erasmus, der Pfarrer Deckner kommt, bestätigt Erasmus' Angabe.* Aber fort mit deinem Schwert.

BÜRGERMEISTER Willst du deinen Vater ins Unglück stürzen?

10. *Neue Soldaten. Schon der Fähnrich mit ihnen.*

BÜRGERMEISTER *zu Morwald* Verschwinde, ehe der Hauptmann wiederkommt.

ERASMUS *zum Vater* Ein Hauptmann war da. Wenn's der Dietrich von Friesen wäre?!

PFARRER Unsinn. Er wird doch nicht bei den Katholischen sein? Woher kennst du ihn?

ERASMUS Vor zwei Jahren, als ich in Hildburghausen war, – als ich eine Nachricht abgab.

BÜRGERMEISTER *rät dem Pfarrer die Stadt zu verlassen* Sie sollen es jetzt fürchterlich treiben, wenn sie einen evangelischen Pfarrer erwischen.

PFARRER Ich bleibe. Meine Pflicht. Ich schlafe in der Sakristei.

11. *Neue Soldaten. Der Feldweibel. Rufen den Wirt. Soldaten ins Wirtshaus. Sie suchen nach Wein usw. Feldweibel weist den Ömpstetter, der vor dem Wirtshaus sitzt, fort. Wirt bringt Wein.*

FELDWEIBEL Hol dir morgen beim Zahlmeister dein Geld.

12. LEUTNANT *kommt:* Acht haben, Leute! Neulich ist es geschehen, daß sie den Kaiserlichen Gift hineingemischt haben.

MORWALD Laßt mich versuchen, ich trink Euch zur Probe den ganzen Umpen leer.

LEUTNANT Dann schon lieber wir. Nein, leider ist es kein Gift. *Zu den Soldaten* Zwei mit dem Wirt in den Keller. Bewacht die Fässer und den Wirt auch.

LEUTNANT *zu Morwald* Wieso nicht Soldat?

MORWALD War sieben Jahre im Feld und dreimal verwundet und letzten Sommer die Pest überstanden.

WEIBEL Heut noch ist Werbung. Oder verbietet es Euch der Pfarrer, in einen kaiserlichen Trupp einzutreten?

MORWALD Ich bin katholisch. Beichtzettel. Vom vorigen Jahr! –

LEUTNANT Seid Ihr nicht alle evangelisch in dem Dorf?

WEIBEL Sie wechseln jetzt, je nachdem, wer kommt.

LEUTNANT In Euere Quartiere. Die Weiber in Ruh gelassen.

SOLDAT Wenn sie selber Ruh geben.

LEUTNANT Der Quartiergalgen ist aufgerichtet. Der Oberst versteht keinen Spaß.

*(Oder vielleicht kommt der Oberst schon jetzt.)*

13. *(Fähnrich, Jakobine. Fraglich, ob diese Szene schon an dieser Stelle zu stehen hat. Jakobine fragt nach Wolfgang.)*

FÄHNRICH Ja, den hab ich gekannt, Kamerad, grüß sie von mir, hat er mir gesagt. Laßt es Euch so wohl sein, als Ihr mögt.

JAKOBINE Ich glaub Euch kein Wort. *Zusammen fort.*

*Oberst mit seinem Adjutanten und der Leutnant.*

OBERST Wo sind die Offiziere?

ADJUTANT Es fehlt noch eine halbe Stunde an die Zeit.

OBERST Wo ist Dietrich von Friesen?

ADJUTANT Unsere Hauptleute haben noch mit der Einquartierung zu tun.

OBERST Wir sind in Eisfeld? Ich hätte es nicht erkannt. Vor drei Jahren eine lebendige Stadt. Wenn man mir vorausgesagt, daß ich in drei Jahren wieder am selben Fleck stehen werde.

ADJUTANT Sie halten uns zum Narrn.

OBERST In Magdeburg wird über den Frieden beraten.

ADJUTANT Sie lassen sich Zeit.

14. *Bürgermeister und einige Bürger bitten den Oberst um milde Behandlung.*

OBERST Es soll Euch nichts Übleres werden, als es diesen traurigen Zeiten gemäß ist. Aber wenn Ihr noch einen Pfarrer in der Stadt habt, er soll schaun, daß er sich davonmacht. Keine Gewähr, wenn die Seligmacher kommen. Jeder mach es mit seinem Gewissen ab, ob er die Taufe nehmen will oder nicht.

*Bürgermeister hat dem Obersten im Rathaus Quartier bereitet.*

OBERST Nein, ich bin es gewöhnt, im Zelt zu schlafen. Wohler als zwischen Mauern.

*Bürgermeister usw. ab.*

15. ADJUTANT Ein jämmerliches Pack, das immer noch um sein bißchen Leben zittert.

*Andere Offiziere kommen.*

OBERST Wo bleibt der Dietrich von Friesen?

Der Auszug der Schweden geschah nur zum Schein. Sie halten sich nah. Sie wollen uns hier überfallen, ehe unsere Hauptmacht zu uns gestoßen ist. *(Besser: Ein Kundschafter kommt und berichtet es.)*

Der Tilly aber muß morgen da sein. Also wichtig, den Schweden zuvorzukommen. Eine Vorhut vor die Stadt, um die Schweden aufzuhalten. Ein Ausfall. Dazu habe ich den Friesen bestimmt. Wo ist er? Ich hätte ihn sollen hängen lassen.

ADJUTANT Sollte nicht lieber das Los entscheiden? Oder freiwillige Meldung?

OBERST Ich kenn Euch ja, jeder würde sich melden. Und Ihr seid mir alle gleich wert.

*(Dietrich hält den Oberst für seinen Feind, könnte glauben, daß er ihn in den Tod schicken will.)*

16. *Erasmus wird zum Oberst gebracht, weil er mit dem Schwert betroffen wurde. Er soll gehängt werden.*

OBERST Der Bub, Unsinn! Wirf dein Schwert hin.

ERASMUS Ich kann's brauchen. Melde mich zum Kriegsdienst.

OBERST Wer bist du?

ERASMUS Sohn des Pfarrers.

OBERST Wir sind katholisch. Ist dir's gleich?

ERASMUS *aufs Schwert* Das ist mein Glaube.

ADJUTANT Ist dir's gleich, wofür du kämpfst?

ERASMUS Für meinen Ruhm.

OBERST Fraglich, ob du ihn erlebst.

ERASMUS Das weiß keiner. Wußtet Ihr's? Seid Ihr der Tilly?

OBERST Ich bin von hundert Obersten einer, und du hast meinen Namen nie gehört. Laßt ihn laufen.

17. DER PFARRER *angstvoll* Laßt mir den! Es ist das einzige, was mir der Krieg gelassen. Ich hatte auch eine Tochter. Meine Frau starb an der Pest.

OBERST Euere Tochter auch?

PFARRER Schlimmer.

OBERST Verlaßt diese Stadt. Es kann übel werden. Wo predigt Ihr, da Ihr keine Kirche mehr habt?

PFARRER Im Wald, auf dem Friedhof. Aber ich verlasse den Ort nicht.

OBERST Macht, was Ihr wollt.

PFARRER Und mein Sohn!

OBERST Der ist frei.

ERASMUS Darf ich nicht mit?

ADJUTANT Morgen früh ertönt die Werbetrommel. Ich kann keinen hindern, sich zu melden.

ERASMUS Ihr mich auch nicht, Vater. Ihr wißt, daß der Dietrich von Friesen schon bereit war vor drei Jahren – »Wenn du groß und stark bist, nehme ich dich mit.«

OBERST Der Dietrich von Friesen? Mein Hauptmann.

ERASMUS Ich hab es doch geahnt, daß er da ist. Ich such ihn. Er soll mich in sein Regiment nehmen. *Stürzt davon.*

ADJUTANT Wir sind alle in gleicher Gefahr. Nirgends ist das Leben sicher.
*Alle davon.*

18. *An dieser Stelle wäre die Szene Fähnrich und Jakobine einzufügen.*

19. *Dietrich von Friesen und der Leutnant. Vielleicht der Fähnrich, so daß die Szene mit Jakobine erst folgte.*

DIETRICH VON FRIESEN Ist das Schicksal nicht witzig? Quartier im Vaterhause. Hier wohnte ich als Kind, als Jüngling noch.

War da nicht auch einmal ein Pfarrer? Lebt er noch? Vor drei Jahren hab ich ihn noch gesehen in Hildburghausen.

Wie lang ist's her, daß es nichts Ernstes mehr gegeben hat. Es wird langweilig.

LEUTNANT Vor sieben Wochen standen wir dem Feind zum letzten Mal gegenüber.

DIETRICH Es war nicht sonderlich ernst.

LEUTNANT Wir dachten nicht, daß Ihr lebendig herauskämet.

DIETRICH Wißt Ihr nicht, daß ich ein Nothemd trage.

EINER *fragt* Gibt's denn das?

EIN ANDERER Von Mädchen unter sieben Jahren ist es gesponnen, mit besonderen Kreuznähten genäht und muß verstohlen auf den Altar gebracht werden, bis drei Messen darüber gelesen waren.

LEUTNANT Man sagt, Ihr legt es ab während der Schlacht?

DIETRICH Trägt man so was, macht einem der Krieg keinen Spaß.

EIN ANDERER Immerhin ein Bauer mit einer Axt kann Euch töten.

EIN ANDERER Es schützt überhaupt nur in der Schlacht.

EIN ANDERER Auch eine Kugel von Silber tötet.

EIN ANDERER Wer schießt mit Kugeln von Silber?

DIETRICH Der Krieg ist nicht mehr, was er war. Das war eine bessere Zeit, wo die Marketenderin noch Dirnen hielt und der Oberst französische Köche.

LEUTNANT Wir müssen fort aus dem deutschen Revier irgendwohin, wo es noch blüht, wo es noch Geld und Gut gibt und Jungfrauen.

EIN ANDERER Immer kommt man zu spät.

LEUTNANT Die wachsen immer nach.

DIETRICH Liegt Euch daran was, junge Leute? Ich habe Jungfern gekannt, die hatten so wenig Scham, daß sie sich selber die Kleider vom Leib rissen, und Dirnen, die weinten vor Traurigkeit.

LEUTNANT Ihr seid kaum vierzig.

DIETRICH Ich hab geschworen, meine Heimatstadt nicht früher zu betreten, ehe ich Generalleutnant geworden.

LEUTNANT Ihr solltet es längst sein.

DIETRICH Dort drüben standen auch Häuser. Es war eine schöne Stadt. Dies war die Stunde, da man hier auf dem Marktplatz herumspazierte. Dort drüben waren Gärten. Und was für Wein gab es in diesem Wirtshaus. *Sie sitzen an Fässern.*

DIETRICH Und junge schöne Mädchen gab es. Mein Vater war ein hochberühmter Arzt. Wo sind meine Schwestern?

LEUTNANT Mädchen wird es wohl noch immer geben. Wo stekken sie?

EIN ANDERER Der Fähnrich hat sich schon eine gefunden, wie immer.

EIN ANDERER Sollte es wirklich nichts zum Essen geben?

*Man schleppt den Wirt herbei.*

LEUTNANT Willst du uns verhungern lassen, du Schuft?

*Soldat bringt Wurstzeug, das er im Keller gefunden hat.*

LEUTNANT Nun seht Ihr, man sollte Euch hängen, alle!

WIRT Die Schweden haben alles aufgefressen.

LEUTNANT Euere Freunde. Evangelische.

WIRT Wer fragt darnach. Freund und Feind. Nur mehr Feinde gibt's. *Er erkennt den Hauptmann von Friesen.*

DIETRICH Was geht's dich an, wer ich bin.

*Einige Mädchen kommen.*

*Es wäre zu bedenken, ob jetzt erst Jakobine erscheint. Eine Szene zwischen ihr und dem Fähnrich müßte vorhergegangen sein. Sie müßte ihn damals in dieser Szene schon gewarnt haben:*

Es würde Euch das Leben kosten. *Und er müßte jetzt mit ihr wortlos verschwinden, so daß der Fähnrich bis jetzt da gewesen wäre.*

DIETRICH *zum Wirt* Wo ist Euere Tochter?

WIRT Zwei hab ich gehabt. Fragt mich nicht.

*Morwald kommt jetzt. Will auch Wein und verweist den Wirt an den Zahlmeister.*

LEUTNANT *zu Dietrich* Dies war das Haus Euerer Eltern?

DIETRICH Ich weiß nicht mehr. In siebzehn Jahren vergißt sich viel. Wer von Euch hat den Gustav Adolf noch gesehen? Ich aber sah ihn. Mit ihm war es eigentlich zu Ende.

LEUTNANT Ihr kämpftet doch gegen ihn.

DIETRICH Nicht immer – gegen oder für, wie es sich eben traf.

*Der Fähnrich hat seine Würfel dagelassen. Das Spiel muß schon früher begonnen haben. Dann der Adjutant, der dem Hauptmann meldet, daß er zur Führung der Vorhut bestimmt ist. Die Nachricht, daß die Schweden noch nicht abgezogen seien, muß der Oberst persönlich auf der Bühne empfangen. Nicht bei dem Obersten meldet sich Erasmus als Söldner, sondern erst beim Hauptmann (sonst überflüssige Wiederholung). Erasmus tritt zu den Spielenden hin. Es ist fraglich, ob Dietrich ihn gleich erkennt.*

ERASMUS Wißt Ihr denn nicht mehr – vor zwei Jahren in Hildburghausen – Ihr lagt damals krank (?)

DIETRICH Wie gehts deiner Mutter?

ERASMUS Meine Mutter starb.

DIETRICH Wo ist dein Vater?

ERASMUS Hier am Ort.

*Der Adjutant ist nicht mit einem offiziellen Befehl gekommen, sondern freundschaftlich.*

DIETRICH Also weiter gewürfelt. [*Zu*] *Erasmus* Willst du mitwürfeln?

ERASMUS Ich hab kein Geld.

DIETRICH Willst du Wein?

ERASMUS Ich trinke nicht.

DIETRICH Warum bleibt Ihr hier?

ERASMUS Ich will nicht hierbleiben.

DIETRICH Wo willst du hin

ERASMUS Wohin Ihr geht, Herr Hauptmann. Ihr verspracht mir doch –

DIETRICH Was versprach ich? Was ich verspreche, halte ich.

ERASMUS Ihr wolltet mich mitnehmen.

DIETRICH Du warst ein Knabe.

ERASMUS Ich spielte mit Euerem Degen. Das gefiel Euch. Die Mutter saß dabei.

DIETRICH Es ist nicht wahr, daß sie tot ist. Sag es doch – sie will mich nur nicht sehen. Dein Vater hat sie versteckt.

ERASMUS Was fällt Euch ein?

DIETRICH Und wo ist dein Vater? Warum kommst du allein?

ERASMUS Ich will mich werben lassen.

*Die Werbung müßte auf der Bühne vorgehen. Gegenüber dem Rathaus müßte die Werbetrommel aufgestellt sein.*

DIETRICH Als was willst du mit mir kommen? Für meinen Adjutanten bist du zu jung, für meinen Troßbuben zu alt, den meinen erschlug man mir neulich. Auch bist du nicht ausgerüstet.

ERASMUS Ich hab ein Schwert. Es blieb eins zurück von den Schweden.

DIETRICH Überleg es dir. Wenn ich dich so für ein paar Tage mitnehmen könnte und dich dann wieder zurückschicken. Aber manchmal kommt die Kugel am ersten Tag. Überdies sind wir katholisch. Ist's dir gleich?

ERASMUS *aufs Schwert deutend* Das ist mein Glaube.

DIETRICH Ist dir's gleich, wofür du kämpfst?

ERASMUS Für meinen Ruhm.

DIETRICH Fraglich, ob du ihn erlebst.

ERASMUS Das weiß keiner. Wußtet Ihr's?

DER PFARRER Was machst du da, Erasmus, ich suche dich. Wir fahren noch heute ab. Warte daheim auf mich.

DIETRICH Du, erkennst du mich nicht?

ERASMUS Es ist Dietrich von Friesen.

PFARRER Also wirklich – daß ich dir noch einmal wiederbegegne – siebzehn Jahre!

DIETRICH Dein Sohn erzählt mir eben.

PFARRER Was?

DIETRICH Deine Frau ist tot.

PFARRER Wohl ihr.

DIETRICH Vor zwei Jahren sah ich sie wieder in Hildburghausen.

PFARRER Ich weiß. – – Komm, Erasmus.

ERASMUS Nein, Vater, ich will mich werben lassen, du weißt es ja.

PFARRER Das wirst du nicht. – Du weißt, was wir bestimmt hatten. Von Hildburghausen geradeaus ins Seminar. Ich hab dich schon angemeldet.

ERASMUS Ich will nicht Pfarrer werden. Ich will mit dem Hauptmann ins Feld, in den Krieg.

DIETRICH Bleib bei deinem Vater.

PFARRER Warte daheim auf mich.

ERASMUS Daheim, sagt der Vater – unser Haus steht nicht mehr. Wir schlafen in der Sakristei.

PFARRER Geh jetzt, mach dich fertig, in einer Stunde ziehen wir davon ...

DIETRICH Leb wohl, Erasmus.

*Pfarrer und Dietrich.*

DIETRICH Wer weiß, ob es sehr klug von dir ist. Wir Soldaten haben noch das sicherste Leben. Der Soldat ist doch der, der sich am ehesten wehren kann. Gefahr ist für alle gleich. Nein, sogar schlimmer für Euch.

PFARRER Mag sein. Aber was wir tun ist besser, als was Ihr tut.

DIETRICH Und du predigst immer noch Gottes Wort?

*Ein Augenblick alter Freundschaft.*

PFARRER Und du, Dietrich, schlägst immer noch die Leute tot?

DIETRICH Immer nur solche, die auch mich totschlagen wollen.

PFARRER Wenn es so wäre. Was haben Euch die Bürger und Bauern getan? Wehrlose und Unschuldige bringt Ihr um.

DIETRICH Das ist der Krieg. Wie viele seid Ihr jetzt noch in Eisfeld?

PFARRER Wir sind noch sechshundert beinahe.

DIETRICH Als ich ein Jüngling war, lebten hier zehntausend. So eine Stadt ist ein gefährlicherer Aufenthalt als ein Schlachtfeld. Wie oft mußtet ihr Euch verkriechen in diesen siebzehn Jahren?

PFARRER Das tat ich nie.

DIETRICH Ich wette, dir war der Tod öfter nah als mir.

PFARRER Kommt es darauf an? Ich habe doch manchem Trost gegeben.

DIETRICH Auf wie lange? Gibt es denn noch jemanden, der an Gott glaubt?

PFARRER Ich mache, daß sie Ihn glauben, auch wenn sie zweifeln, ja, sogar wenn ich selber zweifle.

DIETRICH Was weißt du davon? Ich sah viele, die lebten wie die Schurken und starben sanft und habe fromme Leute gekannt, die fluchten und lästerten Gott im Tod. Du treibst ein armseliges Gewerbe.

PFARRER Und du, Hauptmann, ziehst seit siebzehn Jahren von einem Ort zum andern, bald unter dem, bald unter jenem General, ohne zu wissen, wofür du kämpfst, ohne Aussichten auf Ruhm. Wolltest du nicht als General erst wiederkommen? Und bist ein Landsknecht.

DIETRICH Ein Landsknecht flucht vielleicht mehr, aber er lügt weniger als ein Pfarrer.

PFARRER Ich lüge nicht, ich habe nie gelogen.

DIETRICH Ich will es milder nennen: ein Possenreißer bist du. Als wüßt ich nicht von deinen Streichen aus deiner Jugendzeit. Als wir in den Straßen von Leipzig herumgingen. Es fehlte nicht viel daran und du wärst ein Landsknecht geworden wie ich.

PFARRER Ich zweifle nicht mehr. Je ungeheuerer das Unglück und das Elend wächst, – immer tiefer fühl ich den Sinn.
Es werden andere Zeiten kommen, da wird man denen danken, die durch all dies Grauen und durch all diese Wirrsal bewahrt haben, was göttlich ist und Eueresgleichen fluchen.

DIETRICH Du also ein Bewahrer und ich ein Zerstörer.

PFARRER Du weißt es. Noch seh ich in deinem Aug die himmlischen Lichter deiner Jugend schimmern.

DIETRICH Es sind andere Lichter, die du siehst. Der Himmel ist Lüge, wahr ist nur die Hölle. Wahr ist die irdische Welt … Wahr ist Lust und Haß, Abenteuer und Rausch und Tod.

Auch Liebe ist Lüge. Warum willst du Erasmus nicht mit mir gehen lassen? Er ist anders als du. Liebtest du ihn wirklich, so ließest du ihn den Weg gehen, für den ein Gott ihn bestimmt hat.

PFARRER Woher willst du wissen, wofür er bestimmt ist? Du kennst ihn nicht.

DIETRICH Vielleicht besser als du. Weil du ihn neben dir aufwachsen sahst, meinst du, daß du ihn kanntest. Hast du deine Tochter gekannt, die verschwunden ist und du weißt nicht, wohin? Hast du andere gekannt, die immer um dich waren?

PFARRER Eine hab ich gekannt – mein Weib.

DIETRICH Was weißt du von der Welt. Ich bin siebzehn Jahre meinetwegen als Landsknecht durch die Welt gezogen, aber ich habe sie kennengelernt. Männer, Frauen, Fürsten und Bauern. Ich habe gesehen, was aus den Menschen der Rausch macht, das Elend, die Langeweile. Ich habe gesehen, wie aus Klugen Narren wurden, aus Einfältigen Weise, aus Gläubigen Gottlose. – Ich habe einen gekannt, der konnte noch als Fünfzehnjähriger nicht einschlafen, wenn ihm die Mutter nicht einen Kuß auf die Stirne gedrückt, und nachher einen Sohn erschlug vor den Augen einer Mutter und ihre Tochter schändete.

PFARRER Daß solche Menschen leben wie du, das ist das Elend. Solch ein Leben ohne Sinn und ohne Glauben.

*Jetzt kommt Erasmus wieder. Vielleicht zuerst eine Szene, in der einige junge Mädchen ihn höhnen. Das müßte schon zu Beginn des Stückes angedeutet sein.*

*Er kommt jetzt wieder und erklärt seinem Vater, daß er sich nicht zwingen lasse. Dort ist die Werbetrommel, er läßt sich werben.*

DIETRICH *zum Pfarrer* Gib nach! Ich will ihn unter meinen Schutz nehmen.

*Jetzt wird der Pfarrer zu dem Fähnrich gerufen, der in der Nähe des Friedhofs im Sterben liegt. Er hat nach dem Pfarrer verlangt. Irgendeines der Mädchen der Stadt hat ihn umgebracht. Die Stadt soll zum Plündern freigegeben werden.*

DER PFARRER *vor dem Abschied zu Erasmus* Du hast die Wahl. Wenn du bei deinem Entschlusse bleibst, bist du mein Sohn nicht mehr. *Ab.*

*Erasmus ist durch den Fluch des Vaters sehr erschüttert. Dietrich lehnt die Verantwortung ab.*

DIETRICH Ich nehme dich nicht mit mir.

*Wieder die Mädchen, die Erasmus höhnen. Im Hintergrund die Werbung. Morwald hat Werbegeld erhalten, sein Beispiel und neuerlicher Spott der Mädchen bringt es dahin, daß Erasmus sich auch werben läßt. Während das im Hintergrund vor sich geht, Oberst und Dietrich, vielleicht auch der Adjutant und Dietrich, – jedesfalls offizieller Befehl des Obersten an Dietrich, mit seiner Rotte um vier Uhr morgens den Schweden entgegenzuziehen. Gallas kommt spätestens auch morgen, so daß kaum eine Gefahr besteht. Dietrich weiß aber ganz gut, daß dies sein Ende bedeutet. Erasmus tritt als geworbener Soldat wieder zu Dietrich hin.*

*Er wird doch wieder schwankend, wenn er sich des Fluchs des Vaters erinnert. Hier muß noch ein stärkeres Motiv einsetzen. Nun will Dietrich ihn aufrichten.*

ERASMUS Nun, da ich doch geworben bin, wird er den Fluch von mir nehmen.

DIETRICH Bist du ein Kind oder bist du ein Mann?

ERASMUS Ich möchte wohl ein Mann werden.

DIETRICH Einmal im Gefecht und du bist es.

ERASMUS Meine Sehnsucht, Hauptmann.

DIETRICH Aus dir wird was.

ERASMUS Ein Hauptmann wie Ihr.

DIETRICH Das wäre verdammt wenig. Du wirst mehr Glück haben. Du sollst heute nicht mehr in deines Vaters Haus schlafen. Ich nehm dich mit in mein Quartier.

ERASMUS Ich muß ihn noch einmal sehen. Ich will nicht vor ihm fliehen. Ich will Abschied von ihm nehmen.

DIETRICH Und wenn er dir noch einmal flucht?

ERASMUS Dann muß ich's eben tragen.

*Jetzt müßte von irgendeiner anderen Seite dem Erasmus klar gemacht werden, daß er an dem Fluch des Vaters verderben muß. Nicht weil es der Pfarrer ist, sondern weil es sein Vater ist.*

ERASMUS Warum hat er das getan? Er weiß es doch seit Jahren.

DIETRICH *entschließt sich jetzt, ihn mit sich zu nehmen* Jetzt kann dir ja nichts mehr geschehen. Du bist ein Mann. Du kannst, du sollst alles hören. Lüge ist dasBöseste, der Pfarrer selbst hat es gesagt. Also nimm es ruhig hin. Der Pfarrer hat dir nichts zu schaffen. Mache dir keine Vorwürfe. Du darfst vielleicht sogar glauben, daß Gott selbst dir den Weg weist. Du bist mein Sohn.

ERASMUS Ich versteh Euch nicht, Hauptmann.

DIETRICH Sieh, dieses Amulette, ich habe es von deiner Mutter.

ERASMUS Dieses? Das Ihr eben noch verspielen wolltet?

DIETRICH Das Schicksal selbst hat es nicht gewollt. Hätt' ich's verspielt, ich hätte die nächste Stunde nicht mehr gesehen.

ERASMUS Mein Vater Ihr?

DIETRICH Du bist ein Mann, du bist mein Sohn.

Sie war meines Freundes Braut. Aber sie liebte mich. Es war die Nacht, ehe ich ins Feld zog, so wie du heute. Dies Amulette rettete mir das Leben. Was hilft einem ein Nothemd, das fremde Jungfrauen gewebt? Dieses Bildchen, nur das war es.

ERASMUS Meine Mutter – –

DIETRICH Deine Mutter – mein Weib vor Gott.

ERASMUS Ihr glaubt nun an Gott?

DIETRICH Damals. Und heute wieder. Lebte sie noch, sie gäbe dich mir mit.

*(Jetzt Erinnerung an Hildburghausen.)*

ERASMUS Es ist nicht wahr.

DIETRICH So wahr als du mir da gegenüberstehst.

ERASMUS Darum – Sie sprach von Euch kurz vor ihrem Tod. Ich sollte Euch grüßen, wenn ich Euch noch einmal wiedersähe.

DIETRICH Sie meinte mehr.

ERASMUS Dann hätte sie's auch gesagt.

DIETRICH Nimm du nun dieses Bild. Dein Schutz sei es. Ich habe ja nun dich.

ERASMUS Ihr habt mich nicht. Nie und nimmer. Behaltet das

Amulette. Ich will nichts von Euch wissen. Mit jedem andern zieh ich lieber ins Feld als mit Euch. Ihr bildet Euch ein, daß sie Euer Weib war. Ich bin Euer Sohn nicht. Ich bleibe bei meinem Vater. In seiner Hut, in seinem Haus bin ich aufgewachsen. Auch meine Mutter hat nur ihn geliebt. Laßt mich.

DIETRICH Vergiß nicht, du bist in aller Form geworben.

ERASMUS Und wär es zehnmal getan, so verlör es seine Gültigkeit.

DIETRICH Das ist die Frage. Wir wollen dem Pfarrer die Entscheidung überlassen.

ERASMUS Er hat schon entschieden.

DIETRICH Damals wußte er noch nichts. Wir wollen ihn fragen, ob ihm so viel daran liegt, den Sohn des Hauptmanns Dietrich von Friesen Theologie studieren zu lassen?

ERASMUS Was fällt Euch ein?

DIETRICH Auf die Wahrheit kommt es an. Ich glaube, wir haben nun die Pflicht dazu.

ERASMUS Kamt Ihr mit dieser Absicht her?

DIETRICH Wußte ich überhaupt, daß ich hierherkomme? Wußte ich, daß deine Mutter tot ist? Nun fügt es sich eben so. Unsereins kann nicht nach vorgefaßten Plänen leben.

ERASMUS Er stirbt daran.

DIETRICH Es sterben mehr in dieser Zeit und an schmerzhafteren Wunden.

ERASMUS Es ist Euer Ernst nicht. Was könnte Euch daran liegen?

DIETRICH Vielleicht war es als Rache gemeint. Wie, wenn es nun Beichte würde?

ERASMUS Legt sie vor einem Beichtvater ab.

DIETRICH Nur der Pfarrer Adam Deckner hat das Recht sie zu hören. Wahrheit – er wollte ja nichts anderes. Er soll sie haben. Wehre du dich nicht dagegen. Hat es dir nicht eine Ahnung gesagt, daß ich wiederkomme?

*Jetzt ein neuer Auftrag an den Hauptmann, der den früheren bestätigt, vielleicht entsprechend verändert. Jetzt vielleicht die Nachricht, daß der Fähnrich der Getötete ist, vorher war es ein unklares Gerücht. Der Befehl an den Hauptmann müßte so gefaßt sein, daß er sogleich fort müßte. Erasmus atmet auf, er hält damit die Gefahr eines Zusammentreffens mit dem Pfarrer für geschwunden. Das Motiv der Absicht des Hauptmanns müßte nun verstärkt werden, so daß er um jeden Preis hierbleiben will, bis er den Pfarrer gesprochen, denn er weiß jetzt, daß er von dem Ausfall nicht zurückkehren wird. Oder er will dem Pfarrer entgegen.*

ERASMUS Ist es Euer fester Entschluß?

DIETRICH Wozu hätte ich so viele Worte gemacht?

ERASMUS Ihr dürft nicht. Es muß ein Geheimnis bleiben.

DIETRICH Ich will nicht so aus der Welt gehen. Ich will den Hochmut des Pfarrers brechen. Er soll wissen, daß du der Sohn eines Landsknechts bist.

ERASMUS Bei Gott, das soll er nicht. *Er zieht den Degen.*

DIETRICH Bist du toll geworden?

ERASMUS Noch einmal. Es bleibt ein Geheimnis.

DIETRICH Komm zu dir. Du bist nicht bei Besinnung. Du siehst, ich ziehe nicht.

ERASMUS Ich hab Euch Zeit genug gelassen.

DIETRICH Immer besser gefällst du mir.

ERASMUS Glaubt Ihr mich als Knaben behandeln zu können?

DIETRICH Mein Sohn!

ERASMUS Ihr seid nicht mein Vater. Ich hasse Euch!

DIETRICH Du liebst mich. Komm mit mir!

ERASMUS Mit einem Landsknecht?

DIETRICH Willst du mich reizen?

ERASMUS Euch aus der Welt schaffen, ehe mein Vater wieder da ist. Oder Ihr schwört mir –

DIETRICH Gib acht, Erasmus, ich will dir freilich nichts tun –, aber es könnte immerhin geschehen, daß etwas Blut fließt. Was soll nun der Pfarrer denken, wenn er kommt? Wirf den Degen weg! Es könnte dir übel ergehen. Und ich könnte dich kaum retten. Der Oberst ist schnell dabei, Leute hängen zu lassen.

ERASMUS Wehrt Euch!

DIETRICH Ich denke wohl, daß ich's redlich tue. Es ist schwer, sich gegen deine Wut zu schützen und zugleich acht zu geben, daß du nichts abbekömmst.

ERASMUS Denkt ihr noch immer, daß es ein Spaß ist? Wehrt Euch!

DIETRICH Zur Besinnung, Erasmus. Denke, wer ich bin.

ERASMUS Das eben tu ich.

DIETRICH Am Ende hast du recht. *Läßt den Degen sinken.*

ERASMUS *mißverstehend* Ihr werdet schweigen?

DIETRICH *schüttelt den Kopf, geht auf Erasmus zu.*

ERASMUS Was wollt Ihr?

DIETRICH *umarmt ihn.*

ERASMUS *versteht nicht.*

DIETRICH Komm mit mir, so schweig ich.

ERASMUS Niemals mit Euch!

DIETRICH *hebt seinen Degen wieder auf.*

ERASMUS Werdet Ihr schweigen?

DIETRICH Ich werde die Wahrheit sagen.

ERASMUS So verzeih mir Gott.

DIETRICH Und mir!

*Sie fechten wieder. Dietrich läßt nach mit deutlicher Absicht, die ihm selbst nicht ganz bewußt ist. Endlich fällt er getroffen nieder. Es sind ein paar Soldaten dazugekommen, auch ist völlig Nacht geworden.*

ERASMUS *bleibt wie erstarrt stehen.*

DER LEUTNANT *kommt* Was gibt's da?

EIN SOLDAT Unser Hauptmann!

DER WIRT *kommt* Erasmus!

ANDERE BÜRGER UND SOLDATEN Erasmus!

LEUTNANT *zu Dietrich herabgebeugt* Hauptmann, was ist denn geschehen?

EIN ANDERER SOLDAT *zu Erasmus* Ihr seid's gewesen?

SOLDAT Wo ist der Profoß?

DIETRICH *am Boden liegend* Laßt ihn.

LEUTNANT Hauptmann!

DIETRICH Laßt ihn. Daß ihn keiner – –

*Der Oberst mit dem Adjutanten kommt.*

ADJUTANT Was gibt's?

LEUTNANT Der Hauptmann Friesen stirbt.

OBERST Wie? Friesen? Wer? Der Junge da?

DER FELDWEIBEL Vor kaum einer Stunde hat er sich werben lassen.

OBERST Der Profoß!

DIETRICH Oberst, er hat mich in ehrlichem Zweikampf getötet.

ERASMUS *immer noch starr.*

DIETRICH Deine Hand, Erasmus. Grüß deinen Vater.

*Der Profoß mit zwei anderen Soldaten kommt in die Nähe.*

LEUTNANT Faßt ihn!

OBERST Hauptmann!

ADJUTANT Er ist tot.

OBERST *zu Erasmus* Sprich du! Ehrlicher Zweikampf. Was hat es gegeben? Der Hauptmann Dietrich und du –? Und du warst der Stärkere? Du sollst sprechen.

ERASMUS *streckt seine Hände dem Profossen entgegen, der ihn binden will* Macht mit mir, was Ihr wollt.

OBERST Sprich, Erasmus. Warum habt ihr gefochten. Ehrlicher Zweikampf – er wollte dich vielleicht nur retten. Worum habt ihr gefochten?

ERASMUS Der Hauptmann sprach Übles über meinen Glauben, dem ich angehöre.

OBERST Gerade über deinen? Das ist nicht seine Art. Und bist denn du so gläubig?

ERASMUS Meinen Vater hatte er geschmäht, der diesen Glauben predigt.

LEUTNANT Wir hörten wohl, er sandte deinem Vater einen Gruß.

OBERST So lügst du, Erasmus.

ERASMUS *schweigt.*

EIN SOLDAT An den Galgen mit ihm.

OBERST Stille!

EINIGE ANDERE SOLDATEN *kräftiger* Er hat unseren Hauptmann umgebracht. An den Galgen mit ihm!

OBERST Rede, Erasmus.

ERASMUS Ich habe geredet.

DIE SOLDATEN *noch stärker* An den Galgen mit ihm!

BÜRGERMEISTER *kommt* Verzeiht, Herr Oberst. Der Knabe kann nicht schuldig sein.

DER FELDWEIBEL Er hat sich bei uns werben lassen –, er hat seinen Hauptmann getötet.

OBERST Haltet ihn in Gewahrsam. *Zum Leutnant* Das Fähnlein des Hauptmann von Friesen werdet Ihr führen. Meine Weisungen sind Euch bekannt. Um drei Uhr morgens rückt Ihr gegen die Schweden vor. Es ist nicht mehr weit bis dahin.

*Der Oberst mit dem Leutnant ziemlich weit vorn. Die Leiche des Hauptmanns von Soldaten umgeben nicht sichtbar. Der Pfarrer kommt von rechts, so daß er auch den Erasmus nicht gleich sieht.*

LEUTNANT *zum Oberst* Da kommt der Vater des Jungen.

PFARRER *zum Oberst* Herr Oberst, Euer Fähnrich ist tot.

OBERST Was bedeutet das? Wo sind wir hier hingeraten? Tot der Fähnrich? Wie ist das geschehen? Wer hat ihn umgebracht?

LEUTNANT Er verschwand mit einem Mädchen.

OBERST *zum Pfarrer* Sprich, was du weißt.

PFARRER Er lag sterbend auf der Wiese. Ein Mädchen sah ich nicht. Er lag allein an der Friedhofsmauer.

OBERST Man schaffe mir das Mädchen her.

PFARRER Die wird man nicht wiederfinden.

OBERST Den Bürgermeister ins Gefängnis. Verdammtes Nest! Man sollte es an allen Ecken anzünden, wenn es noch der Mühe wert wäre.

PFARRER *sieht jetzt den Erasmus, dem man eben Handschellen anlegte* Erasmus! *Sieht auch den toten Hauptmann* Dietrich*!*

OBERST Das hat Euer Sohn getan, Herr Pfarrer.

PFARRER Heiliger Himmel, was geschah hier?

ERASMUS Es war ein Zweikampf, Vater.

ADJUTANT Herr Oberst, ich warnte, – ein evangelisches Dorf.

LEUTNANT Wer weiß, was uns noch droht!

EIN KUNDSCHAFTER *von links* Herr Oberst! Es kann kein Zweifel sein, – die Schweden rücken vor, sie sammeln sich wieder, sie haben Verstärkung bekommen.

ADJUTANT Wir sind in einer Falle, Herr Oberst.

LEUTNANT Ich will nun meine Leute sammeln.

OBERST Es ist Zeit. Alarm!

*Trommeln etc., entsprechende Bewegung aus den Häusern, wo sie einquartiert waren, allmählich die Soldaten.*

ADJUTANT Man sollte kurzen Prozeß machen, Herr Oberst. Mit dem Pfarrer und mit seinem Sohn.

ERASMUS Rührt meinen Vater nicht an. Der tote Hauptmann war sein Freund vor langer Zeit.

OBERST Bringt die Fahne!

LEUTNANT Hier ist sie. Aber unser Fähnrich fehlt uns.

OBERST *zum Pfarrer* Euer Sohn sagt, daß er sich mit dem Hauptmann um seinen Glauben schlug.

PFARRER *zu Erasmus* Um unsern Glauben?

LEUTNANT Und hat sich bei uns, bei den Katholischen werben lassen –?

OBERST Wähle, Erasmus! Willst du sterben in dieser Stunde noch als Mörder des Hauptmann von Friesen oder deine Pflicht als Landsknecht erfüllen, als der du dich hast werben lassen.

ERASMUS Ich will haben, was ich verdiene.

PFARRER Bleib bei der Fahne, zu der du geschworen hast, – Meineid ist das schlimmere Verbrechen.

OBERST Es geht längst um den Glauben nicht mehr. Das wißt Ihr, Pfarrer, so gut wie ich. Wir fragen längst nicht mehr darnach, wer von unseren Leuten evangelisch und wer katholisch ist. Der Krieg ist ein Gewerbe oder ein Abenteuer, wie es sich eben fügt. Es geht immer nur ums eigene Leben. Wähle, Erasmus! Tod auf der Stelle oder mit uns.

PFARRER Geh mit ihnen! Geh, wohin du willst, aber lebe!

OBERST Das wird noch sehr die Frage sein, Herr Pfarrer. Was euer Sohn sonst ist, weiß ich nicht recht, aber ich glaube, er ist ein Mann. Bringt die Fahne her. *Zu Erasmus* Hier, nimm sie!

ERASMUS *faßt nicht, was geschieht.*

ADJUTANT *befremdet* Herr Oberst –

OBERST Wißt Ihr mir einen Bessern? *Zu Erasmus* Hier hast du die Fahne. Ich binde sie dir ein als eine Braut und leibliche Tochter, aus der rechten Hand in die linke Hand – ist keine Hilfe noch Rettung da, so wickelt Euch darein, befehlt Euch Gott, um darin zu sterben und erstochen zu werden als ein ehrlicher Mann. Und nun nehmt Abschied von Euerm Vater.

EIN SOLDAT *hat auf der Brust des toten Hauptmanns das Amulette gefunden, bringt es dem Adjutanten.*

ERASMUS Mir dies Bild, der Hauptmann wollt es mir schenken.

OBERST Was bedeutet das?

PFARRER *zu Erasmus* Der Hauptmann – dir – ein Amulette?

ADJUTANT *überreicht das Amulette dem Oberst.*

OBERST Ein schönes Bild.

PFARRER Laßt es mich sehen, Herr Oberst.

OBERST Dawider wäre nichts einzuwenden, aber es wird wohl nicht das Geheimnis klären.

ADJUTANT Wohl eine, die ihm einmal teuer war.

OBERST Ja, wir Soldaten sind alle abergläubisch. Ein schönes Bild, – ein Gesicht wie von einer Heiligen.

ERASMUS Eine Heilige, gewiß.

LEUTNANT Vorwärts! *Zu Erasmus* Fähnrich voran!

*Eine vordere Rotte ist schon abmarschiert.*

OBERST Laßt den Bürgermeister frei und den Pfarrer auch.

PFARRER *ruft* Erasmus!

ERASMUS *wendet sich zu ihm um.*

PFARRER *nimmt dem Hauptmann das Bild aus der Hand, rasch zu Erasmus hin* Wir sehen uns nicht wieder, Erasmus – was ist's mit diesem Bild? Du weißt's, daß das das Bild deiner Mutter ist?

ERASMUS Und weil sie ihn nicht liebte, ist er ein Landsknecht geworden.

PFARRER Und warum – was hat er dir gesagt, Erasmus?

EIN SOLDAT *von rechts* In einer Stunde ist der Gallas da.

EIN ANDERER Die Seligmacher sind schon auf dem Weg.

LEUTNANT *zum Pfarrer* Rettet Euch, Pfarrer! Oder wollt Ihr die Taufe nehmen?

PFARRER Erasmus –

LEUTNANT Vorwärts, Fähnrich!

ERASMUS *umarmt den Pfarrer* Lebt wohl, Vater!

BÜRGERMEISTER *zum Pfarrer* Bringt Euch in Sicherheit vor allem.

*Bürger und Flüchtlinge aus den Häusern.*

PFARRER Ich bleibe.

ERASMUS *sich ein letztes Mal umwendend* Vater!

PFARRER Mein Segen mit dir, mein letzter vielleicht.

EINE FRAU *von links* Die Seligmacher.

MORWALD Mir können sie nichts tun. Ich habe meine Beichtzettel.

OBERST *zum Adjutanten* Bleibt, bis der Gallas selber hier ist und so weit Ihr's vermögt, seht zu, daß dem armen Teufel nicht allzu Arges geschieht. *Nach rückwärts ab.*

*Einige Haustore werden heftig zugeschlagen, die Straße ist nun völlig leer.*

# Zug der Schatten

*Drama in neun Bildern*

## Personen

KOMMERZIALRAT SIDON
ANTOINETTE, *seine Tochter*
DR. LUDWIG GEROLD, *Arzt*
FRAU VEITH
MATHILDE, *ihre Tochter*
PRÄSIDENT FRICKE
HELENE, *seine Tochter*
RICHARD, *sein Sohn, Arzt*
KARL BERN, *Schriftsteller*
HERR RUTTE
BARON GRADL
FRAU EIDERHOF
FRANZI FRIESEL, *Schauspielerin*
FRAU FRIESEL, *ihre Mutter*
MILI, *Hausschneiderin*
GREGOR – DREGULEIN – JOHN – DÖGELMANN, *Schauspieler*
FRAU ROVEDA, *Schauspielerin*
FRITZI BAUER, *Schauspielerin*
BARON X, *Intendant*
LÖBLEIN, *Regisseur*
DR. BRAUN, *Theaterarzt*
FRAU WENTZLER, *Erste Garderobière*
BARONIN DUMANOIR
LENI, *ihr Dienstmädchen*
EIN INSPIZIENT, EINE SOUFFLEUSE, EIN ANSAGER, EIN REQUISITEUR, EIN DIREKTIONSDIENER, EIN LOGENSCHLIESSER, EINE ZWEITE GARDEROBIÈRE, EIN PORTIER, EIN PIANIST, EINE KASSIERERIN, EIN KELLNER, EIN PICCOLO, EIN DIENER, EIN STUBENMÄDCHEN, EIN KOMMISSÄR, EIN REPORTER.
BÜHNENARBEITER, ÄRZTE, SCHAUSPIELER, SCHAUSPIELERINNEN, JUNGE LEUTE AUS DEM PUBLIKUM, GÄSTE.

## Erstes Bild

*Salon im Hause des Kommerzialrates Sidon, anschließend die beiden nächsten Zimmer, die Türen stehen offen. Links im Salon Buffet, schon ziemlich abgeräumt. Zur Bedienung der Gäste ein Diener und ein Stubenmädchen; dieses nicht dauernd anwesend. Zwei bis drei kleine Tischchen mit Stühlen in der Nähe des Buffets. Rechts Türe ins Vorzimmer. Im zweiten Zimmer das Klavier, an dem zu Beginn des Aktes der Pianist. Später Nachmittag Ende Februar. Aufbruchstimmung.*

*Wenn der Vorhang aufgeht, einige Gäste, vom Hausherrn begleitet, aus dem zweiten Zimmer in den Salon, entfernen sich dann durch den Hauptausgang.*

*In der Türe zwischen erstem und zweitem Zimmer* ANTOINETTE SIDON, *die Braut, und der Schriftsteller* KARL BERN.

*Weiter rückwärts* MATHILDE VEITH *mit* IHRER MUTTER *und* DR. LUDWIG GEROLD, *der Bräutigam. Im Salon selbst rechts* FRAU EIDERHOF *mit* DR. RICHARD FRICKE.

*Am Buffet zwei junge Leute:* BARON GRADL *und* RUTTE

RUTTE, *junger Mensch, reicht dem Dichter eben ein Champagnerglas zum Füllen.*

BARON GRADL *etwas älter, sicherer, ziemlich arrogant* Es wäre Zeit zu gehen. Das Fest ist zu Ende.

RUTTE Ein Glas noch.

GRADL Gestatte ich. *Zum Diener* Bitte mir auch.

*Diener schenkt ein.*

RUTTE *mit Blick auf Antoinette* Hübsch sieht die Braut aus.

GRADL Interesssant.

RUTTE Sie wird unserm Freund Gerold manche Nuß zu knakken geben.

GRADL Das hat er sich redlich verdient.

RUTTE Frau Eiderhof hält sich famos.

GRADL Warum nicht? Sie hat andere Männer verschmerzt als Gerold und bessere.

ANTOINETTE *ist zu Richard Fricke und Frau Eiderhof getreten.*

KARL BERN *ans Buffet, zum Diener* Ein Glas Cognac, wenn ich bitten darf.

RUTTE Wissen Sie, Herr Doktor, daß zu Ihrer Première kein Sitz mehr zu haben ist?

KARL BERN Um so besser. Ich bin übrigens nicht Doktor.

RUTTE Darf ich Ihre Protektion beim Theaterkassier in Anspruch nehmen?

KARL BERN *notierend* Werde versuchen.

RUTTE Ich wäre Ihnen ewig dankbar.

KARL BERN Vierundzwanzig Stunden genügen. Ewige Dankbarkeit hielt ich von keinem Menschen aus. Also sagen wir, bis vierundzwanzig Stunden nach der Première.

RUTTE Wer spielt die Hauptrolle, Meister?

KARL BERN Ich bin kein Meister, und die Hauptrolle spielt Frau Roveda.

RUTTE Oh!

KARL BERN *Blick.*

GRADL Gefährlich, die Roveda. Sie pflegt schon zum Frühstück einen Autor zu sich zu nehmen, wenigstens wenn er jung ist.

FRAU VEITH *mit ihrer Tochter* MATHILDE *vom zweiten Zimmer in den Salon.* SIDON *tritt auf sie zu.*

SIDON Sie wollen doch noch nicht gehen, meine Damen?

FRAU VEITH Wir sind beinahe die letzten.

MATHILDE *ist weitergegangen,* FRAU VEITH *bleibt stehen.*

SIDON Noch lange nicht. Sie sehen, meine Tochter tanzt noch, und sie ist doch die Braut.

FRAU VEITH Diese Steps und Stops, die würde ich mir bei der Hochzeit meiner Tochter verbieten.

SIDON Darf man schon gratulieren, gnädige Frau?

FRAU VEITH Nicht, daß ich wüßte.

SIDON Pardon – ich dachte, die Verlobung sei offiziell.

FRAU VEITH *abschweifend* Antoinette sieht entzückend aus.

MATHILDE *am Buffet vorbeigehend.*

GRADL *sie aufhaltend* Ein Glas Champagner gefällig?

MATHILDE Wo ist die Mama hingeraten?

RUTTE Sie spricht eben mit dem Brautvater.

GRADL *reicht Mathilde ein Glas Champagner.*

RUTTE Es war das, was man eine schöne Hochzeit nennt.

GRADL Meiner unmaßgeblichen Ansicht nach sollte diese Art von Festivitäten überhaupt abgeschafft werden.

MATHILDE Warum denn? Doch ganz hübsch.

GRADL Hochzeitsfeierlichkeiten haben meiner Empfindung nach etwas geradezu Unanständiges, um nicht zu sagen Obszönes.

MATHILDE *einfach* Ach nein. *Stellt ihr Glas hin, nach rechts zu ihrer Mutter und Sidon.*

KARL BERN *zu Gradl* Es schnappt nicht jede auf solche Themen ein, lieber Baron.

RUTTE Ein Vorkriegsmädchen.

FRAU EIDERHOF *tritt zu ihnen* Auf was für Themen?

GRADL Ich habe mir erlaubt zu behaupten, daß jede Hochzeitsfeierlichkeit eine Obszönität bedeutet. Habe ich nicht recht?

KARL BERN Öffentliche Begräbnisse sind im Grunde geradeso unanständig. Aber das merken die Leute nicht.

GRADL Sie sind mir zu geistreich, Herr Bern.

KARL BERN Das wird sich leider nicht ändern lassen, Herr Baron.

FRAU EIDERHOF *mit einem Glas Champagner* An sich, finde ich, ist gar nichts anständig und gar nichts unanständig.

RUTTE Es kommt immer auf die Gedankenverbindung an.

FRAU EIDERHOF Ganz richtig. Ich denke bei Hochzeiten überhaupt an gar nichts.

KARL BERN Das ist immer das sicherste.

GRADL *ihr zutrinkend* Auf die Gedanken, Gnädigste, die Sie nicht denken!

FRAU EIDERHOF Pfui!

ANTOINETTE *ist zu Mathilde getreten* Ja, Kind, jetzt wird's ernst.

MATHILDE Wie lang bleibt ihr denn fort?

ANTOINETTE Drei Wochen, soweit ein Arzt überhaupt ein Programm machen kann. Und du weißt, daß Richard meinen Mann in der Praxis vertreten wird? Er hat's dir gar nicht gesagt?

MATHILDE Er sagt mir überhaupt nicht so viel. Warum sollte er auch.

ANTOINETTE *lächelnd* Und eigentlich hätte ich gedacht, daß du die erste von uns dreien sein wirst. Nun, wenn du heiratest, so wird es wenigstens für immer sein oder doch für lange.

MATHILDE Wie kann man an seinem Hochzeitstag so sprechen?

ANTOINETTE Es ist ein Tag wie ein anderer. *Blick zu Frau Eiderhof* Das war seine letzte. –

MATHILDE Ach, man spricht so viel ...

ANTOINETTE Mußt mich nicht beruhigen. Vergangenes ist vergangen. Aber wir haben uns auch für die Zukunft volle Freiheit zugestanden. In jeder Hinsicht.

MATHILDE Ich kann dich gar nicht anhören.

LUDWIG *zum Buffett* Da geht's ja hoch her, bin auch dabei.

*Diener reicht ihm ein Glas Champagner.*

LUDWIG *Karl Bern zutrinkend* Auf ihre Première, Meister.

GRADL *neben ihm* Er ist kein Meister.

LUDWIG Es tut mir leid, daß ich bei Ihrer Première nicht anwesend sein kann. Hoffentlich habe ich bei meiner Rückkehr Gelegenheit.

KARL BERN Garantieren kann ich nicht.

RUTTE *zu Karl Bern* Auf die hundertste Vorstellung!

KARL BERN, RUTTE, GRADL *nebeneinander.* LUDWIG *und* FRAU EIDERHOF *etwas isoliert.*

FRAU EIDERHOF Also noch einmal – viel Glück! *Stoßen an.*

LUDWIG Ich weiß, daß du's ehrlich meinst.

FRAU EIDERHOF Aber ich rate dir, gib acht! Antoinette ist kein einfaches Wesen.

LUDWIG Wünscht' ich mir gar nicht. Ich bin auch nicht einfach.

FRAU EIDERHOF Das weiß Gott. *Nickt rasch, kehrt sich von ihm ab. Frau Veith, Mathilde, Antoinette stehen zusammen.*

SIDON *ist ans Buffet getreten.*

RUTTE Es lebe der Brautvater!

SIDON Danke, meine Herren.

GRADL Wie ein Brautvater sehen Sie wirklich nicht aus, Herr Kommerzialrat, eher wie ein Bräutigam.

RUTTE Mit Nachsicht der Braut.

HELENE *hat sich von Frau Veith und Mathilde verabschiedet, tritt zu Richard* Du bleibst noch?

RICHARD Ich möchte gleich mit dir zusammen fortgehen.

HELENE Mir wäre es lieber, du bliebest noch.

RICHARD *Blick.*

HELENE Es ist wirklich nicht anzusehen, wie du Mathilde behandelst.

RICHARD Hat sie sich am Ende beklagt?

HELENE Wie kannst du glauben! Da kennst du sie schlecht. Du verdienst sie überhaupt nicht.

RICHARD Wahrscheinlich hast du recht. Ich bin ein unmöglicher Mensch, Helene.

HELENE Ich möchte einmal in Ruhe mit dir reden, Richard.

RICHARD Bitte.

HELENE Aber du hast ja leider nie Zeit.

RICHARD Für dich, wann du willst.

HELENE Kommst du vielleicht heute abend nach Hause? Schon wegen Papa ... Er – kränkt sich.

RICHARD Kränkt sich?

HELENE Er macht sich ernstliche Sorgen um dich.

RICHARD Dazu ist doch nicht der geringste Grund vorhanden.

ANTOINETTE *tritt zu ihnen* Also, Sie übernehmen Ludwigs Patienten während seiner Abwesenheit?

RICHARD Soweit solche vorhanden sind.

ANTOINETTE Und Patientinnen.

RICHARD Das läßt sich bei einem Frauenarzt nicht vermeiden.

ANTOINETTE Sie könnten gleich einige behalten. Besonders die gesunden.

RICHARD *lacht etwas gekünstelt, dann zu Helene* Also Helene, wenn du so lange warten willst – ich möchte nur noch Mathilde Adieu sagen. *Zu ihnen hin.*

ANTOINETTE *zu Helene mit Blick auf Mathilde* Sofort fängt sie zu strahlen an. Es ist geradezu rührend. Warum heiratet er sie nicht endlich?

RICHARD Hast du mir schon verziehen, Mathilde?

MATHILDE Was denn?

RICHARD Daß ich vorgestern abend nicht gekommen bin.

MATHILDE Du hast ja plötzlich Spitalsdienst übernehmen müssen.

RICHARD Leider. Das ist sogar wahr. Darf ich vielleicht morgen ...

FRAU VEITH Kommen Sie doch Samstag in unsere Loge zur Première und Helene natürlich auch.

*Sie treten zu Helene und Antoinette hin.*

LUDWIG *steht bei Rutte und Gradl.* KARL BERN *mit Frau Eiderhof.*

SIDON *tritt zu Ludwig* Josef hat deinen Reiseanzug gebracht.

LUDWIG Ach ja, es wird Zeit. Ist nicht telefoniert worden?

SIDON An deinem Hochzeitstag werden dich doch hoffentlich deine Patientinnen in Ruhe lassen.

LUDWIG Ich wollte dich noch um etwas bitten, Vater.

SIDON Daß du dich nur endlich entschließt, mir Vater zu sagen. *Etwas affektierte Zärtlichkeit* Was wolltest du mich bitten?

LUDWIG Ab und zu in unserer Wohnung nachzuschauen. Man kann sich auf die Handwerksleute so wenig verlassen.

SIDON Aber selbstverständlich, ich werde mich schon kümmern. Viel anderes werde ich ja nicht mehr zu tun haben.

LUDWIG Na.

SIDON Ja, jetzt kommt die Einsamkeit, mein Sohn.

LUDWIG Wie kannst du so reden. – Du wirst uns immer willkommen sein, nicht nur Antoinette, auch mir.

SIDON Ach, sag das nicht. Auch die Schwiegerväter –

LUDWIG *sichtlich präokkupiert* Na, ich will doch lieber selbst noch einmal nach Hause telefonieren. *Will ab, vorbei an Richard.*

RICHARD Also, auf ein gutes Wiedersehen.

LUDWIG Du willst schon gehen? Möchtest du nicht – ich kleide mich nur um – ich hätte gern noch mit dir gesprochen, ein paar Worte.

RICHARD *befremdet* Jetzt?

LUDWIG Speziell wegen eines Falles – *Rasch durch das nächste Zimmer ab.*

ANTOINETTE *tritt rasch zu Richard* Was habt ihr denn für Geheimnisse, ihr zwei?

RICHARD Nicht, daß ich wüßte.

ANTOINETTE Es scheint doch. *Plötzlich* Wollen Sie mir was versprechen, Richard?

RICHARD –?

ANTOINETTE Daß Sie sein Freund bleiben.

RICHARD Das muß ich Ihnen erst versprechen?

ANTOINETTE Es kommt vor, daß Freundschaften in die Brüche gehen, wenn einer der Freunde heiratet, meist ist allerdings die Frau daran schuld.

RICHARD *konventionell* Dann hinge es ja nur von Ihnen ab, gnädige Frau.

ANTOINETTE Sie sollen mir Antoinette sagen.

RICHARD *verneigt sich konventionell.*

ANTOINETTE Es könnte ja der Fall sein, daß Sie mir nicht sympathisch wären oder daß ich Ihnen mit der Zeit allzu sympathisch würde. – Oh, halten Sie mich nicht für kokett – ich liebe Ludwig.

RICHARD Er wird sich seines Glückes sicher immer würdig erweisen.

ANTOINETTE *lacht* Sie sprechen wie ein Buch aus dem vorigen Jahrhundert. Ich will Sie etwas fragen, Richard. – Ist alles vorbei?

RICHARD –?

ANTOINETTE – was früher, vor meiner Zeit war?

RICHARD Wie können Sie zweifeln?

ANTOINETTE Ach, ich denke nicht an die Frau Eiderhof.

FRAU EIDERHOF *ist im Gespräch mit Gradl und Rutte.*

ANTOINETTE Die war immer belanglos. Aber Franzi. Ist das wirklich zu Ende?

RICHARD Es war zu Ende, noch bevor er sich offiziell mit Ihnen verlobt hat.

ANTOINETTE Sie hatte für den Herbst ein Engagement nach Hamburg in Aussicht.

RICHARD Es war die Rede davon.

ANTOINETTE Aber sie ist hiergeblieben.

RICHARD Vermutlich hat sich die Sache mit Hamburg zerschlagen. Ich weiß nichts Näheres.

ANTOINETTE Neulich habe ich sie spielen gesehen. Ludwig weiß es gar nicht. Es war so ein plötzlicher Einfall von mir. Eine ganz kleine unbedeutende Rolle.

RICHARD Hat sie Ihnen gefallen?

ANTOINETTE *nachdenklich* Sie hat sehr seelenvolle Augen. Hübsch kann ich sie ja gar nicht finden.

RICHARD Die Sache ist aus.

SIDON Da steht sie und plaudert. Antoinette –

ANTOINETTE Bin schon da. Du hast wohl Angst gehabt, Vater, daß ich vergesse? Nein, ich weiß ganz genau, daß ich seit heute mittag zwölf Uhr Antoinette Gerold heiße und daß ich mich jetzt umkleiden muß, weil um neun Uhr zwanzig unser Zug nach Venedig abgeht. *Rasch ab.*

SIDON – RICHARD. GRADL *und* RUTTE *treten dazu, um sich von Sidon zu verabschieden.*

GRADL Verehrter Herr Kommerzialrat –

RICHARD *tritt von ihnen weg zum Buffet und läßt sich ein Glas Cognac geben.*

SIDON *mit* RUTTE *und* GRADL *der Ausgangstür zu.* KARL BERN *zu* HELENE.

KARL BERN Die Loge für dich habe ich schon.

HELENE Bitte nicht du sagen – hier.

KARL BERN *scherzhaft* Schämst du dich meiner?

HELENE Geheimnis ist schöner.

KARL BERN Du hast recht, wie immer. Willst du dir die Loge bei mir abholen oder darf ich sie Ihnen bringen, gnädiges Fräulein?

HELENE Du könntest morgen den schwarzen Kaffee bei uns nehmen. Papa wird sich freuen.

KARL BERN Das erlaube ich mir zu bezweifeln.

HELENE Und nebstbei möchte ich mit dir – mit Ihnen reden. Wegen meines Bruders. Du bist ja jetzt so oft mit ihm zusammen.

KARL BERN Oft? Manchmal im Kaffeehaus nachts.

HELENE Oh, ich will Sie zu keinen Indiskretionen verleiten. Es wäre auch vergeblich, ich weiß.

KARL BERN Richard hat mir niemals sein Herz aufgeschlossen. Ich bin nicht einmal überzeugt, daß ich ihm sehr sympathisch bin.

HELENE Er macht mir Sorge. Offenbar steckt er in irgendeiner fatalen Liebesgeschichte, aus der er nicht herauskann. Ich kenne das. Bei früheren Gelegenheiten hat er sich manchmal mit mir ausgesprochen. Diesmal verschließt er sich auch vor mir.

KARL BERN Und du glaubst, daß ich – *Verbessert sich auf ihren Blick.* Sie glauben, daß ich – –

HELENE Ob du ihm sympatisch bist, das weiß ich selber nicht. Aber du imponierst ihm oder faszinierst ihn, das spür ich sehr genau. Und er ist sehr beeinflußbar. Eigensinnig, aber schwach. Es ist höchste Zeit, daß er heiratet.

KARL BERN Fräulein Veith?

HELENE Ja, seine Liebesgeschichten sind mir schon zu dumm. Es hat noch jede mit einer Enttäuschung geendet. Man müßte ihm endlich klarmachen, daß – daß kein Frauenzimmer was wert ist.

KARL BERN Das soll ich ihm sagen?

HELENE Etwas in der Art.

KARL BERN Wenn es aber gegen meine Überzeugung wäre?

HELENE Ist ja gar nicht wahr. Nach Ihren Stücken zu schließen, halten Sie uns doch eigentlich alle für Canaillen.

KARL BERN Meine Stücke – die wirst du doch um Gotteswillen nicht ernst nehmen. Dann noch lieber mich selber.

HELENE *lacht.*

RICHARD *ist kurz vorher zu Frau Veith und Mathilde getreten.*

MATHILDE *kommt zu Helene und Karl Bern. Zu Helene* Wenn du mit uns kommen willst?

HELENE Ja, gern. *Zu Karl Bern.* Also, auf Wiedersehen morgen.

FRAU VEITH, MATHILDE *und* HELENE *ab.*

KARL BERN *tritt auf Sidon zu* Herr Kommerzialrat – *Sich verabschiedend* Ja, richtig, Ihr Billet liegt bereit. Zweite Reihe, Mittelgang Ecke, genauso, wie Sie es gewünscht haben.

SIDON Sie sind wirklich sehr liebenswürdig. Ihr Stück ist ja wundervoll besetzt. *Mit einem Unterton der Bewunderung* Die Roveda spielt die Hauptrolle –

KARL BERN Soweit man dergleichen voraussagen kann. Heut früh auf der Probe hat sie dem Regisseur die Rolle vor die Füße geschmissen.

RICHARD *ist dazu getreten.*

SIDON Sie wird sie schon wieder aufheben. Eine geniale Person und ein herrliches Weib. Ach, wenn ich ein Dichter wäre und gar ein junger …

KARL BERN Kommerzialräte haben mehr Chancen.

FRAU EIDERHOF *tritt jetzt eben herzu* Inwiefern?

KARL BERN Das müssen Sie den Herrn Kommerzialrat selbst fragen, gnädige Frau. *Tritt, sich verabschiedend, zu Richard* Kommen Sie mit mir? Ich möchte gern wieder einmal eine Partie Billard mit Ihnen spielen, lieber noch Schach, wie neulich. Kommen Sie nicht?

RICHARD Leider – ich habe noch ein Wort mit dem jungen Ehemann Dr. Gerold zu sprechen. Aber später im Café.

KARL BERN Auf Wiedersehen. *Ab.*

RICHARD *sichtlich ungeduldig, geht ins zweite Zimmer zum Piano, spricht mit dem Pianisten.*

SIDON *steht bei* FRAU EIDERHOF. *Frau Eiderhof verabschiedet sich.*

SIDON Also auch Sie lassen mich allein, gnädige Frau? *Küßt ihr die Hand und seufzt ein wenig.*

FRAU EIDERHOF Melancholisch?

SIDON Sie werden das begreifen, gnädige Frau.

FRAU EIDERHOF Sie mußten doch darauf gefaßt sein. Eine Tochter hat man ja nicht auf ewig. – Auch sonst niemanden.

SIDON Man wird sich sein Leben eben ein wenig anders einrichten müssen.

FRAU EIDERHOF Das ist nicht so schlimm. Ich richte mir mein Leben alle acht Tage fast anders ein und fühle mich sehr wohl dabei.

SIDON Nun, gnädige Frau, ganz leicht wird es Ihnen heute auch nicht ums Herz sein.

FREU EIDERHOF *undurchdringlich* Wieso? Was wissen Sie überhaupt von meinem Herzen?

SIDON Leider nicht viel.

FRAU EIDERHOF Von meinem Herzen hat wahrscheinlich noch niemand das geringste gewußt. Adieu und auf baldiges Wiedersehen.

SIDON Bald ist ein weiter Begriff.

FRAU EIDERHOF Rufen Sie mich gelegentlich an, Herr Kommerzialrat.

SIDON Gelegentlich ist ein noch weiterer Begriff.

FRAU EIDERHOF *lacht* Das ist wahr. Also – in zwei Stunden.

SIDON Wie? Sie sprechen im Ernst?

FRAU EIDERHOF Im Pavillon sollen jetzt zwei famose spanische Tänzerinnen auftreten. Wollen Sie mit mir hingehen? Es wäre vielleicht das vernünftigste – für uns beide, heute wenigstens, statt einsam unseren Erinnerungen nachzuhängen.

SIDON Sie machen mich glücklich, gnädige Frau.

FRAU EIDERHOF Das ist wieder übertrieben, Herr Kommerzialrat. Läuten Sie einfach um elf Uhr zu mir herauf. Auf Wiedersehen! *Sie geht.*

SIDON *begleitet sie zur Türe.*

*Der Pianist hat Richard leise etwas vorgespielt.*

LUDWIG *kommt jetzt rasch, tritt zu Richard* So da bin ich, entschuldige.

*Pianist erhebt sich und verabschiedet sich.*

RICHARD, LUDWIG *Sie treten beide allmählich in den Salon.*

LUDWIG *im Reiseanzug* Ich danke dir, daß du so lange Geduld gehabt hast.

RICHARD Also, um welchen Fall handelt es sich eigentlich?

LUDWIG *einfach* Um den Fall Franzi.

RICHARD *höchst erstaunt* Wie?

LUDWIG Ich wollte dich fragen – – Du hast nichts von ihr gehört in der letzten Zeit?

RICHARD Wie kommst du nur auf die Idee? Ich habe sechs Monate lang nichts von ihr gehört – länger –, mindestens so lange nicht wie du.

LUDWIG Natürlich.

RICHARD Was soll also die Frage eine Viertelstunde vor deiner Abreise?

LUDWIG Die Sache ist nämlich die. Franzi hat mir geschworen – vor geraumer Zeit allerdings, vor anderthalb Jahren etwa, in unserer glücklichsten Zeit – *Mit einem eher lachenden Gesicht* –, daß sie sich an meinem Hochzeitstag umbringen wird.

RICHARD *kurz* Was du nicht sagst. Du hast wohl damals auch mancherlei geschworen – in eurer glücklichsten Zeit?

LUDWIG Man schwört mancherlei in gewissen Stunden.

RICHARD Selbstverständlich. Aber ihr seid doch im besten Einvernehmen geschieden.

LUDWIG Man kann sagen freundschaftlich. Sie ist eine tapfere kleine Person. Nach dem großen Ausbruch im letzten Frühjahr gab es eigentlich keine Szene mehr. Sie hatte sich damals sogar Gift verschafft.

RICHARD Woher weißt du das?

LUDWIG Sie machte mir kein Geheimnis daraus.

RICHARD Weil sie niemals im Ernst daran dachte.

LUDWIG Damals vielleicht wirklich nicht. Damals dachten wir auch noch nicht an das Ende.

RICHARD Und seit dem Ende ist es wieder beinahe ein halbes Jahr her. Und da sie es damals nicht getan hat ...

LUDWIG Das stimmt schon. Aber heut ist mein Hochzeitstag. Frauen sind manchmal sehr bizarr.

RICHARD *zuckt die Achseln.*

LUDWIG In Liebesdingen ist alles möglich. Sie könnte seither ein halbes Dutzend Liebhaber gehabt haben und doch –

RICHARD Und immer noch dich lieben.

LUDWIG Ach Gott, wir haben immer nur das eine Wort.

RICHARD *ungeduldig* Möchtest du mir nicht endlich sagen, was ich in der Sache soll?

LUDWIG Ich möchte, daß du dich erkundigst. –

RICHARD *lachend* Wie? Wie stellst du dir das eigentlich vor? Was hätte das für einen Sinn? Wenn es geschehen wäre – du entschuldigst, daß ich lache – ich könnte es so wenig ändern wie du, und sie daran hindern, wenn sie fest entschlossen wäre, – dazu dürfte es wohl schon zu spät sein. Auch wüßte ich beim besten Willen nicht wie.

LUDWIG Alles ganz recht, du mußt mir trotzdem telegraphieren.

RICHARD Na, höre.

LUDWIG Ja, diesen Freundschaftsdienst mußt du mir erweisen. Die Mühe wird doch nicht so groß für dich sein, mir morgen früh ein Telegramm nach Venedig zu senden, Hotel Danieli. Es ist schon alles vorgekommen, Richard. Und alles ist möglich, absolut alles, das weiß ich von mir her. Du wirst doch nicht zweifeln, daß ich Antoinette liebe, so sehr liebe, als man eine Frau nur lieben kann. Und doch in diesem Augenblick, wenn ich an Franzi denke –

RICHARD Nun?

LUDWIG Es kann nicht zu Ende sein.

ANTOINETTE *im Reisekleid, tritt rasch herzu* Habt ihr euch noch tüchtig miteinander ausgeplaudert? Jetzt ist's aber Schluß mit den Geheimnissen.

SIDON *kommt* Und um neun Uhr zwanzig geht euer Zug.

*Diener kommt.*

SIDON Ja, ja.

LUDWIG Also, lieber Freund, ich danke dir nochmals sehr. Und daß du mir indes nicht alle meine Patienten gesund machst.

RICHARD In dieser Hinsicht übernehme ich keine Garantie. Also auf Wiedersehen und nochmals alles Gute euch beiden. *Gibt beiden die Hand, ab. Sidon gibt ihm das Geleite.*

LUDWIG *zu Antoinette mit wirklicher Zärtlichkeit* Endlich!

ANTOINETTE Mein Geliebter!

SIDON *zurück* Es ist alles hinuntergeschafft, Kinder. Regelmäßig schreiben, meinetwegen nur Karten, aber täglich.

LUDWIG *und* ANTOINETTE *ab.*

SIDON *bleibt allein zurück, nach einer Weile zum Fenster, sieht hinaus, winkt nicht, verbirgt sich eher, wieder zurück ins Zimmer. Der Diener beim Buffet macht Ordnung.*

SIDON *unschlüssig.*

DIENER Um welche Zeit wünschen Herr Kommerzialrat das Souper?

SIDON Ich gehe noch aus. Richten Sie mir den Smoking. Ich esse nicht zu Hause. *Rasch ab.*

## Zweites Bild

*Gemütliches, hochgewölbtes Zimmer in einem ziemlich alten Haus, etwas altmodisch eingerichtet. Haupteingang links. Links rückwärts weißer Kachelofen. Rechts Divan, Tisch, Sessel. Fenster rechts. Linke Wand Glasschrank mit grünem Vorhang. Rechts vorn Kommode, darüber Spiegel, auf der Kommode Blumenvase, Photographien etc. ... Neben der Kommode in Höhe des Spiegels Kuckucksuhr. Rückwärts breiter Alkoven, Doppelbett. Über dem Bett Öldruck (etwa friedliche Landschaft mit Hirten und Kühen).*
*Bühne leer. Durch das Fenster rechts fällt ein Licht von gegenüberliegender Straßenlaterne und vom dicht fallenden weißen Schnee. Die Kuckucksuhr schlägt eben neun.*
*Während der letzten Schläge tritt die* BARONIN DUMANOIR *ein; ältere stattliche Dame in einfachem, bequemem, sehr ordentlichem Hauskleid. Sie schaltet das Licht ein, bescheidene Deckenlampe. Bald nach ihr das Dienstmädchen* LENI, *zum Alkoven, steckt zwei Kerzen in die auf dem Nachtkästchen befindlichen Leuchter.*

BARONIN *zum Fenster, sie spricht mit französischem Akzent, zu Leni, ohne Schärfe* Immer vergessen Sie die Jalousien herunterzulassen. *Läßt die Jalousien herunter.*

LENI *zum Fenster, als wollte sie behilflich sein.*

BARONIN *wehrt ab* Richten Sie draußen her wie gewöhnlich, damit Sie gleich das Essen holen können. *Zur Kommode* Das Wasser ist nicht mehr frisch. *Weist auf den gläsernen Krug.*

LENI *zur Kommode, nimmt das Tablett mit dem Krug und den zwei Wassergläsern.*

BARONIN Pas besoin de promener les verres vides.
*Klingel draußen.*

LENI *hinaus mit dem Krug.*

BARONIN *hat den Alkoven inspiziert, zieht die Portièren zu.*

FRANZI *tritt ein, Pelzjacke, Muff, Kappe* Bonsoir, madame la baronne.

BARONIN Bonsoir, mademoiselle. Es schneit noch immer?

FRANZI Mais comment! Regardez-moi donc, madame la baronne, wie ich ausschau. –

BARONIN *lächelnd.*

FRANZI Je laisserai les choses – *Kann nicht weiter.* Ich werd die Sachen vielleicht lieber draußen lassen.

BARONIN Comme vous voudrez.

FRANZI *verschwindet wieder.*

LENI *trifft in der Türe mit ihr zusammen, stellt den neugefüllten Krug auf die Kommode.*

BARONIN Sie müssen noch nachlegen.

LENI *zum Ofen, legt nach.*

FRANZI *tritt wieder ein, hat abgelegt* J'aime la neige. Ich hab's gern, wenn es so schneit. C'est si – beruhigend.

BARONIN Calmant.

FRANZI Calmant. Danke.

BARONIN Warm genug?

FRANZI Aber wunderbar. Si chez nous à la maison la température – *Kann nicht weiter.*

BARONIN Sie dürfen auch deutsch reden, Fräulein.

FRANZI Wenn es bei uns zu Hause je so warm werden möcht. *Rückt einen Stuhl zum Ofen, setzt sich, wärmt die Füße am Ofen.*

BARONIN Mir ist es nie warm genug. Quand j' étais jeune – ma mère, vous le savez, était propriétaire d'une pension de famille. *Erklärend* Nizza. Vous connaissez le midi, mademoiselle?

FRANZI *schüttelt den Kopf.*

BARONIN Mais il faut y aller, mademoiselle – auf der Hochzeitsreise.

FRANZI Ach Gott. Je ne me marierai jamais.

BARONIN Ce sont des choses qui arrivent sans même qu'on s'en aperçoive.

FRANZI *wehrt ab.*

BARONIN Ah, les jeunes – ja, wenn die jungen Männer immer wüßten – s'ils savaient où trouver le bonheur. Ce n'est pas toujours dans les familles bourgeoises.

*Klingel draußen.*

FRANZI *wendet brüsk den Kopf.*

BARONIN Le docteur, certainement.

RICHARD *tritt ein, noch im Pelz, Hut in der Hand.*

FRANZI *ihm entgegen.*

LENI *tritt ein, nimmt Richard den beschneiten Pelz ab.*

RICHARD *küßt etwas zögernd Franzi die Hand.*

BARONIN *in der Tür* Bleiben die Herrschaften zum Souper hier?

RICHARD *nach fragendem Blick auf Franzi* Ich denke wohl.

BARONIN C'était à votre goût la dernière fois, monsieur?

RICHARD Parfaitement.

BARONIN Das war aus der ›Silbernen Glocke‹, weil Herr Doktor neulich mit dem ›Rössel‹ nicht recht zufrieden waren.

RICHARD *etwas ungeduldig* Also bleiben wir bei der ›Silbernen Glocke‹.

FRANZI *wie für sich* La cloche d'argent.

BARONIN *und* LENI *ab.*

FRANZI Ein bissel viel redet sie.

RICHARD Das kann man wohl sagen.

FRANZI Aber ich üb' mich im Französischen mit ihr.

RICHARD Sehr vernünftig. Du wartest doch hoffentlich noch nicht lang?

FRANZI Kaum fünf Minuten. Bei solchem Wetter fangen wir immer später an wegen der Auffahrt zum Theater. Und dann dauert's auch länger. *Näher zu ihm* Na?

RICHARD *erkennt darin die Aufforderung zu einer zärtlicheren Begrüßung und nimmt sie etwas zerstreut in die Arme.*

FRANZI Aber später als dreiviertelneun wird's doch nie. Wenigstens für mich. In dem neuen Stück hab ich leider bis zum Schluß zu tun.

RICHARD Ach ja, Samstag habt ihr schon Première. *Ihr aus der Tasche das Manuskript reichend* Hier hast du übrigens das Manuskript wieder.

FRANZI Ach ja, wie hat es dir denn gefallen?

RICHARD Du spielst die Emmi?

FRANZI Eine rechte Schmarrnrolle – was?

RICHARD Du wirst hübsch aussehen. Für die Fanny hättest du freilich – Erinnerungen, Erlebnisse. Hast du das gar nicht bemerkt?

FRANZI *absichtlich nicht eingehend* Alle bei uns sagen, es wird durchfallen.

RICHARD Und hast du für die nächste Zeit nichts Größeres in Aussicht?

FRANZI Hoffentlich nicht.

RICHARD Hoffentlich? Gar nicht ehrgeizig? *Er sitzt auf dem Stuhl beim Ofen wie früher Franzi.*

FRANZI Nein, nicht mehr. *Setzt sich auf seine Knie* Jetzt ist mir alles das vollkommen gleichgültig. Kunst und Ruhm und Karriere – alles – außer dir. *Seinen Kopf zwischen den Händen.*

RICHARD *den Blick abgewendet* Das wird wohl auch wieder einmal anders werden.

FRANZI Ich kann es mir nicht denken.

RICHARD Man kann sich gar manches nicht denken.

FRANZI Was hast du, Richard?

*Es klopft.* BARONIN *tritt ein mit Tischtuch usw.*

BARONIN C'est permis? *Macht sich bereit, den Tisch zu decken.*

FRANZI Je vous aiderai, madame la baronne.

BARONIN Ne vous dérangez pas, mademoiselle.

*Franzi und Baronin decken auf.*

RICHARD *noch am Ofen* Sie haben da sehr schöne alte Möbel, Frau Baronin.

BARONIN N'est-ce-pas? Je suis bien contente que vous vous plaisiez ici. Im Frühjahr wird es Ihnen noch viel besser gefallen. Da kommt ein so wunderbarer Geruch aus dem Park vis-a-vis. C'est comme si la chambre elle-même était remplie de fleurs. Wenn das Fenster offen steht.

RICHARD Noch lang bis zum Frühjahr.

*Klingel draußen.*

BARONIN C'est Leni. Elle est sortie sans clef comme toujours. Dummes Ding. *Ab.*

FRANZI *macht sich noch am Tisch zu schaffen* Wie hast du das gemeint, daß bis zum Frühjahr noch lang ist?

RICHARD *gezwungen lächelnd* Das stimmt doch, daß es bis zum Frühjahr noch lange ist!

LENI *tritt ein mit der Vorspeise.* BARONIN *folgt ihr, bringt noch etwas in Ordnung.*

BARONIN Madame est servie.

RICHARD *steht auf, setzt sich an den Tisch.*

BARONIN *und* LENI *ab.*

FRANZI Darf ich dich bedienen?

RICHARD Bitte sehr.

FRANZI *teilt vor, nimmt dann auch für sich.*

BARONIN *bringt von draußen den Wein im Kübel* Ich hab ihn ein wenig eingekühlt. Bon appétit.

RICHARD *rasch* Darf ich dir einschenken?

FRANZI *nicht nur.*

RICHARD *schenkt ein, währenddem* Wie gehen eigentlich die Proben?

FRANZI *lacht.*

RICHARD – ?

FRANZI Weil du mich Dinge fragst, die dich nicht im geringsten interessieren.

RICHARD Wie kannst du das sagen? Ganz abgesehen von allem andern – ich bin mit dem Autor befreundet.

FRANZI Mit Herrn Bern? Befreundet gar? Das habe ich nicht gewußt.

RICHARD Wieso denn? – Allabendlich treffen wir uns im Kaffeehaus?

FRANZI Jeden Abend?

RICHARD Das hab ich dir doch schon erzählt. Ich habe auch jetzt ein paar Kollegen von dir kennengelernt. Herrn Dögelmann, dann einen gewissen John.

FRANZI Das ist der geschiedene Mann von der Roveda.

RICHARD Und eueren berühmten Gregor.

FRANZI Der hat jetzt ein Verhältnis mit der Roveda.

RICHARD Der kann wohl jede haben.

FRANZI *beiläufig* Natürlich. Er muß nur winken.

RICHARD Nun, hat er schon gewinkt? Dir, mein ich?

FRANZI *leicht spottend* Mich hat er überhaupt noch nicht bemerkt.

RICHARD Nur Geduld.

FRANZI Möchtest du nicht aufhören, Richard?

LENI *kommt herein, serviert ab, bringt das zweite Gericht.*

FRANZI Übrigens bin ich gar nicht überzeugt, daß wir Samstag die Première haben werden. Die Roveda hat heute auf der Probe wieder einmal Krach gemacht.

RICHARD Ich weiß.

FRANZI Wieso? Das ist doch erst heute vormittag passiert?

RICHARD Ja. Aber da ich heute nachmittag zufällig Herrn Bern gesprochen habe –

FRANZI Wo denn?

RICHARD *unbetont* Bei einer Hochzeit.

LENI *ab.*

*Pause.*

FRANZI Heute war die Hochzeit?

RICHARD *teilt vor, bedient sich gleichfalls; ironisch, ungläubig* Ach, du hast es gar nicht gewußt?

FRANZI Woher sollte ich? Du warst dabei?

RICHARD Selbstverständlich – als sein Freund, sogar als Trauzeuge. Ich vertrete ihn auch während seiner Reise – diesmal ärztlich.

FRANZI *absichtlich überhörend* Du hast viele Leute gesprochen?

RICHARD *nickt.*

FRANZI Junge Damen?

RICHARD Auch.

FRANZI Fräulein Veith zum Beispiel?

RICHARD Es ist kein Anlaß, gerade die besonders zu erwähnen.

FRANZI Die wirst du heiraten. Ludwig hat mir schon seinerzeit erzählt, daß du sie heiraten wirst.

RICHARD Da weiß er mehr als ich.

FRANZI *achselzuckend* Die oder eine andere, mir kann es gleich sein, an wen ich dich verlieren werde.

RICHARD Und das weißt du ganz bestimmt, daß du mich verlieren wirst?

FRANZI *achselzuckend* Nächstes Jahr bin ich in Hamburg oder weiß Gott wo.

RICHARD Wer zwingt dich dazu? Du kannst doch hier am Residenztheater bleiben.

FRANZI Und wieder Stubenmädeln spielen.

RICHARD Ich habe gemeint, es ist dir gleichgültig, was du spielst.

FRANZI Und du hast ja selbst gesagt, daß das anders werden wird.

RICHARD Du bist merkwürdig gefaßt.

FRANZI Ich mache mir keine Illusionen –

RICHARD Was mich anbelangt.

FRANZI Auch nicht über mich selbst.

RICHARD Um so besser.

FRANZI Für mich.

RICHARD Und auch für mich. Jedenfalls werde ich an meinem Hochzeitstag, wenn ich einen erleben sollte, in ruhigerer Verfassung sein dürfen, als es Ludwig heute war.

FRANZI *immer befremdeter* Was willst du damit sagen? Er hat – ihr habt miteinander – ihr habt von mir heute gesprochen?

RICHARD Er ist einigermaßen in Unruhe deinetwegen. Er fürchtet – daß du am Ende einen gewissen Schwur halten könntest.

FRANZI *Blick.*

RICHARD Du wirst dich wohl erinnern? Er bat mich sogar, ihm nach Venedig zu telegraphieren …

FRANZI *Blick.*

RICHARD – ob du dich zur Zeit noch am Leben befindest.

FRANZI Und das erzählst du mir mit der ernstesten Miene der Welt? Bist du toll? Oder er?

RICHARD Warum denn? Hast du etwa nicht geschworen?

FRANZI Was?

RICHARD Daß du dich umbringen wirst an seinem Hochzeitstag. Oder in seiner Hochzeitsnacht – ich weiß nicht genau. In letzterem Falle wäre übrigens noch Zeit. Du könntest vielleicht selbst telegraphieren. Damit er nicht nervös …

FRANZI Du bist wieder einmal wahnsinnig.

RICHARD Kann ich nicht finden.

FRANZI *ruhig, hart* Was hast du ihm erwidert?

RICHARD *sehr ruhig* Ich habe es natürlich abgelehnt – ihm zu telegraphieren.

FRANZI Das war alles? Du hättest ihm wohl etwas anderes erwidern können.

RICHARD *fragender Blick.*

FRANZI Gerade du. Daß er ein Geck und ein Narr ist.

RICHARD Da hätte ich ein Geck sein müssen.

FRANZI Nein, Richard, ein Mann.

LENI *kommt, serviert ab und geht.*

*Richard und Franzi schweigen indes, Richard hat sich erhoben, geht zum Fenster.*

FRANZI Ein Mann hätte sagen müssen: Schweig! Du hast kein Recht mehr über sie, nicht einmal mehr das Recht zu fragen. Sie liebt einen andern, sie liebt mich, sie hat nie einen andern geliebt als mich.

RICHARD *lacht kurz auf.*

FRANZI *ist auch aufgestanden.* Mein ist sie, wie sie niemals die deine war. Das hättest du sagen müssen. Und du hast es nicht gesagt. Und warum? Weil du dich schämst. Ja, du schämst dich meiner. Er soll nicht wissen, daß ich jetzt deine Geliebte bin. Du schämst dich vor ihm, weil er sich erinnern darf. Du bist ein Geck.

RICHARD Aber wenigstens kein Narr.

FRANZI *ausbrechend* Richard!

RICHARD *mit plötzlicher Heftigkeit* Warum soll ich mir denn einbilden, daß du mich mehr liebst, als du ihn geliebt hast? Warum soll ich überhaupt glauben, daß du mich liebst? Ich war eben zur Stelle, Trost habe ich bedeutet, Vergeltung, Rache. Warum denn Liebe? Ich war da, das ist mein ganzes Verdienst. *Pause.*

FRANZI Richard, – *Etwas näher* besinne dich doch, Richard! Das war doch alles schon überwunden. Weißt du denn nicht mehr? Du denkst doch nicht, daß er ernstlich meint, ich könnte seinetwillen –

RICHARD *sie heftig unterbrechend* Du hattest dir doch schon Gift verschafft.

FRANZI Vor einem Jahr. Ich leugne es ja nicht. Ich hab es längst nicht mehr. Er weiß es ganz gut. Wenn er heute von diesem Schwur gesprochen hat, so war es natürlich nicht im geringsten aus einer wirklichen Sorge um mich. Eitelkeit war es, Zynismus und Lust, dir wehzutun. Dein Glück, unser Glück zu vergiften.

RICHARD Er hat ja keine Ahnung von uns zweien.

FRANZI Warum glaubst du das? Es wäre doch sehr gut möglich trotz deiner großen Vorsicht, daß er vermutet –

RICHARD Nichts. Daß du einen Geliebten hast, irgendeinen, das freilich, das vermutet er schon. Aber er denkt nicht an mich. *Unbeherrscht* Er zweifelt nicht im geringsten daran, daß du längst wieder einen Geliebten hast und noch zehn oder hundert haben wirst. Aber nebstbei ist er vollkommen überzeugt, daß er dich wiederhaben kann, sobald es ihm beliebt.

FRANZI Richard, das alles hast du ihn sagen lassen?

RICHARD *antwortet nicht.*

FRANZI Richard – und du, du glaubst es auch?

RICHARD Ich glaube überhaupt nichts.

*Große Pause, Richard am Fenster, abgewendet von Franzi.*

FRANZI So kann es nicht weitergehen.

RICHARD *wendet sich brüsk um.*

FRANZI Es ist unser beider nicht würdig – es wird doch wohl das beste sein – wir sagen uns Adieu.

RICHARD *schweigt wie ein trotziges Kind.*

FRANZI *nach kurzer Weile, wendet sich entschieden zum Gehen* Adieu.

RICHARD Franzi!

FRANZI *bleibt stehen.*

RICHARD Bleib!

FRANZI *langsam zu ihm* Richard, was soll ich tun?

RICHARD Was soll ich tun?

FRANZI *nimmt seine Hände, zärtlich, fast mitleidig* Es fehlt dir nur Vertrauen.

RICHARD Ich habe nicht immer deine Hände in den meinen, wie jetzt.

FRANZI Aber dein Herz immer in meinem.

RICHARD Und doch – und doch ist es dir gleich, an wen du mich einmal verlieren wirst?

FRANZI *Blick.*

RICHARD Du hast es ja früher selbst gesagt.

FRANZI *mild* Du quälst mich ja so.

RICHARD Ich liebe dich so.

FRANZI Richard ... *Nahe bei ihm.* Und hast du dir denn wirklich eingebildet, daß ich dich jemals hergeben werde? Nein, Richard, du gehörst mir und ich lass' dich keiner andern. Du bist mir verfallen geradeso wie ich dir.

RICHARD So was Ähnliches hast du schon einmal geglaubt.

FRANZI Es ist diesmal etwas ganz anderes. Wirst du es nicht endlich verstehen? Ein Leben ohne dich ...

RICHARD *Blick.*

FRANZI *hält inne.*

RICHARD Warum sprichst du nicht weiter?

FRANZI *fragend-angstvoller Blick.*

RICHARD Ich warte.

FRANZI Worauf wartest du?

RICHARD Ich warte noch auf den Schwur, daß du dich an meinem Hochzeitstag umbringen wirst.

FRANZI *löst sich von ihm, nach Pause, mild* Nein, Richard, den Schwur erwartest du vergebens. Ich werde mich sogar ganz bestimmt nicht umbringen, wenn du mich verläßt. Das schwöre ich dir. Ich werde es nicht tun, selbst wenn ich die größte Lust dazu haben sollte. Ich werde weiterleben. Du brauchst also nicht die geringste Angst zu haben, auch nicht an deinem Hochzeitstage. Ich will nicht, daß auf dein Leben jemals ein Schatten falle und kein Schatten auch auf die Gegenwart, auf unsere Gegenwart, so lang oder so kurz sie dauern wird. Du sollst glücklich sein. Wir wollen ja nichts anderes als glücklich sein, Richard. Es ist doch nicht so schwer.

RICHARD Manchmal schon.

FRANZI Ich liebe dich so sehr.

RICHARD *nimmt sie in die Arme und schluchzt plötzlich auf.*

FRANZI *beinahe erschreckt* Was ist dir?

RICHARD Ich leide. –

## Drittes Bild

*Ein Kaffeehaus mittleren Ranges. Haupteingang rechts. Links das Buffet, an dem die Kassiererin beschäftigt ist. Bedienend ein Kellner und ein Piccolo. Hintergrund drei Fensternischen mit zugezogenenen Vorhängen, einer nur zur Hälfte, so daß der Schneefall auf der Straße sichtbar ist. Links hinten eine Tarockpartie. An anderen Tischen Zeitungsleser etc. Eine Karambolpartie, die Schauspieler* DÖGELMANN *und* DREGULEIN. *Der Schauspieler* JOHN *mit Tafel und Kreide, schreibt den Billardspielern auf.*

DÖGELMANN *noch jugendlich, mehr geckisch als elegant.*

DREGULEIN *nicht groß, fast zierlich, besonders soigniert.*

JOHN *eher vierschrötig, ziemlich salopp.*

DÖGELMANN *gickst mit dem Queu, ist ärgerlich, sucht einen anderen Queu.*

DREGULEIN *spielt weiter und zählt 27, 28, 29, 30, 31.*

DÖGELMANN Wieso 31? Sobald ich mich umdreh, machen Sie eine Serie.

DREGULEIN Drehen Sie sich nicht um.

JOHN *von der Tafel lesend* 14, 31. Es stimmt.

DÖGELMANN *sich überzeugend* Ihr steckt unter einer Decke.

GREGOR *Schauspieler, gegen 40, sehr gut aussehend, elegant, Pelz usw.* Guten Abend.

DÖGELMANN *Hat eben wieder einen Stoß verfehlt, zu Gregor* Schon aus die Komödie?

GREGOR Schon –!? Allmählich hat man doch eine Viertelstunde heruntergespielt, beim 78. Mal. *Piccolo ist ihm beim Rockablegen behilflich* Mir ist, als wenn ich mein Leben lang überhaupt nichts anderes gespielt hätte als diesen Freund der Frauen. Bei der Première war ich ein Jüngling mit lockigem Haar, heute bin ich ein Greis.

JOHN *bissig* Was sagt meine Frau dazu?

DREGULEIN *schüttelt mißbilligend den Kopf.*

DÖGELMANN Na, bei dem neuen Stück hat's wenigstens keine Gefahr, daß man es drei Monate lang spielen wird.

DREGULEIN Wenn wir es überhaupt je haben werden.

JOHN Wieso?

DÖGELMANN Weißt du nicht, daß deine Exgemahlin heute wieder einmal ihre Rolle hingehaut hat. *Spielt und zählt 16, 17 – Läßt den nächsten Stoß wieder aus.*

JOHN Wenn man sich alles gefallen läßt. Ich möchte die Frau Roveda anders behandeln, wenn ich Direktor wäre.

DÖGELMANN *verbessert ihn* Intendant!

GREGOR *hat sich neben John gesetzt.*

JOHN Wenn ich nur wüßt', was da für ein Unterschied ist.

DÖGELMANN Ein Intendant, das ist ein Mensch, der noch weniger vom Theater versteht als ein Direktor.

DREGULEIN *Billard spielend* – aber schon Gelegenheit gehabt hat, es an einem Hoftheater zu beweisen.

DÖGELMANN *spielt und gickst wieder, stößt den Queu wütend auf den Boden* Herrgott noch einmal!

DREGULEIN *spielend* Gib's auf! Man soll nichts forcieren.

RICHARD *tritt ein, grüßt zu den Schauspielern, nimmt aber an einer Fensternische Platz.*

KELLNER *nimmt Bestellung entgegen.*

DÖGELMANN *zu Dregulein* Still, vierter Lakai, achter Landsknecht.

DREGULEIN Du hast deine Höhe überschritten. Du hättest auch die Rolle in dem neuen Stück zurückgeben sollen. Wer glaubt dir heute noch einen Don Juan?

DÖGELMANN Still, Eunuch.

KARL BERN *tritt ein, begrüßt zuerst Richard, der dem Eingang nah sitzt, bleibt bei ihm stehen, grüßt zu den andern.*

JOHN Guten Abend, Meister.

KARL BERN Bin kein Meister. *Zu Richard* Also Partie Schach gefällig.

RICHARD Stehe zur Verfügung.

DÖGELMANN Auf ein Wort, Herr Doktor.

KARL BERN Ich bin kein Doktor.

RICHARD *zu Karl Bern* Lassen Sie sich nicht stören. *Nimmt eine Zeitung.*

DÖGELMANN *zu Karl Bern* Nur eine Frage. Finden Sie mich zu alt für den Witte?

KARL BERN Wer behauptet das?

DÖGELMANN *auf Dregulein weisend* Dieser zwölfte Berittene.

DREGULEIN Gewiß – erster Nagel zu deinem Sarg. *Spielt* 44, 45, 46.

KARL BERN *zu Dögelmann* Sie zu alt für den Witte? Ich könnte mir überhaupt keinen besseren denken. Nicht auf ein paar Jahre mehr oder weniger kommt es an, sondern darauf, daß *Mit Selbstironie* die immanente Idee der Figur herauskommt.

DÖGELMANN Hast du's gehört, Dregulein? Auf immanent habe ich ihn auch angelegt.

DREGULEIN Mit andern Worten: Die Jugend hast du nicht, aber so das Zuwidere, das zu der Figur gehört.

KARL BERN *interessiert* Ist Ihnen die Figur so zuwider, dieser Doktor Witte?

DREGULEIN Pardon, wenn Sie sich ihn vielleicht sympathisch gedacht haben.

KARL BERN Aufrichtig gestanden, meine Antipathie richtet sich mehr gegen den Helden, gegen den Fedor.

GREOGR *lacht* Danke sehr. Und den muß ich …

KARL BERN Sie retten ja durch Ihre Darstellung, was zu retten ist.

GREGOR Er hat's auch dringend notwendig.

KARL BERN *lachend* Danke meinerseits.

GREGOR Sie entschuldigen schon. Aber aufrichtig gestanden, ich versteh den Kerl überhaupt nicht. Was geht ihn das an, ob die Fanny eine Jungfrau ist oder nicht. Das ist doch heute kein Problem mehr.

KARL BERN *bescheiden* Es ist ja eigentlich auch nicht als Problem gedacht.

GREGOR Ist auch kaum eines gewesen. Frauen nimmt man, wie sie sind.

DÖGELMANN Oder läßt sie stehen. Ist noch gescheiter.

DREGULEIN *spielt* 49, 50. Revanche gefällig?

DÖGELMANN Für heut hab ich genug, dritter Musketier. *Wirft den Queu hin.*

DOKTOR BRAUN *der Theaterarzt, tritt ein* Guten Abend, meine Herren. *Begrüßung.* Wir haben es wieder heute beinahe ausverkauft gehabt, heute, bei der 78.!

GREGOR Sie haben, zum wievielten Mal, Unglückseliger, sich die Komödie angeschaut?!

DR. BRAUN Ich war nur in der Garderobe, bei Frau Roveda.

JOHN *höhnisch* Todkrank, was?

DR. BRAUN Sie ist tatsächlich sehr herunter mit ihren Nerven. Ich glaube nicht, daß sie Samstag die Première wird spielen können.

KARL BERN Wirklich, Herr Doktor?

JOHN Ihr laßt euch alle von ihr auf dem Kopf herumtanzen, von der Canaille.

DR. BRAUN Herr John!

DREGULEIN Sie sind nicht vornehm, John. Man soll jeder Frau Dankbarkeit bewahren, die man einmal geliebt hat, sogar seiner eigenen Frau.

DÖGELMANN Besonders, wenn man sie los ist.

GREGOR Hören Sie, Doktor, entweder ist sie gesund oder krank, entweder kann sie spielen oder nicht. Heut abend im ›Freund der Frauen‹ hat man ihr nichts von einer Krankheit angemerkt.

DR. BRAUN Ist doch nicht das gleiche. Eine Première stellt Anforderungen – –

GREGOR Also, ich spiel im ›Freund der Frauen‹ nicht mehr weiter. Ich halt das nicht länger aus. Achtundsiebzig Mal! Ich verkomme. Ich verblöde. Es graust mir schon vor mir selber.

JOHN Gibt's denn wirklich keine andere für die Rolle als die Roveda?

DÖGELMANN Wo denn?

KARL BERN *zu Braun* Machen Sie sie gesund, Doktor.

DREGULEIN Zum Gesundmachen ist doch ein Theaterarzt nicht da. Nur zur Ausstellung von Krankheitszeugnissen.

GREGOR Für die Fanny haben wir keine.

JOHN Jüngere sind da. Das ist auch nicht ohne.

KARL BERN *zuckt die Achseln.*

JOHN *ermutigt* So weit ich neulich bei der Probe bemerkt hab, kommt es vor allem bei der Fanny auf Jugend an, auf die erotische Wirkung. Davon hat die Bauer heute mehr als meine Exgemahlin. Und die Friesel auch.

RICHARD *immer eine Zeitung vor sich, zuckt zusammen.*

DREGULEIN *nachdenklich* Ja, die Friesel.

GREGOR Hat denn die Talent?

DREGULEIN Schöne Augen hat sie. Etwas schlampert, aber schön.

DÖGELMANN *lacht* Und gar kein Talent.

DREGULEIN *etwas gereizt* Talent auch. Auch wenn sie sich nicht von dir in den Hintern zwicken läßt.

DÖGELMANN Ruhig, vierzehnter Eunuch!

GREGOR Außerdem hat sie ja schon eine Rolle in Ihrem Stück.

KARL BERN Die Emmi ließe sich umbesetzen.

DREGULEIN *zu Gregor* Nebstbei wäre es doch ganz originell, einmal mit einer zu spielen, mit der man kein Verhältnis hat.

DÖGELMANN Sind ja noch drei Tage bis zur Première.

KARL BERN Na, warten wir die morgige Probe ab.

DR. BRAUN *zu Dregulein* Wie wäre es mit einer Karambolpartie?

DREGULEIN Einverstanden.

RICHARD *hat angestrengt gelauscht, wurde immer nervöser, hat den Kellner gerufen und will zahlen.*

KARL BERN *der das bemerkt, zu ihm hin* Entschuldigen Sie, lieber Doktor. Da bin ich. *Das Schachbrett steht schon dort.*

RICHARD Aber lassen Sie sich doch nicht stören, Sie haben ja mit den Herren wichtige Dinge zu besprechen.

KARL BERN Ach Gott – Schach ist wichtiger. *Beginnt aufzustellen.*

RICHARD *harmlos* Es gibt Schwierigkeiten, wie es scheint?

KARL BERN Die gibt's vor jeder Première.

RICHARD Frau Roveda hat Launen, wenn ich recht verstanden habe.

KARL BERN Diese Idee mit dem Fräulein Friesel ist vielleicht gar nicht so übel. Weiß zieht an.

RICHARD *macht den ersten Zug.*

KARL BERN *erwidert ihn* Übrigens, Sie kennen ja Fräulein Friesel persönlich? *Nicht lauernd, es fällt ihm wirklich erst jetzt ein.*

RICHARD Beiläufig.

KARL BERN *lacht* Sie treiben die Diskretion zu weit. Sie war oder ist doch die Geliebte Ihres Freundes Gerold, auf dessen Hochzeit wir heute waren. Ich habe Sie ja zusammen im vorigen Jahr im Hotel Imperial getroffen, alle drei.

RICHARD Ach ja, ich erinnere mich. *Ungeschickt* Ich hielt die Angelegenheit nicht für offiziell.

KARL BERN Im Theater wußten es alle. Ein nettes Mädel übrigens – tiefere Natur möglicherweise. Sie soll die Sache anfangs ziemlich tragisch genommen haben. Ist auch jetzt vielleicht noch nicht ganz drüber weg.

RICHARD Alles ist möglich.

KARL BERN *Das Schachspiel geht weiter* Man täte vielleicht ein gutes Werk –

RICHARD Wieso?

KARL BERN Sie verlieren den Bauer.

RICHARD Bitte.

KARL BERN *nimmt den Bauer.*

RICHARD Wieso ein gutes Werk?

KARL BERN Eine neue Rolle in einem neuen Stück – das kann allerlei bedeuten für eine junge Künstlerin: Aufstieg, Erfolg, höhere Gage, einen neuen Liebhaber – –

RICHARD Den wird sie hoffentlich schon haben.

KARL BERN Vielleicht nicht den richtigen. So einer wie Gregor wäre gar nicht übel. Dem hat noch keine widerstanden. Und das wäre dann auch wieder möglicherweise von Vorteil für mein Stück. So wird man als Autor Realpolitiker.

RICHARD Und Kuppler beinahe.

KARL BERN Der Kuppler kann sich die Mühe sparen.

RICHARD In dieser Welt.

KARL BERN In jeder.

RICHARD Aber wenn sich's eine in den Kopf gesetzt hätte, treu zu sein ... oder gar ins Herz.

KARL BERN Treue ist eine Fiktion – im allerbesten Fall Angst vor Revanche.

RICHARD Daß Sie das sagen – eigentlich komisch.

KARL BERN Warum ist das komisch?

RICHARD In Ihrem Stück wird ja die Liebe so ernst genommen – und die Treue so wichtig.

KARL BERN Ach, kommen Sie mir nicht mit meinem Stück. Mein Stück ist eine historische Tragödie. Es behandelt die Mißverständnisse einer versunkenen bürgerlichen Epoche.

RICHARD Glauben Sie? In den Gefühlen hat sich ja doch nichts geändert. Es gibt gewiß auch heute noch Menschen, die sich aus unglücklicher oder gar verratener Liebe umbringen oder sonstwie zugrunde gehen – aus so veralteten Gründen.

KARL BERN Aber wenn sie es tun, dann sind sie eben sehr altmodisch, kommen sich wahrscheinlich selber lächerlich vor, haben ein schlechtes Gewissen.

RICHARD Von alldem merkt man in Ihrem Stücke gar nichts.

KARL BERN Was die Leute in meinem Stücke tun – *Unterbricht sich, plötzlich* Woher kennen Sie übrigens mein Stück? Es ist ja Manuskript. Ihr Fräulein Schwester hat Ihnen doch nicht – –

RICHARD O nein.

KARL BERN *verstehend* Ach so – Fräulein Friesel hat Sie das Stück lesen lassen ... Der Läufer ist in Gefahr.

RICHARD Nicht mehr.

KARL BERN War eigentlich naheliegend. So also steht die Sache. Entschuldigen Sie, lieber Doktor, daß ich es so spät erraten habe. Und vergessen Sie meine Bemerkung. So also – *Er macht wieder einen Zug; plötzlich* Ich bin kein Diplomat, Herr Doktor. Darf ich aufrichtig mit Ihnen sprechen?

RICHARD Bitte.

KARL BERN *zögernd* Aber ...

RICHARD *angstvoll und beinah drohend* Haben Sie etwa bemerkt, daß zwischen Fräulein Friesel und Herrn Gregor – –

KARL BERN *lacht* Nicht das geringste, ich schwör es Ihnen, bisher nicht das geringste. Diesmal ist Ihr Läufer nicht mehr zu retten.

RICHARD Bitte sprechen Sie. Sie sagten, daß Sie kein Diplomat seien.

KARL BERN Nein, wirklich nicht. Also gerade heraus. Ich möchte Ihnen sagen, daß Ihr Fräulein Schwester sich einigermaßen in Sorge um Sie befindet.

RICHARD Mein Fräulein Schwester – sagen Sie ruhig Helene.

KARL BERN Danke. Also Fräulein Helene macht sich Sorgen. Und mit Recht, wie ich bemerke.

RICHARD Was bemerken Sie?

KARL BERN Was Ihre Schwester schon lange bemerkt hat, daß Sie – nicht sehr glücklich sind. Sie vermutet offenbar nach früheren Erfahrungen, daß Sie in irgendeine Beziehung verstrickt sind, die Ihnen mehr Unruhe und Leid bringt als Glück.

RICHARD Hat Helene Sie damit betraut?

KARL BERN Sie hat mich mit gar nichts betraut, sie hat sich nur ausgesprochen.

RICHARD Das merke ich.

KARL BERN Bitte, wenn Sie keine Lust haben, mich anzuhören, ich bestehe keineswegs darauf.

RICHARD Aber ich bestehe darauf, daß Sie weiterreden.

KARL BERN Dann müssen Sie mir gestatten aufrichtig zu sein.

RICHARD Ich ersuche Sie darum.

KARL BERN Also, kurz und gut, ich halte die Besorgnisse Ihrer Schwester für nicht ungerechtfertigt. Sie sind nicht der Mann für eine Beziehung mit einer jungen Künstlerin, besonders mit einer Schauspielerin.

RICHARD Was Sie zu erläutern haben werden.

KARL BERN Ich versuche. Eine Künstlerin braucht Freiheit, verstehen Sie mich – innere und äußere. Für ihre künstlerische und für ihre menschliche Existenz braucht sie das. Und Sie, lieber Doktor, Sie sind ein Tyrann, ein Besitznarr, ein Egoist und wie alle braven Bürger im Grunde Ihre Seele ein Philister.

RICHARD *höhnisch* Sie kennen mich ja sehr genau.

KARL BERN Gewiß kenne ich Sie. Menschen zu kennen, das ist ja die Voraussetzung – ach nein, nicht Voraussetzung, es ist im Grunde mein einziges Talent.

RICHARD *ungeduldig* Kommen Sie zu Ende. Was wünschen Sie von mir?

KARL BERN Vor allem, daß Sie nicht zu mir reden wie ein Couleurstudent. Auf diese Art läßt sich nichts erledigen und gewiß keine Lebensfrage.

RICHARD Sie wissen sogar, daß es sich um eine Lebensfrage handelt?

KARL BERN *unbeirrt* Ja. Und in einer Lebensfrage kommt es darauf an, den kritischen Moment nicht zu verpassen. Und ein solcher kritischer Moment ist für Sie und auch für Fräulein Friesel eben eingetreten.

RICHARD Nehmen Sie zur Kenntnis, daß Sie sich in einem Irrtum befinden. Wir lieben einander, Fräulein Friesel und ich.

KARL BERN Und quälen einander noch mehr.

RICHARD Wir sind glücklich.

KARL BERN Auch das. Sonst wäre es ja nicht so schlimm. Aber vor allem stehen Sie einander im Wege. Sie wissen es beide und wissen auch, daß es immer nur ärger werden kann. Sie ist eine junge Künstlerin, steht am Anfang einer Karriere. – Sie ein zu den schönsten Hoffnungen berechtigender junger Arzt, Ordination von zwei bis vier, eingeordnet in die bürgerliche, sagen wir, menschliche Gesellschaft – *Überraschend* Und daher sollten Sie heiraten.

RICHARD Wer sagt Ihnen, daß ich dazu nicht entschlossen bin?

KARL BERN Ach, Fräulein Friesel meinen Sie? Das wäre ja das allerschlimmste, für Sie beide. Die wahre Entscheidung schieben Sie damit nur hinaus und bringen sie und sich selbst um die besten Jahre.

RICHARD Sie sehen alles von Grund aus falsch. Der Philister sind

Sie. Ich – ich fühle mich bereit, alles auf mich zu nehmen, Schmerzen, Kämpfe – –

KARL BERN Alles das bilden Sie sich nur ein und wissen selbst, daß Sie sich es einbilden. Ihre Braut werden Sie sich aus einer anderen Welt holen.

RICHARD Ach so, also darauf kommt es hinaus. Mein ›Fräulein Schwester‹ hat Sie ja sehr eingehend informiert, wie es scheint.

KARL BERN Sie sollten es ihr nicht übelnehmen. Sie fühlt, daß Sie daran sind, sich an drei Menschen zu versündigen, an sich selbst, an Fräulein Friesel und – verzeihen Sie auch diese letzte Indiskretion –

RICHARD Bitte.

KARL BERN An dem jungen Mädchen, das eigentlich in gewissem Sinne immer Ihre Braut war. Sie fühlen das ja selbst.

RICHARD Ich fühle – ich fühle, daß ich Franzi liebe.

KARL BERN Habe ich keinen Moment lang bezweifelt, sonst brauchten wir gar nicht darüber zu reden. Aber im richtigen Moment Abschied nehmen zu können, das ist Liebe und Klugheit zugleich. Sie werden aufatmen, lieber Doktor, wenn Sie sich nur einmal entschlossen haben. Und nicht nur Sie.

DREGULEIN *tritt zu ihnen, wie mit der Absicht zu kiebitzen* Spanische Eröffnung – –

KARL BERN Das heißt spanisch? Ich habe keine Ahnung von der Theorie.

DREGULEIN Wer ist am Zug?

RICHARD Ich. Wollen Sie meine Partie übernehmen, Herr Dregulein? Ich bin heute etwas zerstreut.

KARL BERN Sie wollen schon gehen? Ich glaube, daß unsere Diskussion noch nicht ganz zu Ende war.

DREGULEIN Oh, ich habe gestört.

RICHARD Keineswegs. Bitte spielen Sie nur meine Partie zu Ende. *Zu Karl Bern* Ich lese indessen ein paar Zeitungen. Wir können dann weiterreden, wenn es noch nötig sein sollte.

KARL BERN Einverstanden.

RICHAD *setzt sich an einen anderen Tisch, nimmt eine Zeitung, legt sie bald fort, ruft dann den Kellner, der einen Auftrag entgegennimmt.*

DREGULEIN *setzt sich zu Karl Bern an den Tisch, betrachtet das Schachbrett* Eine originelle Eröffnung, aber gefährlich, tollkühn beinahe. *Denkt nach.*

KARL BERN Aufrichtig, Herr Dregulein, halten Sie die Friesel überhaupt für möglich in meinem Stück?

DREGULEIN *mit dem Schach beschäftigt, ausweichend* Wir wollen hoffen, daß die Roveda spielen wird. Ohne die Roveda – Sie entschuldigen schon – scheint mir der Abend, der Erfolg einigermaßen in Frage gestellt.

KARL BERN Vielleicht auch mit der Roveda.

DREGULEIN *zuckt die Achseln.*

KARL BERN Wissen Sie, Herr Dregulein, wenn ich ein anständiger Mensch wäre, würde ich es überhaupt nicht spielen lassen.

DREGULEIN Aber – –

KARL BERN Ich hab keine Freude dran.

DREGULEIN Was Sie da sagen, gefällt mir nicht, Herr Bern. Man soll nicht an seinem eigenen Werk zum Verräter werden. Das ist eigentlich die schlimmste Art von Eitelkeit.

KARL BERN *zustimmend* Eine Eitelkeit mit umgekehrtem Vorzeichen.

DREGULEIN Sagen wir so. Vielleicht dürfen Sie von sich nicht gar so viel fordern.

KARL BERN Wahrscheinlich.

DREGULEIN Verzeihen Sie, daß ich so – –

KARL BERN Oh –

DREGULEIN Sie sind ein ziemlich berühmter Dichter und ich nur ein dritter oder vierter Musketier.

KARL BERN Mir sympathischer als mancher erste General.

DREGULEIN Na, lassen wir das. Nun ist Ihr Werk einmal da, Sie müssen dazu stehen wie ein Gatte zu seiner Frau, die er zu lieben aufgehört hat. Vor den andern Leuten darf man seine Frau nicht im Stich lassen, so wenig wie sein Werk. Treue ist wichtiger als Objektivität.

KARL BERN Vielleicht haben Sie recht. Darum hab ich Sie ja gefragt.

KARL BERN Ob diese kleine Friesel überhaupt die Fanny spielen könnte?

DREGULEIN Vielleicht – –

KARL BERN Es könnte nämlich bedeutungsvoll für sie werden – schicksalsvoll geradezu. Durch einen Zufall sind mir nämlich gewisse äußere Lebensumstände bekannt geworden – es wäre denkbar, daß ein schauspielerischer Erfolg für die Kleine eine Art Rettung – oder sagen wir Erlösung bedeutete.

DREGULEIN Sind Sie dazu da, um Schicksal zu spielen? Es könnte ja auch ein Mißerfolg sein – eine Schädigung ihrer Karriere ... man kann nie wissen.

RICHARD *schreibt emsig einen Brief*

KARL BERN *merkt es, zu Dregulein* Natürlich – schließlich haben wir es ja nicht in der Hand – vielleicht stehen die Chancen gleich.

DREGULEIN Reden Sie doch einmal mit der Roveda – Sie benehmen sich ein bißchen arrogant gegen sie.

KARL BERN Sie finden?

DREGULEIN Sie ist das nicht gewöhnt. Sagen Sie ihr doch einmal etwas Nettes, zum Beispiel, daß Sie sich umbringen, wenn sie nicht die Fanny spielt.

KARL BERN Nein, dergleichen liegt mir nicht recht. Ich werde die Dinge ihren Lauf nehmen lassen. Wir werden ja morgen bei der Probe sehen. Ich bitte Sie nur, Ihrerseits sich nicht geradezu gegen die Friesel – –

DREGULEIN Aber, wer kümmert sich um mich, vierten Totengräber ...

KARL BERN Sie wissen sehr gut, daß man im Theater auf Ihr Urteil sehr viel gibt – mit Recht, Sie sind unbestechlich.

DREGULEIN Lieber wär mir, ich könnte den Hamlet spielen.

DÖGELMANN, GREGOR *und* JOHN *im Aufbruch.*

DÖGELMANN *an den Schachtisch hin* Kommen Sie mit, Meister? Und du, vierundzwanzigster Billardspieler?

DREGULEIN Wohin denn?

GREGOR Dieser Wüstling will noch in irgendeine Bar.

KARL BERN Ich merke mir die Stellung.

RICHARD *hat seinen Brief beendet, ins Kuvert gesteckt und schreibt die Adresse.*

KARL BERN Kommen Sie mit?

RICHARD Ich gehe nach Hause.

DÖGELMANN Nun, meine Herren?

DREGULEIN, DÖGELMANN, JOHN *und* GREGOR *verlassen allmählich das Kaffeehaus,* KELLNER *bringt auch für Richard und Karl Bern die Überkleider.*

KARL BERN *zu Richard* Also, um in unserem Gespräch von früher fortzufahren –

RICHARD Es ist nicht mehr nötig. Meine Entscheidung ist getroffen.

KARL BERN *fragender Blick.*

RICHARD Sie haben recht – mit jedem Wort.

KARL BERN *beinahe erschrocken* Ein Abschiedsbrief? *Schüttelt den Kopf* Das würde ich mir doch noch überlegen. – Keinesfalls übernehme ich die Verantwortung.

RICHARD Verlange ich gar nicht von Ihnen. Es muß Ihnen wohl genügen, daß Sie mich überzeugt haben.

KARL BERN Komisch – mich selber eigentlich nicht völlig.

RICHARD *nimmt seinen Brief fester in die Hand.*

KARL BERN Aber – geben Sie mir den Brief für alle Fälle.

RICHARD *etwas erstaunt.*

KARL BERN Ich möchte ihn doch der Sicherheit halber selber ins Kastel werfen.

RICHARD *zögert.*

KARL BERN Sie sind also doch nicht entschlossen?

RICHARD Vollkommen. *Er gibt ihm den Brief; sie verlassen beide das Lokal.*

*Indessen haben die Kellner aufzuräumen begonnen, Sessel übereinanderzutürmen usw. Man sieht an dem Fenster Richard und Karl Bern vorübergehen im Schnee.*

## Viertes Bild

*Die Bühne des Residenztheaters im Probenzustand. Der herabgelassene Vorhang des Residenztheaters bildet den Hintergrund der Bühne. Der Zuschauerraum des Residenztheaters, der später sichtbar wird, ist also ganz rückwärts gedacht. Rechts steht teilweise die Dekoration für das zu probierende Stück: eine Seitenwand mit Eingangstüre, ein Schrank usw. Links ist die Dekoration unvollständig. Kulissen, zwischen denen Bühnenarbeiter, Inspizienten, Schauspieler sich bewegen. Etwa in der Mitte der Bühne, also zur Dekoration des zu probierenden Stückes gehörig, Schreibtisch mit Papier und Büchern, Schreibtischsessel etc. Durchaus der Eindruck des Provisorischen. Im Hintergrund, also gerade vor dem noch geschlossenen Vorhang des Residenztheaters, Regietisch mit Lampe. Im Souffleurkasten des Bühnentheaters die Souffleuse, die also ihr Gesicht dem Publikum zugewandt hat.*

*Am Regietisch der Regisseur* LÖBLEIN. *Der Schauspieler* GREGOR *auf der Bühne hin und her.*

INSPIZIENT *hinter der Szene, rufend* Frau Roveda, Frau Roveda!

LÖBLEIN Nun, woran liegt es?

INSPIZIENT *von links zu Löblein* Frau Roveda ist noch nicht da.

LÖBLEIN *zum Inspizienten* Lassen Sie noch einmal telefonieren.

INSPIZIENT *ab.*

GREGOR Das Telefon dürfte ausgeschaltet sein.

JOHN *auf die Bühne tretend* Er ist vertraut mit den Sitten des Hauses.

LÖBLEIN Wir probieren also vorläufig die Szene drei. Fedor und Witte. Herr Gregor und Herr Dögelmann. Herr Dögelmann!

JEMAND *hinter der Szene* Herr Dögelmann!

STIMME DÖGELMANNS *aus dem Zuschauerraum* Wozu der Lärm, was steht dem Herrn zu Diensten? *Er tritt durch Spalte im Bühnenvorhang auf die Szene.*

LÖBLEIN Was machen Sie im Zuschauerraum, Herr Dögelmann? wir probieren doch bei geschlossenem Vorhang.

DÖGELMANN Ich schlage vor, daß wir die Première auch so spielen.

*Ein* DIREKTIONSDIENER *kommt und will mit Löblein sprechen.*

LÖBLEIN Was ist denn schon wieder los?

DIREKTIONSDIENER *spricht leise zu ihm.*

SOUFFLEUSE *aus dem Kasten* Guten Morgen, Herr Dögelmann.

DÖGELMANN Morgen.

SOUFFLEUSE Sie wissen schon von dem Strich in Ihrer Szene, Herr Dögelmann?

LÖBLEIN Nun, woran liegt es schon wieder?

SOUFFLEUSE Bitte, Herr Regisseur, ich wollte dem Herrn Dögelmann nur die gestrigen Striche –

DÖGELMANN *zum Souffleurkasten niedergebeugt, das Buch der Souffleuse nehmend* Das ist gestrichen? Das ist doch das einzige Vernünftige, was ich in der ganzen Szene zu sagen habe.

KARL BERN *kommt von links* Guten Morgen, meine Herren.

LÖBLEIN Schon da, Herr Doktor?

KARL BERN Komm' ich zu früh?

DÖGELMANN Seit zwei Stunden probieren wir.

KARL BERN Halten Sie das aus?

LÖBLEIN Ich habe in meinem Leben noch nie einen Autor gesehen, der sich so wenig für sein Stück interessiert.

KARL BERN Das kommt so allmählich.

*Ein Theaterarbeiter tritt zu Löblein.*

LÖBLEIN Was gibt es denn?

DÖGELMANN *zu Karl Bern* Geschieht es mit Ihrem Einverständnis, daß man mich sukzessive ganz aus Ihrer Komödie herausstreicht? *Weist ihm das Buch vor.*

LÖBLEIN *ist aufgestanden, spricht jetzt mit dem Requisiteur (Theaterarbeiter), der ihm einige Bilder zeigt* Sie können doch nicht in jedes Stück die ›Toteninsel‹ hineinhängen. Nehmen Sie das ›Spiel der Wogen‹.

KARL BERN *zu Dögelmann* Das ist entschieden eine Länge.

DÖGELMANN *in der Rolle lesend* »Endlich müssen wir wieder in unseren Kreis zurück. Unsere kleinen Erlebnisse führen uns alle tiefer hinab.«

REQUISITEUR *zu Löblein* Das haben wir erst neulich gehabt im ›Freund der Frauen‹.

LÖBLEIN So nehmen Sie die holländische Landschaft.

KARL BERN Kommt es Ihnen darauf an?

DÖGELMANN Ich finde gerade diese Stelle immanent.

LÖBLEIN Gehen wir weiter, meine Herren, gehen wir weiter.

KARL BERN *zu Dögelmann* Wir können die Stelle auch wieder aufmachen.

LÖBLEIN *rasch* Was wollen Sie aufmachen? Die Szene nimmt kein Ende, Herr Bern, Sie haben es gestern selbst konstatiert.

INSPIZIENT *kommt* Es meldet sich niemand beim Telefon.

KARL BERN Wer meldet sich nicht?

LÖBLEIN Also, meine Herren. Herr Gregor!

KARL BERN Wieso halten Sie schon so weit?

GREGOR Wie Sie vielleicht bemerken, ist Frau Roveda nicht erschienen.

KARL BERN So wird man am Ende doch eine Umbesetzung in Erwägung ziehen müssen.

LÖBLEIN *lacht* Rasch fertig ist der Autor mit dem Wort.

KARL BERN Es bleibt doch nichts anderes übrig.

LÖBLEIN Wie stellen Sie sich das eigentlich vor, Herr Bern?

DÖGELMANN Wenn die Herren sich weiter unterhalten wollen, könnte ich vielleicht unterdessen eine kleine Reise nach Südfrankreich unternehmen.

LÖBLEIN Also, fangen wir an.

DÖGELMANN *in seiner Rolle* »Das ist wirklich schön, daß du dich wieder einmal blicken läßt.«

LÖBLEIN Aber lassen Sie ihn doch zuerst auftreten.

GREGOR Er ist ja schon da.

LÖBLEIN *zu Dögelmann* Sie treten rechts auf.

DÖGELMANN Wo ist denn der Diener?

LÖBLEIN Was für ein Diener?

DÖGELMANN Der mir die Tür öffnet, mir Winterrock und Stock abnimmt.

LÖBLEIN Sie haben draußen abgelegt.

DÖGELMANN Pardon – es war so arrangiert, daß ich dem Diener meinen Winterrock übergebe, meinen Stock – –

DREGULEIN *erscheint plötzlich an der rechten Türe, grüßt privat* Stimmt.

DÖGELMANN Ei, Herr Dregulein ... ist es denn möglich? Gibt es denn drei Diener in diesem Haus? Herr Dregulein als erster Diener, fabelhaft.

DREGULEIN In einem Haus, wo du verkehrst, Dögelmann, spiele ich auch den zwölften.

LÖBLEIN Wir brauchen überhaupt keinen Diener. Es gibt doch ein ganz falsches Bild. Fedor ist kein Millionär, Herr Bern.

KARL BERN Ich weiß nicht, ich habe das Bankkonto meines Helden nicht gesehen.

LÖBLEIN *ungeduldig, zu Dögelmann* Der Diener hat Sie schon früher gemeldet. Indessen haben Sie im Vorzimmer abgelegt.

DÖGELMANN Oder ich könnte im Winterrock hereinkommen mit Hut und Stock, und Fedor sagt zu mir: »Willst du nicht lieber draußen ablegen, lieber Freund.« Das ist doch sehr stimmungsvoll.

LÖBLEIN Herrgott noch einmal, gehen wir weiter. Herr Gregor – – *Ihm vorspielend* ... »Das ist schön.«

GREGOR *gelangweilt, in seiner Rolle* »Das ist schön, daß du dich wieder einmal blicken läßt.«

DÖGELMANN *steht wieder in der Tür und reagiert nicht.*

GREGOR *beinahe schreiend* »Das ist schön, daß du dich wieder einmal blicken läßt.«

DÖGELMANN *in der Rolle, nähertretend* »Ja, mein Lieber, wenn man Bräutigam ist – ah, welch ein Parfum.«

LÖBLEIN Aber Herr Dögelmann, schnuppern Sie doch nicht. Es genügt ja, wenn Sie sagen: »welch ein Parfum.«

DÖGELMANN Da hab' ich eine andere Auffassung.

LÖBLEIN Aber, ich bitte – –

DÖGELMANN Verzeihung, lassen wir den Autor entscheiden. Ich finde, es ist viel einfacher, viel immanenter sozusagen, wenn ich schnuppere, statt des langen und breiten zu behaupten:

»Welch ein Parfum!« Und wir haben gleich wieder einen Strich.

KARL BERN *zu Löblein* Lassen wir ihn schnuppern.

LÖBLEIN *resigniert* Weiter.

DÖGELMANN *in der Rolle* »Ich weiß, ich weiß, eine Dame war bei dir. Ich hörte ein Kleid rauschen.«

GREGOR *in der Rolle* »Lassen wir das. Erzähl mir doch, wie es dir geht. Was verschafft mir das Vergnügen ... «

KARL BERN *unterbrechend* Nein, das geht nicht. Sie müssen sich anders ausdrücken. Sagen wir vielleicht lieber ... *Denkt nach.*

LÖBLEIN Entschuldigen Sie, Herr Doktor, wie wär's, wenn Sie Ihre Stücke zu Hause dichteten anstatt auf der Probe?

KARL BERN Da haben Sie eigentlich recht. Also, bleiben wir dabei.

GREGOR *in der Rolle* »Was verschafft mir das Vergnügen?«

STIMME *ganz rückwärts, also hinter dem Vorhang* Vorhang auf!

LÖBLEIN Weiter, meine Herren ...

*Vorhang rollt langsam auf, der Zuschauerraum des Residenztheaters wird sichtbar, liegt im Dunkeln.*

STIMME BARON X, DER INTENDANT *steht nahe der Bühnenrampe, man sieht also zuerst nur seinen Kopf, vornehm aussehender älterer Herr mit Monokel.* Nicht stören lassen, meine Herren. *Zu Löblein* Wie kommt es, daß Sie bei geschlossenem Vorhang probieren? *Zu den Schauspielern* Bitte, weiter meine Herren.

DÖGELMANN *in der Rolle* »Ein halbes Jahr lang war ich nicht bei dir.«

GREGOR »Man trifft dich überhaupt nirgends mehr.«

DÖGELMANN *in der Rolle, lesend* »Ja, seit ich den großen Entschluß gefaßt habe – mich zu verheiraten ... Du solltest mir's bald nachmachen – in unseren Jahren ist man reif dazu.« *Sie probieren weiter.*

BARON *ist indessen die Stufen vom Parkett zur Bühne heraufgekommen.*

KARL BERN *will ihm seinen Sitz anbieten.*

BARON Bitte, bleiben Sie nur. *Er bleibt stehen, reicht Karl Bern die Hand. Zu Löblein* Sie ist noch nicht da?

LÖBLEIN Ich habe zweimal telefonieren lassen.

DIREKTIONSDIENER *kommt eben zu Löblein.*

BARON *zum Diener* Klingeln Sie bei Frau Roveda sofort noch einmal an. Ich – lasse Frau Roveda zum Telefon bitten, und zwar unverzüglich.

DÖGELMANN *immer in der Rolle lesend* »Das Junggesellenleben hat doch immer etwas Meschines.«

KARL BERN *korrigierend* Meskines.

DÖGELMANN Meskines. Ich möchte mir nur höflichst zu bemerken erlauben – Herr Baron werden mir gewiß beistimmen –, daß kein Mensch das Wort meschin verstehen dürfte. Sagen wir doch einfach misogyn.

KARL BERN Das ist leider nicht ganz dasselbe – Wenn Ihnen das Wort meskin Mühe macht –

DÖGELMANN Ach, nein. Ich kann am Ende auch meskin sagen – freilich.

BARON Bitte weiter.

DÖGELMANN *wieder in der Rolle lesend* »Diese ewigen Liebschaften lassen einen doch niemals zum richtigen Lebensernst gelangen.«

BARON *scharf* Ich liebe es nicht, Herr Dögelmann, wenn man seine Rolle wenige Tage vor der Première noch lesen muß.

DÖGELMANN Wenige Tage vor der Première. Erlauben Herr Baron, daß ich lächle.

BARON Weiter.

KARL BERN *unterbricht* Einen Augenblick, meine Herren. Alles gestrichen ... »Es begegnen uns bei diesen Liebschaften ...« *Zur Souffleuse* Haben Sie?

SOUFFLEUSE Schon längst.

KARL BERN *steht auf, nimmt Dögelmann das Buch aus der Hand und streicht.*

GREGOR *in der Rolle* »Es begegnen uns doch manchmal ...«

DÖGELMANN *in der Rolle* »schönere«.

GREGOR *in der Rolle* »Auch bessere.«

DÖGELMANN *in der Rolle lesend* »Bessere? Mag sein. Aber auch die besseren sind noch lange nicht gut.«

DIREKTIONSDIENER *zum Baron.*

BARON Nun, hat sich Frau Roveda zum Telefon bemüht?

DIREKTIONSDIENER Jawohl, Herr Direktor.

BARON Was hat sie geäußert?

DIENER *zögert, dann spricht er zum Baron einige leise Worten.*

BARON *unwillkürlich zusammenzuckend* Danke, es ist gut. Weiter, meine Herren.

DÖGELMANN *in der Rolle* »Ein bißchen angenagt sind sie alle.«

KARL BERN *hat sich erhoben, zum Baron* Herr Baron, darf ich um Ihr freundliches Gehör bitten?

DÖGELMANN *und* GREGOR *proben weiter.*

BARON Herr Doktor –?

KARL BERN Ich bin nicht Doktor. Also, es scheint, Herr Baron, daß Frau Roveda es sich in den Kopf gesetzt hat –

BARON *höhnisch* Kopf ...

KARL BERN Oder wohin immer ... Jedenfalls ist es klar, daß sie die Fanny absolut nicht spielen will.

BARON Sie wird die Fanny spielen. Oder wir werden die Konsequenzen zu ziehen wissen.

KARL BERN Es täte mir leid, wenn gerade mein Stück ... Ich möchte mir doch erlauben ... Man könnte vielleicht eine Umbesetzung in Betracht ziehen.

BARON Aber, Herr Doktor, Sie wissen ja, daß wir keine Möglichkeit haben ...

LÖBLEIN *bestimmt* Vielleicht doch ...

BARON *Blick.*

KARL BERN Die bisherige Darstellerin der Emmi, Fräulein Friesel, –

BARON *beinahe höhnisch* Aber, Herr Bern –

KARL BERN Um Mißverständnissen vorzubeugen, Herr Baron – Fräulein Friesel hat keine Ahnung von dem Schritt, den ich in ihrem und vielleicht in unser aller Interesse unternehme. Ich habe bisher noch keine zehn Worte mit ihr gesprochen. *Nicht frivol* Ich habe nicht einmal ein Verhältnis mit ihr ... aber ich glaube ...

BARON Fräulein Friesel hat bisher ein paar ganz unbeträchtliche

Rollen gespielt, in denen sie weder dem Publikum noch der Kritik sonderlich aufgefallen ist. Sie hat ein Paar hübsche Augen, das ist alles.

KARL BERN Ich glaube, sie hat mehr, Herr Baron. Sie hat Echtheit und Herz. Das ist sogar an der kleinen Rolle der Emmi zu bemerken. Es wäre vielleicht einen Versuch wert, Herr Baron.

BARON Ein etwas kostspieliger Versuch möglichenfalls, Herr Doktor.

KARL BERN Dürfte ich mir einen Vorschlag erlauben, Herr Baron, der uns nach keiner Richtung verpflichtet? Lassen wir einfach die Rolle von der Friesel lesen. Damit ist ja nichts riskiert. Sie dürfte natürlich gar nicht wissen, daß sie für die Fanny ernstlich in Betracht gezogen werden könnte. Das würde ihr vielleicht die Unbefangenheit nehmen.

BARON Die Frage – ob sie überhaupt im Hause ist?

KARL BERN Wahrscheinlich. Sie käme ja als Emmi noch dran.

BARON *nachdenklich, setzt sich an den Regietisch, wo früher Karl Bern gesessen ist.*

KARL BERN *bleibt stehen.*

*Die Probe ist weitergegangen, man hört nun wieder Folgendes:*

DÖGELMANN *in der Rolle, liest* »Einen feuchten Blick eine Stunde zu früh, ein frivoles Wort, während wir an die Arbeit denken; auch haben sie nicht nur jene leicht verzeihliche Verlogenheit, die ewige Liebe schwört, um den Augenblick zu verschönen, sie haben auch die Verlogenheit der kleinen Ausflüchte und der großen Phrasen.«

BARON *scharf* Danke. Diese Art von Probieren ist vollkommen wertlos.

DÖGELMANN Herr Baron, es ist unmöglich – während der Text noch nicht einmal feststeht, während der Herr Regisseur und der Herr Autor immer streichen und modeln und während – verzeihen, Herr Baron – Privatunterhaltungen auf der Bühne stattfinden ...

BARON *scharf* Ich danke, Herr Dögelmann. Wir wollen andere Szenen durchprobieren, in denen wir auf Ihre geschätzte Mitwirkung nicht angewiesen sind, Herr Dögelmann. Ich möchte endlich einmal die Hauptszenen hören – zwischen –

KARL BERN *ihm helfend* – Fedor und Fanny. Herr Gregor und Frau Roveda.

BARON Ist Frau Roveda vielleicht indes erschienen? *Stille* Herr Löblein, vielleicht bringen Sie die Stichworte. Oder könnte eine der anwesenden Damen ...

FRITZI BAUER *ist plötzlich da* Bitte, Herr Baron ...

BARON *zu Karl Bern* Sind Sie einverstanden, Herr Doktor?

KARL BERN Sehr liebenswürdig, aber ich glaube, Ihre Stimme ist doch etwas zu hell für die Fanny.

BARON Ist vielleicht – *Als käme er auf die Idee* ist vielleicht – Fräulein Friesel hier?

GREGOR *ruft in den Zuschauerraum* Friesel!

FRANZIS STIMME *aus dem Zuschauerraum* Bitte.

BARON Fräulein Friesel, wollen Sie sich bitte zu mir heraufbemühen.

FRANZI *kommt über die Treppe herauf.*

BARON Sie werden die Freundlichkeit haben und die Rolle der Fanny lesen. Ich möchte gern den Schluß des Aktes hören. *Zu Karl Bern* Geben Sie dem Fräulein vielleicht Ihr Buch, Herr Doktor. *Zu Franzi* Sind Sie im Bild?

FRANZI Natürlich, Herr Baron, ich kenne ja das Stück. *Begrüßt jetzt auch Karl Bern* Guten Tag, Herr Doktor. *Reicht ihm die Hand.*

LÖBLEIN Also Fedor allein auf der Bühne. *Liest aus seinem Buch* »Wie können einen die Menschen quälen.«

GREGOR *in der Rolle* »Wie können einen die Menschen quälen.«

LÖBLEIN *liest aus seinem Buch* »Schließt die Fenster, geht zum Schreibtisch, stützt den Kopf in die Hände.«

GREGOR *markiert alles getreu nach den Worten Löbleins.*

FRANZI *ist unterdes unter die Tür getreten.*

LÖBLEIN *liest aus dem Buch* »Fanny tritt ein.« Von dort.

FRANZI *tritt auf als Fanny in der Rolle* »Warum erschrecken Sie, Fedor?«

GREGOR *in der Rolle* »Fanny!«

FRANZI *in der Rolle, das Buch in der Hand, spricht aber meist auswendig* »Ja, da bin ich – warum wundern Sie sich? Habe ich Ihnen nicht gesagt, daß ich kommen werde, Sie holen. Das müssen Sie doch verstehen, daß ich Sie sprechen mußte – heute noch, unbedingt, Sie müssen es doch verstehen. *Näher auf ihn zu* Ich weiß, Fedor, Sie haben gelitten, ich weiß. Aber nicht mehr als ich, nein, gewiß nicht so viel als ich.«

GREGOR *in der Rolle* »Warum sind Sie gekommen, Fanny? Was wollen Sie von mir?«

FRANZI *in der Rolle* »Daß Sie mir glauben, will ich, nichts anderes, mir und sich selbst. Auch Sie haben Erinnerungen.«

STIMME DER ROVEDA *im Zuschauerraum* Bemühen Sie sich nicht weiter, mein Fräulein. *Rasch über die Stufen vom Zuschauerraum auf die Bühne; noch auf der Brücke* Ich bin schon da. Guten Morgen, Herr Baron.

BARON *grüßt stumm, sieht sie kaum an.*

*Spannung ringsum, John und andere Schauspieler, auch Inspizient und Bühnenarbeiter sind näher getreten und wohnen der Szene bei.*

ROVEDA *schiebt Franzi einfach weg und spricht die Rolle weiter* »Auch Sie haben Erinnerungen. Ich will nicht zugrunde gehen an dem, was vergangen, was überwunden, was nie erlebt ist.«

BARON Sie werden nicht benötigt, gnädige Frau. Ich bitte, Fräulein Friesel.

FRANZI *zögert.*

BARON Ich bitte.

FRANZI *in der Rolle, aber zuerst zögernd* »Ich will nicht zugrunde gehen an dem, was nie erlebt ist. Sie selbst, Fedor, haben mir die Hand gereicht, und nun wollen Sie sie mir wieder entziehen?«

ROVEDA *sprachlos, sieht im Kreis umher.*

GREGOR *weiter in der Rolle* »Ich habe keine Lust, einen neuen Irrtum in Ihrem Leben zu bedeuten, und es gibt keinen Beweis, daß es nicht wieder ein Irrtum wäre. Ich weiß nicht genau, der wievielte.«

BARON Etwas mehr Bitterkeit. *Zu Karl Bern* Meinen Sie nicht auch, Herr Doktor?

GREGOR *in der Rolle, mit anderem Ton* »Ich weiß nicht genau der wievielte ...«

ROVEDA Und du sagst nichts, Gregor?

BARON *zu Franzi* Bitte, Fräulein – weiter.

FRANZI *in der Rolle* »Und sie – so denken Sie sich jetzt – sie steht da und läßt diese Beschimpfung ruhig über sich ergehen.«

GREGOR *in der Rolle* »O, ich denke mir gar nichts.«

ROVEDA Das stimmt.

*Die Schauspieler usw. immer gespannter, besonders deutlich bei Dregulein zu bemerken.*

FRANZI *in der Rolle* »Ich aber werde Ihnen sagen, Fedor, warum ich so ruhig dastehe und nur lächle.«

ROVEDA *kann sich nicht länger beherrschen* Soll das nun Spaß oder Ernst sein?

BARON Ich bitte um Ruhe, Frau Roveda. Wenn Sie das Stück wieder interessieren sollte, so bemühen Sie sich gefälligst in den Zuschauerraum.

ROVEDA *fassungslos, entfernt sich plötzlich von der Bühne, bleibt auf der Brücke zwischen dem Zuschauerraum und Bühne stehen.*

BARON Weiter, Fräulein Friesel.

FRANZI *in der Rolle* »Aus allen Ihren Worten, mit denen Sie mir so weh tun wollen, höre ich nur ein tiefes Leid heraus – – – «

ROVEDA *auf der Bühne, großartig* Ich ersuche um meine sofortige Entlassung!

BARON Ich erwarte Ihr Gesuch, gnädige Frau, es wird nichts im Wege stehen.

ROVEDA *zuerst einen Schritt gegen die Bühne zu, dann wieder zurück in den Zuschauerraum, wo sie im Dunkel verschwindet, aber stehen bleibt.*

BARON Bitte fortzufahren, Fräulein Friesel.

FRANZI *in der Rolle* »Aber ich werde dieses Leid von Ihnen nehmen. Ich werde es ... denn ich liebe Sie.«

DER ANSAGER *kommt mit der Korrektur des Theaterzettels, legt ihn vor den Baron hin.*

BARON *den Theaterzettel rasch durchsehend* Es ist alles in Ordnung. Es bleibt bei der Première Samstag – nur diese Kleinigkeit – – *Ändert am Zettel* Fanny Theren – Fräulein Friesel. *Zu Karl Bern* Sie sind doch einverstanden, Herr Doktor?

KARL BERN Doktor bin ich noch immer nicht, aber einverstanden.

*Bewegung ringsum.*

BARON Bitte, Fräulein Friesel. *In den Zuschauerraum gewendet* Ruhe!

DREGULEIN *applaudiert leise Franzi zu.*

FRANZI *in der Rolle* »So sagen Sie mir doch endlich ein gutes Wort – ein Wort der Zärtlichkeit – ein Wort des Verstehens – ein Wort der Verzeihung meinethalben, wenn ich nun doch die Sünderin sein soll – aber ein Wort – –« *Sie spricht weiter, währenddem fällt rasch der Vorhang.*

## Fünftes Bild

*Bei Frau Friesel. Wohnzimmer. Kleinbürgerlich, nicht gerade ärmlich. Ein etwas erhöhter Erker rückwärts mit Nähmaschine. Links Türe ins Nebenzimmer, rechts Haupteingang, der ins Vorzimmer führt. Linke Ecke ein bescheidener weißer Kachelofen mit Nische, in der Nische eine Kasserolle mit Deckel. Rechts Kommode. In der Mitte Tisch, auf der einen Seite noch gedeckt mit Teller, Glas. Auf der Kommode Vasen, Photographien, hinter der Kommode Spiegel.*

FRANZIS MUTTER *mit einer Handarbeit beschäftigt, eine noch nicht alte, mehr verdrossene als verhärmte Frau, ziemlich nachlässig gekleidet, Brille. An der Nähmaschine die Hausschneiderin* MILI, *nicht mehr jung.*

*Später Nachmittag, Schneefall vor dem Erkerfenster. Zuerst eine Weile nur das Klappern der Nähmaschine vernehmbar.*

MUTTER Sehn'S denn noch genug, Fräulein Mili?

MILI Es ist ja ganz hell vom Schnee. *Pause.*

MUTTER Halb vier ist's schon. Die Probe heut nimmt wieder kein End.

MILI Was erzählt denn das Fräulein Franzi – von dem neuen Stück? Is' schön?

MUTTER Ich hab sie nicht gefragt. Kann ihr ja auch egal sein, ob's durchfallt oder nicht. *Legt die Handarbeit fort, zu Mili, besichtigt ihre Arbeit* Tragt man jetzt noch solche Volants?

MILI Sind wieder ganz modern.

MUTTER Für so eine Schmarrnrolle gleich zwei Kleider.

MILI Das erste ist nur ein bissel hergerichtet, wird nicht teuer kommen.

MUTTER *zum Ofen hin, setzt einen Augenblick die Kasserolle ab* Jeden Tag muß ich das Essen aufwärmen. *Blick auf die Wanduhr* Um sechs muß sie wieder im Theater sein, und ins Bett kommt sie nicht vor zwölf oder halb eins.

MILI Man will doch manchmal nach dem Theater ein bissel plaudern mit Kollegen und Kolleginnen im Gasthaus.

MUTTER Ich gönn's ihr ja, sie soll sich nur unterhalten, – ist mir jedenfalls lieber als im vorigen Jahr, wo sie immer nur den einen im Kopf gehabt hat. Na, schön hat er ihr's gelohnt.

MILI *fragender Blick.*

MUTTER Geheiratet hat er.

MILI So – so – ich hab' mich nicht zu fragen getraut. Also geheiratet hat er.

MUTTER Ein feiner Herr – – *Klingel draußen. Mutter ab, kommt bald wieder mit Briefen, läßt sie durch die Hände gleiten.*

MUTTER Balleinladung. Da liegen noch sechs, jeden Abend könnt' sie auf einen Ball gehen. Sie geht aber nirgends hin.

MILI Schad – Ich möcht' ihr ein so schönes Ballkleid machen – nur ein bissel herrichten das Tüllkleid vom vorigen Jahr, das sie zu dem Vortragsabend bei den ›Spatzen‹ getragen hat. Ich garantier' Ihnen, Frau Finanzrat – sie käm' als Verlobte nach Haus – wenn sie's nicht am End' schon im geheimen ist.

MUTTER Verlobt oder sonstwas – was weiß man von so einem Mädel – Gar nix weiß man.

*Draußen knarrt der Schlüssel. Gleich darauf kommt* FRANZI *herein in erhobener Stimmung.*

FRANZI Guten Tag, Mutter, vielmehr guten Abend – *Küßt sie flüchtig* Guten Abend, Fräulein Mili. *Legt rasch ab.*

MILI Guten Abend, Fräulein Franzi.

MUTTER *bringt vom Ofen das Essen* Du wirst einen schönen Hunger haben.

FRANZI Nicht so arg. *Zu Mili hin* In der Dunkelheit arbeiten Sie da. –

MUTTER Man kann doch nicht schon um drei Licht anzünden.

FRANZI *schaltet ein, betrachtet die Arbeit der Mili* Drei Reihen Volants?

MILI Vier, Fräulein Franzi.

FRANZI Macht sich hübsch. Aber wahrscheinlich werde ich's gar nicht brauchen – das Kleid.

MUTTER *hat ihr das Essen hingestellt* Haben sie dir die Roll' wieder abgenommen?

FRANZI Nein, ich spiel' eine andere. *Setzt sich* Die Fanny spiel' ich.

MUTTER Fanny oder Emmi – das wird kein so großer Unterschied sein.

FRANZI Es ist schon ein Unterschied, Mutter. Die Fanny ist nämlich die Hauptrolle – die Roveda ist nämlich krank geworden, heut' hab' ich an ihrer Stelle probiert. No, was sagst du, Mutter? Macht es dir gar keine Freud'? Die Hauptrolle spiel' ich.

MUTTER Mich auf was freun, das hab ich verlernt.

FRANZI Weißt du, was der Autor gesagt hat, Mutter? »Ihnen wird man die Fanny glauben, Fräulein. Die Roveda kann vielleicht mehr als Sie, aber Sie, Sie haben die Jugend, Sie sind die Figur, wie ich sie mir gedacht habe.« *Sie ißt.*

MILI Das glaub ich, daß das Fräulein Franzi die Figur hat.

FRANZI Und eigentlich brauch' ich gar nichts anderes zum Anziehen als für die Emmi. *Mehr für sich* Im zweiten Akt nehm ich einfach mein Straßenkostüm.

MUTTER Red' nicht so viel, iß jetzt lieber.

FRANZI Das Stück Torte, das heb' ich mir für nach dem Theater auf. Was, halb fünf ist es schon? Da wird ja der Gregor gleich da sein.

MUTTER Was sucht denn der bei dir?

FRANZI Wir müssen die Hauptszene miteinander durchprobieren. Übermorgen ist schon die Generalprobe. Tu mir den Gefallen, Mutter – – möchtest du nicht mit Fräulein Mili im Kabinett nebenan arbeiten, während ich hier mit dem Gregor probiere?

MUTTER Der Herr Gregor!

FRANZI *erklärend* Wissen Sie, Fräulein Mili, der neulich den Major gespielt hat, wo ich Ihnen die Sitze geschenkt hab'?

MILI Ich werd' doch wissen, wer der Gregor ist.

FRANZI *den Tisch abdeckend* Nicht wahr, Mutter, und das Geschirr, das nimmst du gleich mit in die Küche.

MUTTER *übellaunig* Was das gleich für einen Wirbel macht, wenn du einmal zu einer Rolle kommst. *Rechts mit dem Geschirr ab.*

MILI Ja, da werden sich die Frau Finanzrat schon dran gewöhnen müssen. Und das nächste Mal wird sich das Fräulein schon in einem großen Haus die Toiletten machen lassen, und die Mili kriegt ihren Abschied.

FRANZI Reden Sie keinen Unsinn, Mili, und wenn ich nächstens einen Grafen heirat', Sie bleiben meine Privat- und Hofschneiderin in jedem Fall.

MUTTER *wieder herein, macht noch eine letzte Ordnung* No, wird's jetzt schön genug sein für den Herrn Gregor?

FRANZI *sieht die eingelaufene Post, darunter ist ein Brief, den sie zuerst öffnen will, dann zögert sie, legt den Brief wieder hin, öffnet die Schleife eines Zeitungsblattes, ein großes Porträt auf der Titelseite* Die Roveda wieder einmal ...

MILI Lassen S' anschaun, Fräulein. Das nächste Mal wird schon das Bild von Fräulein Franzi drin sein.

*Draußen Klingel.*

FRANZI Das wird er schon sein.

MUTTER *will hinausgehen öffnen.*

FRANZI Vielleicht ist das Fräulein Mili so gut und macht ihm auf.

*Mili geht rechts ab.*

FRANZI *zur Mutter* Und wenn wir ein bissel schreien sollten – brauchst nicht zu erschrecken, Mutter.

MUTTER Ich bin's ja gewohnt, du schreist ja allein genug beim Lernen. *Ab links.*

FRANZI *nimmt wieder den Brief, öffnet ihn nicht, legt ihn wieder hin.*

GREGOR *kommt, von Mili hereingeleitet* Guten Abend, Fräulein. Ich komme hoffentlich nicht zu früh?

FRANZI Gewiß nicht.

GREGOR Darf ich vielleicht ablegen?

FRANZI Selbstverständlich.

MILI *ist ihm behilflich.*

FRANZI Hängen Sie's im Vorzimmer auf.

MILI *nimmt den Mantel und den Hut Gregors ins Vorzimmer mit und geht dann durchs Zimmer links ab.*

GREGOR *streift die Handschuhe ab, blickt um sich* Sehr hübsch haben Sie's da. Die Dame, die mir geöffnet, war wohl die Frau Mama?

FRANZI Nein, das war meine Hofschneiderin, die Mama ist aber auch zu Haus.

GREGOR *lächelnd* Ich bin davon überzeugt. *Anderer Ton* Also, fangen wir gleich an. Die Emsembleszenen werden jedenfalls neu arrangiert werden müssen.

FRANZI Ich war ja bei allen Proben, ich kenne die Stellungen.

GREGOR Um so besser. Wie gefällt Ihnen eigentlich die Komödie, Fräulein?

FRANZI Ich maße mir kein Urteil an.

GREGOR Warum nicht? Mit zwei so klugen Augen und einer so hellen Stirn darf man sich schon ein Urteil anmaßen. Sie sind noch nicht zwanzig?

FRANZI Neunzehn vorüber.

GREGOR Schön! War man auch einmal. Damals spielte ich in Augsburg den Romeo. Die Julia war neunzehn. – Also, der zweite Akt. Sie haben ja das Buch. Ihr Auftritt. Ich steh' am Fenster – der Ofen ist das Fenster – Sie kommen von rechts, ich trete Ihnen rasch entgegen. Nun, mein Fräulein –?

FRANZI *war zerstreut, den Blick meist auf den Brief gerichtet.*

GREGOR Nun?

FRANZI *in der Rolle* »Ja, ich bin's.«

GREGOR *in der Rolle* »Fanny – «

FRANZI *in der Rolle* »Wenn man Sie sehen will – es blieb mir ja nichts anderes übrig, da Sie nicht mehr in unser Haus kamen – «

GREGOR Das lassen wir jetzt lieber. Lauter Konversation. Das spricht sich von selber. *Er nimmt ihr das Buch aus der Hand.*

FRANZI *kann plötzlich ihre Spannung nicht länger beherrschen, nimmt den Brief* Verzeihen Sie, Herr Gregor, da ist ein Brief, den ich ganz übersehen habe.

GREGOR Bitte. Wir wollen dann gleich die wesentlicheren Stellen durchmachen. Vielleicht von hier aus.

FRANZI *liest stumm für sich den Brief, starr.*

GREGOR Hier: »Grausam, grausam ist schon das Wort.«

FRANZI *schweigt.*

GREGOR Nun, Fräulein? – Was haben Sie denn?

FRANZI Nichts ... *Sie nimmt das Buch wieder, liest teilnahmslos* »Grausam, grausam, das ist schon das Wort.« *Wiederholt mit stärkerem Ausdruck* »Grausam, – grausam – das ist schon das Wort.«

GREGOR *in der Rolle* »Was war es, – das mich so zittern machte, als ich mit einem Mal wußte. Sind es die alten Vorurteile, die in mir lebendig werden? Nein, mit denen habe ich abgerechnet. Keine Vorurteile. Etwas anderes, irgend etwas – « Was haben Sie denn? Sie sind ja ganz blaß. Ist Ihnen – verzeihen Sie – Sie haben wohl – oh, ich will nicht indiskret sein – eine unangenehme Nachricht – –

FRANZI *sich immer mehr fassend, gekünstelt* Was fällt Ihnen ein, Herr Gregor? Im Gegenteil, eine höchst angenehme Nachricht.

GREGOR Um so besser. Darf ich weitersprechen?

FRANZI *nickt.*

GREGOR *in der Rolle* »Irgend etwas, was mit Überlegung und mit Vernunft überhaupt nichts zu tun hat. Irgend etwas, das tief in meiner Natur steckt.«

FRANZI *in der Rolle und immer beteiligter* »Ich habe mich ja nie sündiger gefühlt, als seit ich mich von Ihnen geliebt weiß. Aber, es ist unabänderlich, und ich habe nichts als meine armen Worte, denen Sie glauben müssen. Hören Sie, Fedor, müssen. Vertrauen Sie mir nur, und Sie werden alles verstehen. Frage denn ich nach Ihrer Vergangenheit? Auch Sie haben schon geliebt ... Warum zweifle ich keinen Augenblick an Ihnen?«

GREGOR *hat mit wachsendem Interesse zugehört* Sehr gut. Ein bißchen mehr Ton werden Sie wohl geben müssen. Aber es ist schön, wirklich schön, wie Sie das gesagt haben. Man könnte beinah an die Liebe glauben.

FRANZI *weist ihn mit einem Blick an, die Rolle weiterzusprechen.*

GREGOR *lächelt, dann in der Rolle* »Nein, nein, es ist nicht wahr, sag mir doch, daß es nicht wahr ist.« *Faßt, wie es in der Rolle vorgeschrieben ist, ihre Hände.*

FRANZI *in der Rolle* »Es ist nicht wahr. Ich habe nichts erlebt. Ich erinnere mich nicht mehr – Träume, böse Träume, ich bitte dich, stoß mich nicht wieder hinab.« *Plötzlich, als Franzi, lachend* Ist das eine Gans ...

GREGOR *sieht sie befremdet an* Was – haben Sie?

FRANZI Verzeihen, das steht nicht in der Rolle, aber wahr ist es doch. Was diese Gans sich alles gefallen läßt. *In der Rolle* »Stoß mich nicht wieder hinab. Verlaß mich nicht. Ich habe nichts erlebt.«

GREGOR Sie ist wirklich eine Gans, ich hab's dem Autor auch angedeutet. Aber wenn man Sie hört und ansieht – sehr schön haben Sie das gemacht. Ja, Jugend ist kein leerer Wahn. Haben Sie eigentlich schon die Luise gespielt?

FRANZI Nein.

GREGOR Mit Ihnen könnte der Baron vielleicht allerlei Klassik versuchen, und man dürfte wieder in reineren Regionen atmen. Ich werde mit dem Baron sprechen.

FRANZI Bitte weiter.

GREGOR *in der Rolle* »Wird die Fabel wahr von den zwei Menschen, die füreinander bestimmt sind und sich finden müssen. Man ist ja so bereit zu glauben, wenn man glücklich sein will.«

FRANZI *in der Rolle* »Was gehen uns die paar dummen Jahre an, in denen wir voneinander noch nichts gewußt haben. Wir haben eine ganze Ewigkeit vor uns, um sie zu vergessen.«

GREGOR *näher zu ihr, in der Rolle* »Komm.« *Zieht sie heftig an sich.*

FRANZI Lassen Sie das doch.

GREGOR *lächelnd* Hier steht es: ›Zieht sie an sich.‹ *In der Rolle* »Komm, sag mir noch einmal, daß du mich liebst.«

FRANZI Die Worte werden wohl genügen.

GREGOR Wie Sie wünschen. Ich kann bis zur Generalprobe warten. Viel länger allerdings nicht. *In der Rolle, ohne Geste* »Sag's mir noch einmal, daß du mich liebst.«

FRANZI *in der Rolle* »Du selber bittest mich darum – jetzt kann ich es nicht mehr sagen. – Oder doch?« *Näher zu ihm* »Ich liebe dich für alle Ewigkeit.«

GREGOR *reißt sie an sich.*

FRANZI Sind Sie verrückt, Herr Gregor?

GREGOR *ungerührt* Machen wir die Szene vielleicht noch einmal.

FRANZI Heute nicht mehr.

GREGOR Nur die Worte, um Mißverständnissen vorzubeugen.

FRANZI Ich werde Sie bitten, mich allein zu lassen.

GREGOR *zuckt die Achseln* Auf morgen also. Heut abend vielmehr im Theater. *Plötzlich* Mädel, ich liebe dich. Kein Spaß. Auf Wiedersehen! *Küßt rasch Franzis Hand, die sie dann starr fallen läßt, und geht ab.*

FRANZI *nimmt noch einmal den Brief, fängt plötzlich bitterlich zu schluchzen an, hält inne, trocknet die Augen, ihr Gesicht verändert sich.*

MUTTER *kommt leise von links* Es ist plötzlich so still geworden.

FRANZI *übertrieben lustig* Schon aus die Probe. Wird ganz gut gehen. O, schon halb sieben! *Beginnt sich fertig zu machen.*

MUTTER *wieder im Nebenzimmer.*

FRANZI Warum nicht? Einer wie der andere. Feiglinge, Schufte. Ihr sollt recht haben – wer mich will – – Warum nicht?

## Sechstes Bild

*Speisezimmer im Hause Frickes.* PRÄSIDENT FRICKE *am Mittagstisch mit seinen Kindern* HELENE *und* RICHARD. *Schwarzer Kaffee.*

RICHARD *erhebt sich und trinkt seine Tasse stehend* Adieu.

FRICKE *von der Zeitung aufblickend* So eilig?

RICHARD Ich ordiniere heute für Gerold, in seiner Wohnung natürlich. *Trinkt weiter.*

FRICKE Ja, richtig. Aber heute abend sieht man dich doch?

RICHARD Wahrscheinlich.

FRICKE *hat sich auch erhoben. Blick zum Fenster* Ganz schön geworden. *Zu Helene* Willst du später ein wenig mit mir spazierengehen?

HELENE Gern, Vater.

FRICKE Gegen halb vier, wenn's dir recht ist. Ich will mich noch auf eine Weile hinlegen. *Ab nach links.*

HELENE Wenn du doch etwas freundlicher sein könntest, Richard.

RICHARD Ich bin doch nicht unfreundlich.

HELENE Dein Gesicht ... Du solltest wenigstens eine heitere Miene zeigen Papa zuliebe. Er möchte dich ja auch so gerne glücklich sehen.

RICHARD Ich bin nicht im entferntesten unglücklich.

HELENE Um so besser.

RICHARD Nicht böse sein, Helene. Es wird alles gut werden. Man hat's nicht immer ganz leicht. *Er küßt Helene zärtlich auf die Stirn* Auf Wiedersehen! *Will gehen.*
*Klingel draußen.*

HELENE Das wird Mathilde sein.

RICHARD Ich muß leider –

MATHILDE *tritt ein, Begrüßung.*

RICHARD Warum bist du nicht früher gekommen, Mathilde?

MATHILDE Ich will nicht stören. Ich weiß, du hast jetzt Ordinationsstunde.

RICHARD Leider nicht zu Hause heute.

MATHILDE Bei Gerold, ich weiß.

RICHARD Auf Wiedersehen also.

*In diesem Augenblick Telefon.*

RICHARD *zuckt zusammen, zu Helene* Ich bin nicht zu Hause. Wer immer es ist, ich bin nicht zu Hause.

HELENE *sieht ihn etwas befremdet an und geht.*

MATHILDE Du solltest dich nicht verleugnen lassen, Richard.

RICHARD Man muß manchmal.

MATHILDE Nie muß man. Es gibt keine Angelegenheit auf der Welt, die sich nicht besser mit Aufrichtigkeit erledigen ließe.

RICHARD Ach Gott, Mathilde, wenn das Leben so einfach wäre ...

MATHILDE Es ist ganz einfach. Man muß nur wissen, was man will.

RICHARD Glaubst du? *Nervös* Was telefoniert sie denn da drin so lange?

MATHILDE Das vernünftigste wäre wohl, du gingst selber aus Telefon statt nervös im Zimmer hin- und herzurennen.

RICHARD Wer sagt dir denn, daß ich nervös bin?

MATHILDE Dir liest man ja alles von der Stirn ab.

RICHARD Also, wenn du jetzt irgend etwas anderes von meiner Stirn ablesen kannst als – das Vergnügen wieder einmal mit dir zu plaudern, die Freude, das Glück, daß du überhaupt da bist – –

MATHILDE Ich hab es gar nicht gern, Richard, wenn du so redest.

RICHARD Warum denn nicht, Mathilde?

HELENE *kommt herein, sichtlich betroffen.*

RICHARD *rasch* Was gibt's Wer war's?

HELENE Man hat aus Ludwigs Wohnung hierher telefoniert. Denkt euch, sein Schwiegervater ist plötzlich gestorben.

RICHARD Was, der alte Sidon?

HELENE Ganz plötzlich.

RICHARD Wer hat telefoniert?

HELENE Ludwigs Diener. Er scheint übrigens nicht allein gewesen zu sein.

RICHARD Plötzlich gestorben?

HELENE Ja. Frau Eiderhof war bei ihm im Augenblick seines Todes.

RICHARD So. Ist Ludwig schon verständigt?

HELENE Ich nehme an. Jedenfalls läßt dich der Diener bitten, gleich hinzukommen, dort wirst du sicher mehr erfahren.

RICHARD Eine kurze Hochzeitsreise. – Adieu, Helene, adieu, Mathilde ... *Rasch ab.*

MATHILDE Warum berührt ihn das so sehr?

HELENE Das ist doch nicht merkwürdig. Der Schwiegervater seines besten Freundes.

MATHILDE Das allein kann es nicht sein. Ich glaube übrigens nicht, daß sie Freunde sind – Ludwig Gerold und er.

MATHILDE Warum nicht?

MATHILDE Hast du sie neulich nicht zusammen gesehen am Hochzeitstag?

HELENE Nun?

MATHILDE Ich habe zwar kein Wort gehört, was sie miteinander gesprochen haben, aber ich glaube nicht, daß sie Freunde sind.

HELENE Du könntest recht haben. *Pause.*

MATHILDE Du hast noch immer keine Ahnung, wer es ist?

HELENE Von wem sprichst du? Ach so. Nein, keine Ahnung. Aber es dauert nicht mehr lang. Ich hab's immer vor ihm gewußt, wenn etwas zu Ende ging. Denke, daß ich immer auch ein wenig seine Mutter war.

MATHILDE Ach Gott ...

HELENE Und daher weiß ich auch, daß er überhaupt nie eine andere geliebt hat als dich, Mathilde.

MATHILDE Hab' ich mir auch manchmal eingebildet, aber es

stimmt nicht. Diese Liebe zu mir, die war immer nur ein Aufatmen zwischen der einen und der anderen.

HELENE Wenn du ein wenig klug sein wolltest, du Kindskopf.

MATHILDE Was du klug nennst – ich glaube, das wäre nicht sehr anständig.

HELENE Was du anständig nennst, das ist vielleicht etwas zu klug.

MATHILDE Ob auch eine Mutter so spräche …

HELENE Seine bin ich, nicht deine Mutter, Mathilde, dazu deine und seine Schwester.

MATHILDE Das sind mir zu verwickelte Verwandtschaftsverhältnisse, dazu reicht mein Kindskopf nicht aus.

FRICKE *kommt. Begrüßung.*

HELENE Du hast schon gehört, Vater?

FRICKE Was?

HELENE Sidon ist plötzlich gestorben.

FRICKE *ziemlich kühl* Oh!

HELENE Ludwigs Diener hat eben hertelefoniert, Richard ist eben hin.

FRICKE Die arme Antoinette. Morgen werden sie wohl wieder da sein. Wie alt mag er gewesen sein? Kaum fünfzig, glaube ich. Na –

MATHILDE Ich werde mich jetzt empfehlen, Herr Präsident, Mama erwartet mich.

HELENE Wann seh' ich dich wieder?

MATHILDE Ich telefoniere dir abends. Auf Wiedersehen! *Sie geht.*

FRICKE *noch unter der Todesnachricht* Man hätte es ihm nicht angesehen, und er war um ein paar Jahre jünger als ich. – Ich muß ins Büro. Ich werde zu Fuß hingehen. Willst du mich nicht ein bißchen begleiten? Es ist so schön heute.

HELENE *zögernd* Ich – ich muß leider – ich – Herr Bern kommt.

FRICKE So? – Richard ist doch nicht mehr zu Hause.

HELENE *lächelnd* Trotzdem. Ich erwarte ihn.

FRICKE Hm. Nun –

HELENE *einfach* Du hast was gegen ihn, Vater?

FRICKE Das wäre falsch ausgedrückt. Ich habe sehr viel Respekt vor seinem Talent. Aber – ich kann mir nicht helfen, die richtige Gesellschaft für Richard scheint er mir doch nicht zu sein. Für dich übrigens auch nicht, Helene.

HELENE Schade. Mir ist er sehr sympathisch.

FRICKE Das merke ich.

HELENE Ich habe sogar die Absicht –

FRICKE *Blick.*

HELENE *mit übertriebener Bestimmtheit* – eine Stellung bei ihm anzunehmen.

FRICKE Wie?

HELENE Als Sekretärin. – Ich bekäme einen ganz anständigen Gehalt und hätte höchstens drei bis vier Stunden täglich zu tun.

FRICKE Du bist wohl nicht ganz bei Trost, mein Kind.

HELENE Vollkommen. Ich kann diese Existenz nicht mehr vertragen.

FRICKE Diese Existenz?

HELENE Ich sag's ja nicht zum ersten Mal, Vater. Ich kann nicht. – Dieses müßige Leben – –

FRICKE Was sprichst du denn? Müßig? Du bist doch so ziemlich den ganzen Tag beschäftigt, studierst Sprachen, Kunstgeschichte, Klavier, sogar Harmonielehre – –

HELENE Alles ohne Zweck, ohne Ziel. – Ich will einen Beruf haben, einen wirklichen Beruf, mit dem man Geld verdienen kann.

FRICKE Das hast du glücklicherweise nicht nötig.

HELENE Um so besser. Da werde ich um so mehr Freude an meinem Beruf haben. Und vor allem einmal eine regelmäßige Arbeit, eine Pflicht.

FRICKE Und eine andere Stellung, eine andere als die einer Sekretärin bei Herrn Bern gäbe es nicht?

HELENE Die bietet sich eben.

FRICKE Wenn ich dich zum Beispiel zu meiner Privatsekretärin machte – ich wäre vielleicht sogar in der Lage, dir einen höheren Gehalt zu bewilligen als Herr Bern.

HELENE *lächelnd* Das wäre unlauterer Wettbewerb, und nebstbei – ich bin ja nicht geldgierig und vor allem, ich will eine Arbeit haben, die mir Vergnügen macht.

FRICKE *ernsthafter aber mild* Hast du dir es denn auch gut überlegt, Helene?

HELENE Ich rede nie, bevor ich es mir überlegt habe.

FRICKE Sekretärin bei Herrn Karl Bern – –

HELENE Nicht das Schlimmste.

*Klingel im Vorzimmer.*

HELENE *harmlos* Das dürfte er wohl sein.

FRICKE Zum Zwecke von Engagementsverhandlungen?

HELENE Er wollte uns auch die Billets für seine Première bringen.

FRICKE Welche Liebenswürdigkeit.

KARL BERN *tritt ein. Überzieher, Hut, Begrüßung.*

KARL BERN Ich störe hoffentlich nicht. Ich komme nur eben vorbei, um Ihnen die Loge zu bringen. Es wird mir eine besondere Ehre sein, Herr Präsident, falls es Ihre Zeit erlaubt –

FRICKE Ich danke sehr. Darf ich fragen, was ich schuldig bin?

KARL BERN *abwehrend* Nichts, es ist die Autorenloge –

FRICKE *lächelnd* Das ist ja beinahe zu viel Ehre.

KARL BERN Trotzdem sind Sie natürlich nicht verpflichtet zu applaudieren. Ja, ich stelle es Ihnen vollkommen frei, Herr Präsident, Ihrem eventuellen Mißfallen auf die übliche Weise Ausdruck zu geben. Nicht unmöglich, daß ich mich – allerdings lautlos – daran beteiligen werde.

FRICKE *amüsiert* Warum lassen Sie es dann aufführen?

KARL BERN Es bleibt immer ein interessantes Erlebnis, sein eigenes Stück zu sehen, auch wenn man längst nichts mehr davon wissen möchte.

HELENE Herr Karl Bern ist ziemlich unnachsichtig gegenüber seinen eigenen Werken.

FRICKE Ob diese Strenge nicht vielleicht – Sie entschuldigen, Herr Bern – eine besonders raffinierte Art von Hochmut bedeutet?

KARL BERN Jugend an und für sich ist vielleicht schon Hochmut.

HELENE Ihre Aphorismen sind wie gewöhnlich etwas fragwürdig.

KARL BERN Das ist ihre einzige Lebensberechtigung.

FRICKE *auf die Uhr sehend* Ich muß leider – also nochmals schönen Dank, Herr Bern. Glückwünschen darf man wohl nicht?

KARL BERN Ich bin nicht abergläubisch. Wünschen Sie nur, Herr Präsident. Dergleichen pflegt nichts zu ändern.

FRICKE Adieu, mein Kind. *Küßt Helene auf die Stirn und geht.*

HELENE Du hast wieder viel Unsinn zusammengeredet.

KARL BERN Schüchternheit. Du kennst mich ja. Schade, daß ich deinem Vater nicht sympathisch bin.

HELENE Stimmt gar nicht. Er ist nur theoretisch gegen dich.

KARL BERN Und du praktisch.

HELENE Das wechselt.

KARL BERN Übrigens, guten Morgen, mein Liebes. *Er küßt sie.*

HELENE *abwehrend* Dies später. Du hast also gestern mit Richard gesprochen? Nun?

KARL BERN Es wird schon richtig sein, daß es sich um eine Herzenssache handelt.

HELENE Nun und – weißt du was Konkretes?

KARL BERN Das Konkrete ist immer eine Fiktion.

HELENE Bitte keine Aphorismen, sondern Wahrheit.

KARL BERN Er hat mir keinerlei Namen genannt.

HELENE Darauf kommt es nicht an.

KARL BERN Denke ich mir auch. Mein Eindruck ist jedenfalls, daß die Sache dem Ende zugeht und daß die Chancen für Mathilde im ganzen recht gut stehen, besser als meine bei dir.

HELENE *unwillkürlich lächelnd* Was das wieder heißen soll – –

KARL BERN Du willst mir also absolut meine Ehre nicht wiedergeben?

HELENE Nein, vorläufig nicht. Erstens habe ich dich zu gern dazu. Übrigens habe ich meinem Vater gesagt – nein, nein, erschrick nicht – daß du mich als Sekretärin engagiert hast.

KARL BERN Das stimmt ja beinah.

HELENE Beinah. Du ahnst überhaupt gar nicht, wie viel du von jetzt an arbeiten wirst.

KARL BERN Ich wünsche mir nichts Besseres. Wann darf ich Sie morgen nachmittag erwarten, mein Fräulein?

HELENE Ja, wenn Sie vor Ihrer Première noch Zeit zum Diktieren haben werden –

KARL BERN *ernsthaft* Ja, was die Première anbelangt – es wäre nicht unmöglich, daß sie verschoben wird. Die Roveda scheint absolut nicht spielen zu wollen. Wir haben heute morgen schon mit einer anderen Schauspielerin probiert.

HELENE Mit wem denn?

KARL BERN Mit einem Fräulein Friesel.

HELENE Friesel ...? Das war doch die Geliebte von Doktor Gerold?

KARL BERN So?

HELENE Die hat doch bisher nur ganz kleine Rollen gespielt?

KARL BERN Ja, sie hat Talent. Jedenfalls hat sie einen sehr echten Ton. Sie ist auch echter wie meine Figur.

HELENE Sei nicht geschmacklos.

KARL BERN Als wenn es dir gefiele! – –

HELENE Es gefiele mir vielleicht ganz gut, wenn es nicht von dir wäre. Es ist so viel drin, was ich an dir nicht mag.

KARL BERN Wie kann ich dir das nachfühlen.

HELENE *scherzend* Auf das eine kommt es übrigens nicht an. Du bist noch jung.

KARL BERN Jung? – Es gibt große Dichter, die in meinem Alter schon tot waren und unsterblich dazu.

HELENE Möchtest du wohl um diesen Preis ein großer Dichter sein, oder vielmehr gewesen sein?

KARL BERN Ehrlich gestanden, nein. Daran liegt es wohl. Auf der Welt sein, leben, glücklich sein, das ist mir doch eigentlich das Wichtigste. Das Dichten kommt erst in zweiter Linie oder in dritter. Ich habe eben nicht den heiligen Ernst.

HELENE Das fehlte noch. Ich hab ihn auch nicht. Überhaupt nicht viel Heiliges.

KARL BERN Mehr als du denkst.

HELENE *lächelnd* Ich Sünderin – –

KARL BERN Was ist Sünde? Was man bereut.

HELENE *lachend* Du machst es dir wieder einmal bequem.

KARL BERN Wo käme man sonst hin? Aber jetzt muß ich dir Adieu sagen.

HELENE So plötzlich?

KARL BERN *sieht auf die Uhr* Eine Verabredung.

HELENE Ich frage nicht.

KARL BERN Aber ich antworte. Ich mache einen Besuch bei der Roveda. Werde nicht blaß.

HELENE Welche Einbildung!

KARL BERN Bitte, lies selbst. *Er gibt ihr den Brief.*

HELENE *liest* »Verehrter Herr Doktor« –

KARL BERN *wie für sich, mechanisch* Bin gar keiner.

HELENE *weiterlesend* »Darf ich Sie bitten, heute nachmittag fünf Uhr in einer wichtigen, künstlerischen Angelegenheit –«

KARL BERN Zweimal unterstrichen.

HELENE *liest weiter* »– mir das Vergnügen Ihres Besuches zu schenken? Es handelt sich nicht etwa um Ihr Stück. Doch die Sache ist dringend.«

KARL BERN Dreimal unterstrichen.

HELENE *weiterlesend* »Mit hochachtungsvollen Grüßen« – *Gibt Karl Bern den Brief zurück* Nicht um Ihr Stück?

KARL BERN Natürlich handelt es sich um mein Stück. Sie will ihre Rolle wieder haben. Ich denke nicht daran. Dieses Fräulein Friesel wird viel besser oder wenigstens wahrer sein, als die Roveda jemals gewesen wäre. Auch der Intendant empfindet das. Der will nebstbei die Roveda los sein. Auch ist es eine Prestigefrage für ihn. Ihre Situation ist schwierig. Das fühlt sie auch.

HELENE Das ist mir zu kompliziert.

KARL BERN Kurz und gut. Gerade unter diesen Umständen bin ich als Gentleman verpflichtet hinzugehen.

HELENE *nicht überzeugt* Entschieden.

KARL BERN Du hältst mich doch für einen Gentleman?

HELENE Gerade dafür.

KARL BERN O, das war hart.

HELENE Jedenfalls mußt du zu ihr gehen.

KARL BERN Nicht wahr? Also leb wohl, Helene. Auf morgen!

HELENE *schweigt.*

KARL BERN Sag ein Wort, und ich geh nicht hin.

HELENE Ich verlange, daß du hingehst. Aber den nächsten Brief von ihr wirst du mir nicht mehr zeigen.

## Siebentes Bild

*Logengang des Residenztheaters. Vier Logentüren, jetzt geschlossen. Von rechts nach links: Loge I, Direktionsloge:* INTENDANT *und* DR. BRAUN *Loge II:* FRAU ROVEDA *und ihre* MUTTER. *Loge III:* FRAU VEITH *mit ihrer Tochter* MATHILDE *und* RICHARD. *Loge IV:* PRÄSIDENT FRICKE *mit seiner Tochter* HELENE *und* KARL BERN.
*Rechts vorn Stiege, die ins Parterre hinabführt. Logengang setzt sich links fort, rechts seitlich Bank, auf der der* LOGENSCHLIESSER *schlummert.*

Zuerst vollkommene Stille. Loge III. Türe öffnet sich leise. RICHARD *tritt vorsichtig leise heraus, schließt die Türe hinter sich. Zum* LOGENSCHLIESSER, *seine Schulter berührend.* LOGENSCHLIESSER *erwacht.*

RICHARD Wie kommt man denn von hier aus auf die Bühne?
LOGENSCHLIESSER Da müssen S' da hinunter und dann – Aber es ist nicht gestattet.
RICHARD *kurze Besinnung* Wär' es Ihnen vielleicht möglich, einen Brief zu bestellen?
LOGENSCHLIESSER *zögert.*
RICHARD *gibt ihm einen Brief und zugleich ein Trinkgeld* Es ist sehr dringend.
LOGENSCHLIESSER Ich werd' das Brieferl meiner Frau geben, sie ist Gardarobière. *Rasch die Stufen hinab.*
RICHARD *will zuerst in die Loge zurück, läßt es dann sein, ab gegen links.*

ANSAGER *die Stufen herauf, klopft an Logentür IV, bleibt ohne Antwort, klopft nochmals und öffnet selbst* Herr Doktor, es wär' Zeit.
KARL BERN *tritt heraus* Ich hab doch dem Herrn Regisseur gesagt, daß ich erst zum Schluß herauskommen werde.
*In diesem Augenblick ist der Akt zu Ende, Applaus setzt ein.*
ANSAGER Es ist höchste Zeit, Herr Doktor, daß wir noch unten zurechtkommen.

KARL BERN *nach kurzem Zögern mit dem Ansager die Stufen hinab. Applaus verstärkt sich.*

FRICKE *tritt aus der Loge IV auf den Gang, die Türe bleibt offen,* HELENE *steht an der Brüstung und applaudiert.*

BARON GRADL *kommt von links* Meine Hochachtung, Herr Präsident.

FRICKE Guten Abend.

GRADL Schaut beinahe nach einem Erfolg aus.

FRICKE *unbestimmt* Wir wollen hoffen.

GRADL Ich frage mich nur, warum heißt man heutzutage so was Komödie? Sehr lustig ist ja die Geschichte bisher nicht.

FRICKE Kann ja noch werden.

RUTTE *von links* Guten Abend, Herr Präsident. Ich habe ja heute schon einmal das Vergnügen gehabt.

FRICKE *versteht nicht gleich* Was für ein Vergnügen meinen Sie?

RUTTE Vergnügen ist freilich nicht das richtige Wort.

GRADL Ja, das hätte er sich heute vor acht Tagen nicht träumen lassen, der Herr Kommerzialrat Sidon.

HELENE *winkt von der Loge aus ihren Vater herein.*

FRICKE Sie entschuldigen, meine Herren. *In die Loge.*

RUTTE *zu Gradl* Was sagst du dazu, daß Frau Eiderhof im Theater ist, wo doch jeder Mensch weiß, daß der Kommerzialrat, wie man so sagt, in ihren Armen gestorben ist …

GRADL Warum nicht? Offiziell wird sie ja doch nicht um ihn trauern und privat wahrscheinlich noch weniger.

RUTTE Freilich. Aber vor dem Krieg wär so was doch nicht möglich gewesen.

GRADL Daß einer in den Armen … das war immer so.

RUTTE Aber daß sie am Begräbnistag ins Theater geht … *Ab gegen rechts.*

*Der Applaus wird schwächer.* HELENE *und* FRICKE *stehen in der Logentür.*

HELENE Jetzt sag aber einmal aufrichtig, Vater – das Stück gefällt dir doch?

FRICKE Wenn du durchaus Aufrichtigkeit wünschst, nein.

HELENE Einfach nein?

FRICKE Ganz einfach nein. Eine gewisse Gewandtheit, auch Beobachtungsgabe, die will ich ja gelten lassen. Aber was mir auf die Nerven geht, das ist diese peinliche Atmosphäre der Indiskretion.

HELENE Indiskretion? Man könnte vielleicht auch sagen: Ehrlichkeit.

FRICKE Vielleicht ... Aber von der Ehrlichkeit zur Indiskretion ist eben auch nur ein Schritt. Wie?

*Aus der Loge I treten* BARON *und* DOKTOR BRAUN.

BRAUN Gregor hat einen besonders guten Abend.

BARON Seine Partnerin scheint ihn inspiriert zu haben.

BRAUN Es dürften auch Privatproben stattgefunden haben. Ich glaube überhaupt, sie ist ein kleines Luder, die Friesel.

BARON Das ist ganz gut, aber nicht alles. Sie kann vorläufig nicht sprechen, und das Ganze schleppt sich ein wenig.

BRAUN Ich glaube, die Leute amüsieren sich.

BARON Es ist ein unmögliches Stück, ich hab es gleich gesagt. Die Dramaturgen sind das Unglück. Sie sind die Hauptschuldigen. Da sind mir die Autoren noch lieber. Kommen Sie mit auf die Bühne, Doktor? Ich will retten, was noch zu retten ist.

*Baron und Doktor Braun die Stufen hinab.*

FRICKE *an die Türe der Loge III, öffnet.*

FRAU VEITH *und* MATHILDE *erheben sich,* MATHILDE *tritt heraus zu* HELENE, FRICKE *tritt in die Loge zu* FRAU VEITH, *küßt ihr die Hand.*

HELENE *zu Mathilde, etwas erstaunt* Wo ist Richard?

MATHILDE Er ist vor Schluß des Aktes verschwunden.

HELENE Hat er über Kopfschmerzen geklagt.

MATHILDE *plötzlich* Sie ist es.

HELENE Wer?

MATHILDE Die da unten. Die Fanny. Ich fühl' es. Ich weiß es. Du weißt es ja auch. Warum hast du mir nichts gesagt?

HELENE Ich schwör dir, daß ich nichts gewußt habe. Aber vielleicht hast du recht.

MATHILDE Warum glaubst du, daß ich recht habe?

HELENE Er kennt sie. Es ist die frühere Geliebte von Doktor Gerold. Er war öfters mit ihnen beisammen. Du kannst schon recht haben.

MATHILDE Und er liebt sie noch immer.

HELENE Unsinn!

MATHILDE Wo ist er?

HELENE Auf der Bühne gewiß nicht. Sei kein Kind!

MATHILDE Wo immer er ist – ich wollte, er käme nicht zurück. Wozu denn das Ganze?

HELENE Komm doch zu dir! Du vergißt, daß ihr verlobt seid.

FRAU VEITH *zu Fricke* Ich bin froh. *Blick auf Mathilde.*

FRICKE Das darf ich von mir wahrhaftig auch sagen.

FRAU VEITH Von ihrem zehnten Jahr an hat sie ihn geliebt. Ach mir war manchmal richtig bang um sie.

FRICKE Nun wird ja alles gut werden.

FRAU VEITH Wie schwer man's hat, mit den Kindern.

RICHARD *Kommt mit einer Düte Bonbons, die er Mathilde offeriert.*

MATHILDE Wozu das?

RICHARD Es hat keine besondere Bedeutung, es sind nur Bonbons und keine Symbole.

MATHILDE Warum spielst du Komödie? Ich gebe dir dein Wort zurück.

HELENE Was seid ihr für Kinder! Nehmt euch doch zusammen.

DREGULEIN *kommt über die Stiege, begrüßt Richard.*

RICHARD *sichtlich froh über die Störung* Spielen Sie denn nicht mit, Herr Dregulein?

DREGULEIN Ich habe schon mitgespielt. Meine Rolle ist schon zu Ende.

RICHARD Darf ich bekannt machen? Erlauben Sie – *Stellt vor* Herr Dregulein, meine Schwester, Fräulein Veith.

DREGULEIN Ich bin nämlich der Bediente, der dem Herrn Dögelmann die Türe aufmacht. Großartig nicht wahr? Man merkt gleich, daß ich in lauter feinen Häusern gedient habe ... *Sich verabschiedend* Ich bitte um Entschuldigung. Ich will bei der Frau Roveda einen Kondolenzbesuch machen.

HELENE Kondolenz?

DREGULEIN Sie hätte nämlich die Hauptrolle spielen sollen. Wenn sie geahnt hätte, daß die Kleine einen solchen Erfolg haben wird ...

HELENE Finden Sie, daß es ein Erfolg ist? Und das Stück?

DREGULEIN Da kann man noch nichts sagen. Wir wollen hoffen.

*Klopft an die Logentür II, öffnet, tritt ein.*

*Ein Klingelzeichen ertönt.*

HELENE *zu Richard und Mathilde, weist auf Fricke und Frau Veith* Sie sehen her, so lächelt doch, verderbt ihnen die Freude nicht.

FRICKE *und* FRAU VEITH *treten heraus.*

FRICKE Kinder, ich habe einen Tisch im Imperial bestellt. Wir treffen uns nach Schluß beim Ausgang rechts.

*Richard und Frau Veith in die Loge III. Fricke in die Loge IV.*

HELENE *zu Mathilde* Ich beschwöre dich, Mathilde, sei vernünftig! Er liebt dich, nur dich. Man muß mit den Männern ein wenig Geduld haben oder sich entschließen, zu sein wie sie. Das ist vielleicht das Amüsantere. *Zurück in die Loge IV.*

MATHILDE *geht in die Loge III.*

*Die Loge der Roveda öffnet sich,* DREGULEIN *verabschiedet sich eben von ihr und ihrer Mutter. Mutter setzt sich wieder gleich nach vorn, Dregulein bleibt noch in der Türe stehen.*

DREGULEIN Es sieht dir ähnlich, daß du heute im Theater bist.

ROVEDA Wenn ich nicht da wäre, sähe es mir auch ähnlich. Also adieu, lieber Dregulein. Behalt mich in gutem Angedenken.

DREGULEIN Angedenken?

ROVEDA Ich gastiere nächste Woche in Berlin – Maria Stuart – Feodora – Cameliendame – diese Schmiere sieht mich nicht wieder.

DREGULEIN Ich falle aus den Wolken.

ROVEDA Liege weich.

BARON *und* LÖBLEIN *kommen die Stiege herauf.*

LÖBLEIN Ich wiederhole noch einmal, Herr Intendant, die Stimmung ist ausgezeichnet.

BARON Sie können mir ruhig Baron sagen. Ich bin von deutschem Adel, der ist vorläufig noch nicht abgeschafft.

LÖBLEIN Pardon.

BARON Und was die Stimmung anbelangt – es ist eine Berufskrankheit der Regisseure sich einzubilden, daß das Publikum in Stimmung ist. Ich habe eben einige Herren gesprochen. – –

LÖBLEIN *achselzuckend* Von der Kritik –

BARON Man kann über die Kritik denken, wie man will, Sie können das Faktum nicht aus der Welt schaffen, daß die in die Zeitungen schreiben.

*Wieder Glockenzeichen zum Beginn des Aktes.*

LÖBLEIN *will gehen* Ich muß auf die Bühne, Herr Baron.

BARON Also noch einmal: Tempo! Tempo! Nur das kann den Abend retten, wenn es geschwind aus wird. Und die Friesel soll lauter sprechen. Man versteht kein Wort.

LÖBLEIN *rauscht ab.*

BARON *will in seine Loge.*

ROVEDA *an der er eben vorübergeht* Herr Baron, erlauben Sie mir, Ihnen zu dem sensationellen Achtungserfolg zu gratulieren.

BARON Danke. Mit Ihrer Nachfolgerin sind Sie hoffentlich zufrieden, gnädige Frau?

ROVEDA Nachfolgerin? Ich wüßte nicht. Ich habe auch niemals eine Vorgängerin gehabt. Ich bin ein Planet, Herr Baron.

BARON Gewiß. *Kurzer Abschied, geht in seine Loge.*

DREGULEIN Also dein Entlassungsgesuch scheint bewilligt?

ROVEDA Wer spricht von einem Entlassungsgesuch? Eine Zeitungsente.

DREGULEIN Ich habe nirgends etwas gelesen.

ROVEDA Drum sage ich ja Ente.

KARL BERN *die Stufen herauf.*

ROVEDA Na, wo stecken Sie denn, Poet? Den letzten Akt sehen Sie sich gefälligst von meiner Loge aus an.

DREGULEIN *zu Bern* Es geht gut. *Er verabschiedet sich und geht.*

KARL BERN Ich möchte doch lieber – – In der Autorenloge falle ich weniger auf.

ROVEDA Er hält sich für einen Autor – köstlich! Ein Lustknabe bist du, kein Autor, lass' dir das gesagt sein.

*Tür Loge IV öffnet sich.* HELENE *blickt heraus, verschwindet gleich wieder.*

ROVEDA Ei, sieh doch, man ist wohl eifersüchtig. Nun, ich will deinem Glück nicht im Wege stehen – geh nur zu deinem Bräutchen. Auf morgen also! *Nimmt ihn beim Kopf* Was bist du doch für ein süßer Kerl – wenn du auch noch Talent hättest – – *Sie küßt ihn.*

*In diesem Augenblick öffnet* HELENE *die Logentür, steht starr, die beiden Frauen sehen einander ins Auge.*

ROVEDA Ja, Fräulein, das kommt vor. Auf Wiedersehen, Herr Bern. *Zurück in ihre Loge.*

HELENE *in ihre Loge, schließt die Türe.*

KARL BERN *steht unschlüssig.*

RICHARD *kommt von links, will in seine Loge* Oh, Herr Bern, ich gratuliere.

KARL BERN Zu früh.

RICHARD Es geht ja außerordentlich.

KARL BERN Was sagen Sie übrigens zu Fräulein Friesel?

RICHARD Ich finde sie gut.

KARL BERN Über alle Erwartung. Ihr Brief hat Wunder gewirkt.

RICHARD Mein Brief?

KARL BERN Merken Sie nicht, wie gelöst sie ist? Man könnte geradezu sagen befreit. Ja, wie eine Befreite spielt sie.

RICHARD Befreit von mir, denken Sie?

KARL BERN Sie sollen das nicht persönlich nehmen. Das Wesentliche scheint mir, daß ein Druck von ihr genommen ist. Sie ist eine ganz andere. Es ist interessant, so etwas einmal zu beobachten. Jetzt erst wird sie werden, was sie ist. Wäre es praktisch möglich, so würde ich ihr noch jetzt ein anderes Schlußwort geben – ein sieghaftes, größeres … Auf Wiedersehen! Es hat schon begonnen. *Er überlegt noch einen Augenblick, dann tritt er entschlossen in die Loge IV.*

RICHARD *will in die Loge III.*

*In diesem Augenblick rasch über die Stiege* DR. LUDWIG GEROLD, *dunkler Überzieher, hinaufgeschlagener Kragen.*

RICHARD *höchst erstaunt* Du?

LUDWIG Wie du siehst.

RICHARD Heute? –

LUDWIG Die beiden Ereignisse haben nichts miteinander zu tun. Ich habe übrigens einen ganz versteckten Platz auf der Galerie. Niemand hat mich gesehen. Und wenn auch – – Was sagst du übrigens zu Franzi? Wundervoll, nicht wahr? Was für eine Künstlerin! Ich hab es nicht geahnt. Warum hast du mir übrigens nicht telegraphiert?

RICHARD Sie hat sich nicht umgebracht, wie du siehst.

LUDWIG Glücklicherweise.

RICHARD Und vielleicht hat sie gerade der Schmerz um dich zur Künstlerin gemacht.

LUDWIG Es mag schon dazu beigetragen haben. Aber vielleicht hat auch das neue Glück – oder wie man es nennen soll – seinen Teil daran.

RICHARD Neues Glück?

LUDWIG Ja, ich bin sehr gut informiert. Übrigens müßte man nicht einmal informiert sein. Man merkt es ja.

RICHARD Was?

LUDWIG Wie sie sich in seine Arme gestürzt hat, wie sie an seinen Lippen gehangen ist – kein Mensch sieht, daß sie seine Geliebte ist.

RICHARD Gregors?

LUDWIG So heißt er wohl ... Sie hat keinen üblen Geschmack. – Übrigens gratuliere ich dir. Sehr vernünftig, daß du dich endlich entschlossen hast. Wann ist die Hochzeit?

RICHARD Ach so. – Die Verlobung ist noch gar nicht offiziell. – Weiß Antoinette, daß du im Theater bist?

LUDWIG Selbstverständlich. Ohne sie hätte ich es vielleicht gar nicht gewußt, daß Franzi die Hauptrolle spielt. Sie war es ja, die mich gestern auf die Notiz in der Zeitung aufmerksam gemacht hat. Eine Stunde, ehe der Zug in den Bahnhof einfuhr, hat sie die Notiz zufällig entdeckt.

RICHARD Sie weiß, daß du wegen Franzi im Theater bist?

LUDWIG Selbstverständlich. Sie weiß noch viel mehr. Ich werde nie ein Geheimnis vor ihr haben. Und sie keines vor mir.

RICHARD Du spielst ein gefährliches Spiel.

LUDWIG In der Liebe gibt es keine andern. Gefährliches Spiel oder lächerlicher Ernst – wir haben die Wahl.

RICHARD *plötzlich* Du wirst Franzi in Ruhe lassen.

LUDWIG *versteht zuerst nicht, dann lachend* Ach so. – Was fällt dir eigentlich ein? Du bist doch verlobt?

RICHARD Nein. Ich liebe Franzi, und du wirst es nicht wagen – –

LUDWIG Du bist also für den lächerlichen Ernst, wie es scheint? Da mach ich nicht mit. Auf morgen! *Rasch nach links.*

RICHARD *nach kurzem Zögern in die Loge III.*

LOGENSCHLIESSER *die Stufen herab, setzt sich auf die Bank wie früher.*

## Achtes Bild

*Konversationszimmer. Einfach eingerichtet, an den Wänden Bilder von Schauspielern und Dichtern mit Widmungen. Eine Tür rechts, von der einige Stufen hinabführen. In der Mitte ein Tisch. An der linken Wand ein sehr einfacher Divan, an der Rückwand ein kleines Tischchen und einige Sessel. Zu Beginn der Szene tönt das Klingelzeichen vom Ende des vorigen Aktes fort.*

*Einige Schauspieler und Schauspielerinnen in Maske und Kostüm verlassen eben das Zimmer, um sich auf die Bühne zu begeben. Links auf einem Fauteuil* FRANZI, *anscheinend unbeteiligt.*

DREGULEIN *und* DÖGELMANN
*Dögelmann schon ohne Maske mit Überzieher usw. zum Fortgehen bereit.*

DÖGELMANN Kommst du nicht mit, Dregulein? Du hast ja nichts mehr zu tun in der Komödie.

JOHN *tritt auf in der Maske des Moritzky.*

DÖGELMANN *anerkennend* Famos schaust du aus. – Was spielst du eigentlich?

JOHN Rat' einmal.

DÖGELMANN Einen polnischen Grafen.

DREGULEIN *lacht* Kommt keiner vor.

DÖGELMANN Ja, woher soll ich denn das wissen? Ich hab' ja im dritten Akt nichts mehr zu tun.

DREGULEIN Interessiert's dich gar nicht, wie die Geschichte ausgeht?

DÖGELMANN Steht auch morgen früh in der Zeitung.

*Die Garderobière,* FRAU WENTZLER, *mit* MILI *treten ein.* DREGULEIN *begleitet* DÖGELMANN *die Stiegen hinunter. Sie verschwinden vorläufig.*

FRAU WENTZLER Da ist das Fräulein Friesel. *Beide zu Franzi hin.*

MILI Küss' die Hand, Fräulein Franzi.

FRAU WENTZLER Es kommt gleich Ihr Auftritt, Fräulein Friesel.

MILI Ich hab Sie schon oben in der Garderobe gesucht, Fräulein Franzi.

FRANZI Was gibt's denn?

MILI Ich will Ihnen nur sagen, Fräulein Franzi, wie großartig Sie sind. Die Frau Mama hat geweint ... Und alles ist ganz entzückt.

FRAU WENTZLER *zu Franzi* Ein bissel Rouge sollten Sie noch auflegen, Fräulein Friesel – wenigstens die Lippen.

FRANZI *benützt mechanisch den Lippenstift.*

MILI Und die Frau Mama läßt fragen, ob sie unten warten soll nach dem Theater?

FRANZI Nein, nicht warten, keinesfalls. Ich bin eingeladen für später, vielleicht bei Bekannten – nachher – Und wenn nicht, ich finde schon allein nach Haus.

FRAU WENTZLER Sie müssen schon hinunter auf die Bühne, Fräulein Friesel. Sie kommen ja gleich dran.

MILI Also auf Wiedersehen, Fräulein Franzi. Und ich gratuliere.

FRAU WENTZLER Was fällt Ihnen denn ein, um Gotteswillen. Gratulieren mitten in der Vorstellung.

FRAU WENTZLER *und* MILI *ab.*

FRANZI *erhebt sich und will auch ab.*

*In diesem Augenblick erhebt sich auch* GREGOR, *der fast unsichtbar auf einem Sessel rechts rückwärts gesessen ist.*

GREGOR *rasch auf Franzi zu* Also –?

FRANZI *fremd* Was wünschen Sie?

GREGOR Noch mal Sie. Zu wissen wünsche ich –

FRANZI Was willst du wissen?

GREGOR Ob ja oder nein.

FRANZI *ferner Blick* Ich weiß nicht.

GREGOR Ob du mit mir kommst? Nach dem Theater. Du hast es mir versprochen.

FRANZI Nichts hab' ich versprochen.

GREGOR Mit dem letzten Kuß hast du mir's versprochen.

FRANZI Der steht doch in der Rolle.

GREGOR Der ist nicht drin gestanden. Das waren deine Lippen. Dein Mund und mein Mund. Das weißt du sehr gut.

LÖBLEIN *tritt ein; zu Gregor* Sind Sie noch da? Ich hab' Sie schon auf der Bühne gesucht. Sie kommen gleich dran. Man versteht Sie nicht, Friesel. Wenn Sie am Schluß auch so leise sind, so schmeißen Sie ja das ganze Stück.

GREGOR Ich hab's ihr auch gesagt.

LÖBLEIN Diese letzten Worte *Er zitiert* »So geh doch, ich bin es müde« – müssen heraus.

FRANZI *in der Rolle* »Ich bin es müde, um deine Gnade zu flehen wie eine Sünderin und vor einem auf den Knien zu liegen, der um nichts besser ist als ich.«

LÖBLEIN Ja, so wär's gut.

*Neues Klingelzeichen.*

LÖBLEIN *geht rasch ab.*

GREGOR *rasch zu Franzi* Nach dem Theater. Oder ich schmeiß den Akt.

FRANZI *nickt, halblaut* Vielleicht ...

GREGOR *ab.*

FRANZI *allein, steht vor einem Spiegel, macht sich ganz fertig.*

DER PORTIER *herein mit einem Bukett roter Rosen und einem Brief* Sind grad abgegeben worden. Soll ich's vielleicht in die Garderobe tragen?

FRANZI Lassen Sie, danke.

PORTIER *ab, trifft* DREGULEIN *in der Tür, resp. auf den Stufen.*

FRANZI *hat den Brief geöffnet, liest ihn für sich, lacht auf.*

DREGULEIN Ausgezeichnet geht's. Friesel, hab' ich nicht recht gehabt? Es wär' verrückt gewesen abzusagen. Wenn der heutige Abend gut vorüber ist, sind Sie überhaupt drüben – am andern Ufer, wo Ihnen überhaupt nichts, nichts mehr geschehen kann.

FRANZI Bin ich schon.

DREGULEIN Um so besser. Sich um einen Mann grämen, das wäre doch zu dumm. Sich auf einen kaprizieren – – Blödsinn! Du kannst doch jetzt haben, wen du willst. Schufte sind wir ja alle. Es hat nur nicht jeder die Gelegenheit. – Wunderbar sind die Rosen.

FRANZI Nicht wahr?

DREGULEIN Ah, von ihm? Möcht er wieder anbandeln? Ja nicht!

FRANZI Sie irren sich. Keine Angst, Dregulein. Die Rosen sind nicht von ihm. Die sind von einem anderen Schuften – von einem größeren.

KARL BERN *tritt ein; zu Franzi* Habe ich es Ihnen nicht vorausgesagt? Fabelhaft! Sie haben einen Riesenerfolg – einmütig ...

FRANZI Aber jetzt kommt das Schwerste. *Sie geht.*

DREGULEIN Kommen Sie, Herr Bern.

KARL BERN Wohin denn? *Er zündet sich eine Zigarette an.*

DREGULEIN Wollen Sie hier im Konversationszimmer bleiben, während sich das Schicksal des Stückes entscheidet? Ich gehe.

KARL BERN Bitte ... Ich bleibe hier. Ich halt's unten nicht aus. Jeden Moment möchte man selber auf die Bühne springen und unterbrechen. Jedes Wort, das die Herrschaften auf der Bühne reden, kommt einem so falsch oder beiläufig vor.

DREGULEIN Und wenn Ihnen die richtigen eingefallen wären, die da drunten täten's erst recht nicht merken.

KARL BERN Aber ich.

DREGULEIN Wer weiß?

KARL BERN Hätte ich mir das nicht alles ersparen können? Ich hab's ja gewußt ... Die ganze Zeit über hab ich's ja gewußt, daß das Stück nicht fertig ist. Aber immer wieder schwindelt man sich selber etwas vor und hofft, daß die andern auch auf den Schwindel hineinfallen werden. Und was man davon schon hätte? Nichts – nichts.

FRANZI *kommt.*

KARL BERN Was ist denn geschehen? Wieso sind Sie denn schon wieder da?

DREGULEIN Es war jetzt nur der kurze Auftritt.

KARL BERN Ja richtig.

DREGULEIN Sie sind der komischste Autor, der mir je vorgekommen ist. Kommen Sie ...

FRANZI *zu Dregulein* Ich möchte ein Wort mit Ihnen reden, Dregulein.

KARL BERN *geht.*

DREGULEIN Was ist denn passiert?

FRANZI Er ist da. Er ist im Theater.

DREGULEIN Das ist alles? Das ist doch nicht so merkwürdig. Regen Sie sich nur nicht auf um Himmels willen. Ein Herr aus dem Publikum. Ich hoffe ...

FRANZI Jetzt erst hab ich ihn bemerkt. Offenbar ist er rückwärts in der Loge gesessen zuerst. Aber jetzt ... Daß er mir das auch noch antut. Oben ist er – *ausbrechend* – mit seiner Braut!

DREGULEIN Ich beschwöre Sie – regen Sie sich nicht auf! Friesel! Mädel! Kind! Sei doch vernünftig! Das ist doch vollkommen gleichgültig, ob der feine Herr da ist oder nicht. Nimm dich zusammen, Mädel! Jetzt kommt ja gleich dein Auftritt.

FRANZI Nein, der kommt nicht.

DREGULEIN So kommen Sie doch zur Besinnung!

FRANZI Für mich kommt kein Auftritt mehr. *Sie sinkt auf einen Stuhl.*

DREGULEIN Herrgott noch einmal. Was fällt Ihnen ein? Was geht denn dich der Mensch überhaupt an? Ob er hier im Theater sitzt oder am Äquator spazierengeht, das ist doch vollkommen egal.

FRANZI Ich liebe ihn. – Ich liebe ihn ...

DREGULEIN Ist ja gar nicht wahr.

FRANZI Es ist wahr. Das einzige, was wahr ist. Ich liebe ihn.

DREGULEIN Es darf nicht wahr sein ... Du hast etwas Besseres zu tun, als dein Herz an einen Mann zu hängen. Eine fixe Idee ist das und nichts weiter. Wahnsinn ist es.

FRANZI Gewiß. Aber ich liebe ihn.

FRAU WENTZLER *rasch herein* Fräulein Friesel! Ihr Auftritt!

DREGULEIN Kommen Sie doch zur Besinnung, Franzi. Auf – geschwind!

INSPIZIENT *in größter Eile* Fräulein Friesel! Was ist denn? Sie sollten schon auf der Bühne stehen.

FRAU WENTZLER Fräulein Friesel!

DREGULEIN *ergreift sie beim Arm* Geschwind! Geschwind!

FRANZI *schüttelt den Kopf* Nein!

INSPIZIENT Wenn Sie nicht sofort auftreten, muß der Vorhang fallen.

DREGULEIN Franzi! Bedenken Sie doch –

INSPIZIENT So was ist ja noch nie dagewesen.

LÖBLEIN *in höchster Erregung* Um Himmels willen! Was ist denn geschehen? Sind Sie krank? Sind Sie tot? *Zu den andern* Ist sie krank?

INSPIZIENT Wir müssen den Vorhang fallen lassen.

*Von der Bühne her Klavierspiel.*

INSPIZIENT Gott sei Dank!

LÖBLEIN Da hat einer eine gute Idee gehabt. Vielleicht haben es die Leute nicht bemerkt. Es ist noch Zeit, Friesel! Aber nicht lang.

DREGULEIN Franzi, Ihre Karriere steht auf dem Spiel, Ihre Existenz!

LÖBLEIN Den Baron wird der Schlag treffen.

KARL BERN *rasch herauf* Was ist denn los?

LÖBLEIN *zum Inspizienten* Es geht nicht anders, lassen Sie den Vorhang fallen.

DREGULEIN Warten Sie noch einen Augenblick!

KARL BERN Fräulein, ich beschwöre Sie!

FRANZI *wie zu Bewußtsein kommend* Wie?

LÖBLEIN Es ist der letzte Moment.

DREGULEIN Die anderen können doch nichts dafür. Das Theater kann doch nichts dafür. Schießen Sie ihn nachher tot, den Kerl, meinetwegen, aber jetzt spielen Sie Ihre Rolle zu Ende.

LÖBLEIN Lange kann er nicht mehr da unten klimpern.

INSPIZIENT Letzter Moment.

FRANZI *wiederholt mechanisch* Allerletzter Moment! *Auf die Bühne, vom Inspizienten am Arm gehalten und geführt.*

*Man hört noch eine Weile das Klavierspiel, höchste Spannung bei den Zurückbleibenden. Das Klavierspiel sistiert plötzlich, man hört sprechen von der Bühne her.*

KARL BERN Es geht weiter.

DREGULEIN Bei dem Mann können Sie sich auf den Knien bedanken. Der hat den Abend gerettet.

KARL BERN Wer weiß, ob dieses improvisierte Geklimper die Stimmung für den Schluß nicht günstig vorbereitet.

DR. BRAUN *kommt schnell* Wo ist die Friesel?

DREGULEIN Sie ist schon unten. Hören Sie nicht? Es geht ja weiter.

DR. BRAUN Ja, was ist denn da eigentlich passiert?

DREGULEIN Eine plötzliche Bewußtseinsstörung, eine Art von Ohnmacht offenbar.

DR. BRAUN Ich habe tatsächlich geglaubt, der Baron wird wahnsinnig.

DREGULEIN Es war schon sehr unruhig im Publikum?

DR. BRAUN Erstaunlicherweise hat man nichts bemerkt.

KARL BERN Wer hat denn eigentlich Klavier gespielt?

DR. BRAUN Der John als Moritzky.

DREGULEIN Die Geistesgegenwart hätte ich ihm nicht zugetraut.

DR. BRAUN Er hätt' es seiner Frau nicht gegönnt. Noch eine Stunde hätte er weitergespielt.

KARL BERN Und das Publikum hätte gemeint, das gehört zu meinem Stück.

DR. BRAUN Na, jetzt ist ja alles in Ordnung. Ich geh wieder in die Loge hinauf.

DREGULEIN Wär's nicht vielleicht besser, Herr Doktor, Sie bleiben auf der Bühne, in der Nähe –?

DR. BRAUN Sie haben recht. Es ist ja eh bald aus. *Zu Karl Bern* Nicht wahr?

DREGULEIN Den dürfen Sie nicht fragen, Herr Doktor. Der kennt sein Stück nicht.

DR. BRAUN *rasch ab.*

KARL BERN War jedenfalls seltsam, die Zwischenfall.

DREGULEIN Vielleicht nicht so sehr.

FRAU WENTZLER *tritt wieder ein.*

FRAU WENTZLER Da ist grad ein Brieferl für das Fräulein Friesel abgegeben worden. Mein Mann hat mir ihn in die Garderobe gebracht.

DREGULEIN Warum haben Sie ihn nicht lieber oben gelassen? Die Friesel hat ja bis zum Schluß auf der Bühne zu tun.

FRAU WENTZLER *will abgehen mit dem Brief.*

KARL BERN Vielleicht könnte man den Brief noch auf die Bühne spedieren?

DREGULEIN Jetzt – während sie spielt? Was so ein Autor für originelle Ideen hat, wenn er nicht grad dichtet! –

KARL BERN *nimmt Frau Wentzler den Brief ab* Das ist ja die Schrift.

DREGULEIN Lassen Sie den Brief nur da.

FRAU WENTZLER *ab.*

DREGULEIN *zu Bern* Sie kennen die Schrift?

KARL BERN Ich glaube.

DREGULEIN Von ihm also?

KARL BERN Sie sind informiert?

DREGULEIN So ziemlich. Sie hat ihn eben erst entdeckt. Sie hatte vorher nicht gewußt, daß er im Theater ist. Daher dieser plötzliche Zusammenbruch.

KARL BERN Wenn der Brief früher gekommen wäre – wer weiß …

DREGULEIN Sie darf ihn niemals bekommen. Das wäre nur eine neue Verwirrung.

KARL BERN Wissen Sie das so genau? Es könnte auch die Lösung sein. Eine günstige, mein ich.

DREGULEIN Wie können Sie das sagen? Der Mensch hat ihr doch vor wenigen Tagen den Abschied gegeben.

KARL BERN Ich war daran schuld. Ich habe ihm geraten.

DREGULEIN Machen Sie sich am Ende Vorwürfe? Wahrscheinlich hätte er Sie nicht gebraucht. Er ist ja mit seiner Braut im Theater.

KARL BERN Braut – das ist auch so ein Wort. Wenn er sich's aber wieder anders überlegte …

DREGULEIN Daß muß unter jeder Bedingung vermieden werden.

KARL BERN Dieser Ansicht war ich vor kurzem noch selbst. Aber wer weiß, ob ich recht habe? Die Dinge sind nicht so einfach.

DREGULEIN Ganz einfach sind sie. Man muß nur wissen, was man will.

KARL BERN Kann man aber auch wissen ... Man hat wahrscheinlich nicht das Recht, Schicksal zu spielen.

DREGULEIN Das habe ich Ihnen ja auch gesagt. Aber wenn man es einmal schon getan hat, darf man nachher nicht Angst kriegen. Und was diesen Fall anbelangt ...

*Applaus hinter der Szene.*

KARL BERN Was ist denn das? Sollten die Leute mitten in die Szene hineinapplaudieren?

DREGULEIN Und es hört gar nicht auf.

INSPIZIENT *kommt sehr rasch* Herr Doktor, Herr Doktor.

KARL BERN Was gibt's denn?

INSPIZIENT Kommen S' nur geschwind.

KARL BERN Es ist doch noch nicht aus?

INSPIZIENT Es ist aus. Gehn Sie nur geschwind auf die Bühne.

KARL BERN *sehr rasch ab.*

DREGULEIN Es kann doch nicht aus sein.

INSPIZIENT Der Vorhang hat früher fallen müssen. Das Fräulein Friesel ist zusammengestürzt.

DREGULEIN Sie muß ja zusammenstürzen gegen Schluß. Aber dann gehts ja noch weiter.

INSPIZIENT Aber sie ist nimmer aufgestanden.

DREGULEIN *und* INSPIZIENT *sehr rasch ab.*

*Die Türe auf dem Gang bleibt offen. Das Konversationszimmer bleibt leer. Einige Arbeiter an der offenen Tür vorbei. Der Bühnenportier von rechts, wirft einen raschen Blick in das Konversationszimmer und verschwindet gleich wieder.*

*Der Applaus verstärkt sich, hört plötzlich ganz auf, bricht dann wieder los.*

*Unruhe dringt in das Konversationszimmer herein. Stimmen und dergleichen. Ein Klingelzeichen dreimal hintereinander tönt herein. Zwei Schauspielerinnen treten vom Gang aus ein, die eine nimmt ein Buch, das sie auf dem Tisch hat liegen lassen.*

*Ein Schauspieler holt seinen Hut und seinen Rock und geht wieder. Ein zweiter kommt herein, zündet sich eine Zigarette an und geht.*

DIE GARDEROBIÈRE *mit einer* ZWEITEN GARDEROBIÈRE *kommt.*

FRAU WENTZLER Oben haben wir ja nicht einmal ein Sofa.

ZWEITE GARDEROBIÈRE Ist sie noch nicht zu sich gekommen?

DÖGELMANN *Hut, Überzieher und Stock, mit ihm* JOHN.

DÖGELMANN Was ist denn eigentlich geschehen? Ich habe von der ganzen Geschichte nichts verstanden.

JOHN Noch mindestens eine Viertelstunde hätte es dauern sollen.

DÖGELMANN Es war noch nicht aus?

DER BARON *und* LÖBLEIN *kommen.*

BARON Das hat uns gerade noch gefehlt.

LÖBLEIN Der Doktor Braun hat gemeint, man soll sie vorläufig hier ins Konversationszimmer –

BARON Warum? Weshalb?

LÖBLEIN Die Rettungsgesellschaft ist verständigt.

BARON Bis zum Schluß hätte sie wohl noch durchhalten können. Welcher Mangel an Disziplin!

ROVEDA *tritt ein* Guten Abend, Herr Baron. Das Fräulein hat sich noch nicht erholt, wie ich höre?

*Noch zwei Schauspieler kommen ins Konversationszimmer und entfernen sich gleich wieder.*

DR. BRAUN *kommt rasch* Es ist unmöglich, sie auf der Bühne liegen zu lassen.

LÖBLEIN *zu Braun* Sie ist noch immer nicht erwacht?

DR. BRAUN Der Kommissär ist auf der Bühne.

BARON Was hat der Polizeikommissär mit dieser Sache zu tun?

*Die beiden Garderobièren machen das Sofa zurecht.*

DR. BRAUN *zum Intendanten* Darf ich Sie bitten, mit mir auf die Bühne zu kommen, Herr Baron?

BARON Legt der Herr Kommissär auf meine Anwesenheit Wert?

DR. BRAUN Es ist keine Ohnmacht. Es ist ein Selbstmordversuch.

BARON Wie?

DR. BRAUN Sie hat versucht, sich zu vergiften. Das Fläschchen hatte sie in ihrer verkrampften Hand.

BARON Mit einem Fläschchen Gift läßt man sie auf die Bühne gehen? *Zu Löblein* Ihre Regieeinfälle!

*Alle drei ab.*

KARL BERN *und* DREGULEIN. *Sie begegnen einander in der Türe.*

DREGULEIN *zu Bern* Der Baron ist böse auf Sie.

KARL BERN Daß ich mich noch verbeugen mußte, das war doch zu lächerlich.

DREGULEIN Die Leute haben gemeint, der Schluß ist von Ihnen.

KARL BERN Ohne Ohnmacht?

GREGOR *kommt* Platz da! Man bringt eine Leiche.

KARL BERN *wieder rasch rückwärts.*

DREGULEIN Wer sagt das?

GREGOR Ich hab' es gleich gewußt. Tot! Verstehst du das? Gift!! Und heute noch sollte sie mein werden – –

BARON *und* LÖBLEIN *kommen wieder herein.*

*An der Türe Leute vorbei, auch von der Straße.*

ROVEDA *zum Baron* Ich höre eben – es soll eine ernstere Ohnmacht sein.

BARON Selbstmord.

ROVEDA Nun, der Tod ist ein Element, gegen das sich nichts sagen läßt. *Entfernt sich.*

BARON *zu Löblein* Was machen wir nun? Glauben Sie – *Blick auf die Roveda.*

LÖBLEIN Sie ist ja studiert – drei Proben würden genügen.

BARON Und morgen – ein Sonntag!

LÖBLEIN Wäre ja keinesfalls unmöglich. Würde auch nicht gut wirken.

KOMMISSÄR *tritt ein.*

BARON Guten Abend, Herr Kommissär.

KOMMISSÄR Der Tatbestand ist aufgenommen – wenn Herr Baron mir noch zweckdienliche Angaben zu machen hätten?

BARON Ich wüßte nicht.

DR. BRAUN *tritt ein* Fremdes Verschulden ist jedenfalls völlig ausgeschlossen.

KOMMISSÄR Plötzliche Sinnesverwirrung.

KARL BERN *der herangetreten ist* Plötzlich? Sie soll das Gift schon längere Zeit bei sich getragen haben.

DREGULEIN Armes Mädel.

*Bewegung auf dem Gang, die darauf hindeutet, daß die Bahre herbeigetragen wird.*

GREGOR schlägt plötzlich der Länge nach auf den Boden hin.

DREGULEIN Gregor – aber! Das macht man ja nur mehr auf dem Theater!

*Entsprechende Bewegung im Konversationszimmer. Man gruppiert sich, als wenn man die Bahre vorbeilassen wollte. Das Sofa ist zum Empfang bereit.*

KOMMISSÄR Der Leichnam ist selbstverständlich beschlagnahmt.

DREGULEIN Der Leichnam. Vor fünf Minuten war sie noch das Fräulein Franziska Friesel, Schauspielerin am Residenztheater.

*Die Bahre wird hereingetragen.*

DREGULEIN Leichnam – geschwind geht das.

## Neuntes Bild

*Links rückwärtige Fassade des Residenztheaters. Bühneneingang. Türe. Von der Türe nach abwärts sowohl rechts als links je ein Weg. Die beiden münden auf der Fahrstraße, die von links vorn nach rechts rückwärts zieht. Rechts eine Parkanlage. Rechts und links von der Fahrstraße das Trottoir. Zwischen Bühnentüre und Fahrstraße, also eingefaßt von den beiden Wegen, ein Rasenplatz. Die Straße läuft zwischen Häusern weiter und verschwindet im Hintergrund.*
*Zu Beginn des Aktes eine Anzahl junger Leute nahe dem Bühneneingang; etliche mit Kärtchen oder Notizblock versehen. Am Bühneneingang der Bühnenportier, keine Uniform. Das Theater ist eben zu Ende, entsprechende Bewegung, Passanten, Theaterbesucher, die weggehen; Wagen werden gerufen, etc. etc.*

EIN JUNGER MENSCH Wo bleiben sie denn?

EIN ZWEITER Sie müssen sich doch erst abschminken.

EIN JUNGES MÄDCHEN *zu einer andern* Heut muß ich einen Gregor kriegen.

ZWEITES MÄDCHEN Hab' ich schon lang.

ERSTES MÄDCHEN Du warst wahrscheinlich bei ihm oben.

EIN BÜHNENARBEITER *zum Portier* Ich hab's doch selber gesehen.

ZWEITER ARBEITER Es war ja noch lang nicht aus, und der Vorhang hat herunter müssen.

DRITTES JUNGES MÄDCHEN Die Neue war aber recht schwach.

ZWEITES MÄDCHEN Was für eine Neue?

DRITTES MÄDCHEN Die die dumme Nocken gespielt hat, die sich so viel gefallen laßt.

EIN JUNGER MENSCH Ist denn das nicht die Roveda gewesen?

EIN BÜHNENARBEITER Es ist um die Rettungsgesellschaft telefoniert worden.

RICHARD *hastig zum Bühneneingang, will hinein.*

PORTIER Hier ist kein Eingang.

DREGULEIN *kommt eben heraus.*

RICHARD *hält ihn auf* Herr Dregulein, was ist geschehen?

DREGULEIN O, Herr Doktor.

RICHARD Ist das Fräulein Friesel aus ihrer Ohnmacht erwacht?

DREGULEIN Ohnmacht – –

EIN JUNGER MENSCH *kommt* Die Rettungsgesellschaft ist vorgefahren.

RICHARD *stürzt ins Theater hinein.*

HELENE *und* MATHILDE *kommen von links unten.*

HELENE Der Vorhang ist zu früh gefallen.

LUDWIG *mit aufgeschlagenem Kragen auf dem Trottoir rechts, etwas unruhig* Guten Abend, meine Damen.

HELENE Sie, Herr Doktor?

EIN REPORTER *rasch zum Bühneneingang.*

PORTIER *will ihn aufhalten.*

REPORTER Was wollen Sie von mir? Das wäre noch schöner! Kennen Sie mich vielleicht nicht? Felsenburg, Neueste Nachrichten.

PORTIER Entschuldigen, Herr von Felsenburg.

REPORTER *rasch ins Theater.*

LUDWIG Der Abschluß war etwas sonderbar.

DÖGELMANN *kommt aus dem Theater, mit offenem Überzieher, etwas posierend.*

EINE VEREINZELTE STIMME Hoch Dögelmann!

DÖGELMANN *wehrt ab.*

JUNGES MÄDCHEN *reicht ihm eine Karte* Darf ich bitten, Herr Dögelmann?

DÖGELMANN *gibt ein Autogramm, zwei andere drängen sich herzu. Die Ärzte der Rettungsgesellschaft von rechts, rasch zur Bühnentür hinauf, entsprechende Bewegung ringsum.*

KARL BERN *kommt aus dem Theater, läßt die Ärzte vorbei, gewahrt Helene, rasch zu ihr.*

HELENE Was ist geschehen?

KARL BERN Weiß man's denn noch nicht?

HELENE Um Himmels willen!

KARL BERN Ja, sie ist tot.

LUDWIG *und* MATHILDE *stehen auch dabei.*

LUDWIG Herzschlag?

KARL BERN Gift!

LUDWIG *vor sich hin* Entsetzlich!

KARL BERN *zu Helene* Wir sind gar zu gescheit gewesen, Helene.

HELENE Wo ist Richard?

KARL BERN *weist zum Bühneneingang* Bei ihr.

HELENE *will hinauf.*

KARL BERN Nein, bleib doch, es hat gar keinen Sinn.

LUDWIG Richard ist bei ihr?

HELENE Wußten Sie denn nicht?

LUDWIG So also – –

GREGOR *aus dem Theater.*

EIN RUF Hoch Gregor!

*Man verweist zur Ruhe.*

GREGOR *zu Dregulein* Es ist nicht zu fassen.

DREGULEIN Armes Mädel!

ROVEDA *aus dem Theater.*

EINIGE RUFE Hoch Roveda!

*Einige Autographensammler und -sammlerinnen um sie.*

ROVEDA Laßt doch, Kinder! Das ist heute wohl nicht der richtige Moment.

HELENE *zu Karl* Was will er denn dort oben? Hol ihn zurück. Ich bitte dich.

KARL BERN *nach kurzem Zögern hinauf und durch den Bühneneingang ab.*

*Von rechts* PRÄSIDENT FRICKE *und* FRAU VEITH.

FRICKE Wo bleibt ihr denn? Was macht ihr hier? Warum laßt ihr uns warten?

FRAU VEITH *zu Mathilde, die immer regungslos dasteht* Was hast du, mein Kind?

FRICKE Wo ist Richard? Man sagt allgemein, der Vorhang ist zu früh gefallen.

HELENE *zu Fricke* Ja, weiß du denn nicht?

FRICKE Dieses Fräulein Friesel ist ohnmächtig geworden, sagt man.

HELENE Sie ist tot. Sie hat sich umgebracht.

FRICKE Was hat Richard damit zu tun? *Auf ihren Blick* Ach so. – Wo ist er?

HELENE Im Theater. Karl Bern ist bei ihm.

FRICKE So steht die Sache –

FRAU VEITH *zu Mathilde* Mein armes Kind.

HELENE Es wird das beste sein, Vater, du bringst vor allem einmal Frau Veith nach Hause.

FRAU VEITH *Bewegung.*

HELENE O bitte, überlassen Sie Mathilde ganz ruhig mir. *Zu Fricke* Mach dir keine Sorgen, Vater. Jetzt ist es gewiß das beste, ihr geht.

FRICKE *bewegt und unsicher.*

MATHILDE *nach wie vor regungslos.*

FRAU VEITH Kind!

HELENE *Geste zu Frau Veith, dann noch einmal zu Fricke.*

FRICKE *zu Frau Veith* Kommen Sie, gnädige Frau.

FRICKE *und* FRAU VEITH *ab.*

LUDWIG *hat sich von dieser Szene ferngehalten.*

DREGULEIN *tritt zu Ludwig hin* Mein Name ist Dregulein.

LUDWIG Doktor Gerold.

DREGULEIN Entschuldigen, Herr Doktor, wenn ich mir die Frage erlaube – die dunkelroten Rosen waren wohl von Ihnen?

LUDWIG Sie hat also die Blumen noch erhalten?

DREGULEIN Auch Ihren Brief, Herr Doktor.

LUDWIG Sie haben mir offenbar irgend etwas zu sagen?

DREGULEIN *zögernd* Nein.

LUDWIG Ich bitte.

DREGULEIN Es ist möglicherweise nicht im Sinne der Dahingeschiedenen.

LUDWIG *ungeduldig* Sie werden wohl die Güte haben. Was hat sie gesagt?

DREGULEIN Diese Blumen, sagte sie – diese dunkelroten Rosen

– es waren sonst keine da – es hat sich also bestimmt auf Ihre Blumen bezogen – die sind von dem größten Schuften – ich bitte um Entschuldigung – wahrscheinlich gibt's auch noch einen kleineren. Es ist ja kein Wunder, es wimmelt ja von Schuften auf der Welt.

LUDWIG Was fällt Ihnen ein, Herr –

DREGULEIN Dregulein ist mein Name, erster Trauergast.

LUDWIG Sie scheinen ein Narr zu sein, Herr Dregulein.

DREGULEIN Wahrscheinlich. Auch von der Sorte gibt es viele. Ich habe die Ehre.

BARON *und* LÖBLEIN *aus dem Theater.*

BARON Es bleibt fatal. *Vorbei an Frau Roveda.*

ROVEDA Nochmals, mein Beileid, Herr Baron.

BARON Ich danke Ihnen, gnädige Frau. Wie war Ihr Eindruck? War es ein Erfolg bis dahin?

ROVEDA Meine ehrliche Meinung, Herr Baron, so anfechtbar die Leistung der Dame auch war, zu dieser Verzweiflungstat war kein Grund vorhanden.

PORTIER Vorfahren der Wagen für Frau Roveda.

ROVEDA Er kann dort stehen bleiben. Guten Abend, Herr Baron. O, Gregor. Ich kann Sie in meinem Wagen mitnehmen, Herr Gregor.

GREGOR *unentschlossen.*

ROVEDA Kopf hoch, mein Freund! Du machst sie ja doch nicht wieder lebendig. *Mit ihm ab.*

LÖBLEIN *und* BARON *nach der anderen Seite.*

RICHARD *mit* BERN *aus dem Theater.*

*Indessen haben sich die Gruppen aufgelöst, zum Teil neu gebildet, im Ganzen wird es leerer in der Nähe des Theaters.*

KARL BERN Niemand ist schuld, Sie, Doktor, am allerwenigsten. Es mußte wohl so kommen.

RICHARD Mußte – – –

KARL BERN Hier ist Ihre Schwester und Fräulein Mathilde.

RICHARD Man sollte mich lieber allein lassen.

KARL BERN Kommen Sie? Es würde Ihrer Schwester weh tun –

HELENE *kommt auf ihn zu* Richard –

RICHARD Keine Beileidsbezeugungen, wenn ich bitten darf. Ihr solltet euch alle gar nicht um mich kümmern. Ich möchte gern allein sein.

DREGULEIN *tritt rasch auf ihn zu* Einen Augenblick nur.

*Die andern halten sich fern.*

RICHARD *fragender Blick.*

DREGULEIN Hier haben Sie Ihren Brief wieder.

RICHARD Sie hat ihn nicht mehr erhalten?

DREGULEIN Es war zu spät.

RICHARD Vielleicht wäre das Furchtbare nicht geschehen ...

DREGULEIN Da hätten Sie ihn auch früher schreiben müssen. Gute Nacht. *Er geht.*

LUDWIG *auf Richard zu. Sie sehen einander an* Sie hat ihren Schwur doch noch gehalten. Ich beklage dich sehr, Richard. Dabei, wer weiß, hat sie dich vielleicht mehr geliebt. Aber ihr Stolz. Armes Wesen!

RICHARD *sieht ihn immer nur an.*

LUDWIG Morgen erwarte ich dich. Wir haben ja allerlei miteinander zu reden. Auf Wiedersehen! *Ab.*

HELENE *kommt nun auf Richard zu* Mein lieber Bruder –

KARL BERN *zu Mathilde* In Ihren Händen liegt jetzt viel, alles vielleicht.

HELENE *zu Richard* Du weißt ja, wie wir alle dich lieben.

KARL BERN Es ist beinahe eine Frühlingsnacht geworden. Ich schlage vor, noch eine Weile im Freien – es wird Ihnen sicher wohl tun, Richard.

RICHARD Ich danke euch allen. Aber ich möchte doch am liebsten - ich verspreche euch feierlich, keine Dummheit oder etwas allzu Vernünftiges zu tun.

MATHILDE *das erste Wort, das sie spricht* Laßt mich mit ihm allein.

HELENE *zögert erst einen Augenblick.*

LÖBLEIN *nickt, beredet Helene, sich mit ihm zu entfernen.*

RICHARD, MATHILDE *überschreiten die Fahrbahn zum Park hinüber.*

MATHILDE Ich kann dich nicht allein lassen in dieser Stunde. Oder vielleicht wünsche ich auch nur, daß du mich nicht allein läßt in dieser Stunde. Das wird wohl das Gleiche sein. Ich will dir nur sagen, Richard, daß ich da bin und immer dieselbe.

RICHARD Du weißt ja nicht, mit wem du sprichst. Zu einem andern, als du glaubst. Was bin ich für ein Mensch! Vor einer Stunde habe ich ihr diesen Brief geschrieben. Verlassen hatte ich sie und war verlobt mit dir und vor einer Stunde habe ich ihr diesen Brief geschrieben. Er ist nicht mehr in ihre Hände gelangt, sonst würde vielleicht alles anders.

MATHILDE Nein, nein, ich will ihn nicht lesen.

RICHARD Lies ihn.

MATHILDE Er ist nicht an mich gerichtet.

RICHARD Du sollst ihn hören. *Liest beim Licht der Straßenlaterne* »Ich liebe dich. Verzeih mir! Ich liebe nur dich allen.« Vor einer Stunde hab ich ihr diesen Brief geschrieben. So ein Mensch bin ich.

MATHILDE Du warst frei, ich hätte dich niemals gehalten.

RICHARD Vielleicht wäre es auch geschehen, wenn sie diesen Brief gelesen hätte. Vielleicht hat sie es wirklich gar nicht um mich getan. Schuld – ich weiß nicht, ob ich schuldig bin. Es war vielleicht ganz richtig, daß ich sie verlassen hatte. Und nur dieser Brief war falsch, und es ist vielleicht ein Glück, daß sie ihn nicht empfangen. Als Schuld empfinde ich nur, daß ich bin, wie ich bin.

MATHILDE Aber wenn ich mich frage, ob ich dich anders wollte, als du bist – ich glaube nein. Das soll kein Trost sein, auch keine Großmut, auch kein Geschenk – ach Gott, ich bin ja um so viel ärmer als du. Und wenn du in dieser Stunde mein Herz zurückweisest, weil du es noch niemals so wenig verdient hast, ich bringe es dir doch wieder entgegen – weil du noch nie dieses Herzens so sehr bedurft hast.

RICHARD Ich danke dir. Aber das kann uns beiden nicht mehr helfen. Ich sehne mich nicht nach Glück, nach Gerechtigkeit sehne ich mich. Das einzig Anständige, das einzig Vernünftige wär ja doch nur, daß ich ein Ende mit mir machte.

MATHILDE Ich glaube nicht, daß ich dich dann höher achten, aber ich fürchte, daß ich dich dann weniger lieben werde.

RICHARD Du sollst mich nicht lieben. Ich liebe ja dich nicht. Ich habe auch sie nicht geliebt – und ich bin deiner so wenig wert, als ich ihrer wert gewesen bin. Ich bin keiner, der lieben kann. Ein Egoist, ein Geck.

MATHILDE Wer ist jemals des andern wert oder unwert? Gehen Rechnungen zwischen Menschen so einfach auf? Mit dem Recht ist es nicht weit her auf der Welt. Es lebt sicher irgendwo einer, der berechtigteren Anspruch auf meine Liebe erheben dürfte als du. Aber ich kenne ihn nicht. Und wenn ich ihn kennte, würde ich wahrscheinlich gar nicht bemerken, daß ich ihn eher lieben sollte als dich.

RICHARD Du würdest schon – Und auch wenn nicht – irgendeinmal, sehr bald wahrscheinlich käme der Moment, da würde dir grauen vor mir und vor dir. Nein, ich liebe dich nicht. Nur eine Sehnsucht habe ich, nur eine, und die ist unerfüllbar: gutzumachen, was geschehen ist.

MATHILDE Gutzumachen? Und wenn du sie wieder zum Leben erwecken könntest – glaubst du, du hättest damit irgend etwas gutgemacht? Ich glaube nicht. Was man an einem gesündigt hat, der nicht mehr da ist – gutmachen kann man es doch immer nur an einem, der lebt.

RICHARD Die Wahrheit ist mir zu wohlfeil.

MATHILDE Das sind ja die meisten Wahrheiten.

RICHARD Es gibt schon ein Wiedergutmachen, aber dann muß es im Leben sein, in Reue, in Gefahr und ohne Lohn. Ja, so sehe ich einen Sinn. Aber weiterleben, ohne Buße und vergessen und am Ende gar noch selber glücklich werden …

MATHILDE Ja, das müßtest du dann schon hinnehmen.

RICHARD Ach, Mathilde … *Er stützt den Kopf in die Hände.*

MATHILDE *sieht ihn nur an.*

*Das Theater ist ganz dunkel geworden, die Straße ist still.*

# Bibliographischer Nachweis

*Im Spiel der Sommerlüfte* in drei Aufzügen (1928.) Erste Buchausgabe: S. Fischer Verlag, Berlin 1930 (= Textvorlage).
*Landsknecht* (1904–1930.) Skizzen 1917 und 1927. Das vorliegende Szenarium wurde im Februar 1930 geschrieben. Erstmals in A. Schnitzler, ›Entworfenes und Verworfenes.‹ Aus dem Nachlaß, Herausgegeben von Reinhard Urbach, S. Fischer Verlag, Frankfurt am Main 1977 (= Textvorlage).
*Zug der Schatten.* Drama in neun Bildern. (Unvollendet; 1930.) Erste Buchausgabe: Aus dem Nachlaß herausgegeben und eingeleitet von Françoise Derré, S. Fischer Verlag, Frankfurt am Main 1970 (= Textvorlage).